Michael Thumser

Der Hungerturm

Dreizehn Erzählungen

Für Sigi,

*die mir in vierzig Jahren
wenig vorenthalten
und das meiste erspart hat.*

© 2011, 2020 Michael Thumser M.A.
2., durchgesehene Auflage

Einbandgestaltung: Hugo Enristal
(Foto: Pixabay)

Autorenfoto (Seite 287): © Dr. Mechthild Habermann, 2020
Printed in Germany.

 Eine Publikation des Hochfranken-Feuilletons, Hof
Verlag und Druck: tredition GmbH,
Halenreie 40-44, 22359 Hamburg.

ISBN
Paperback: 978-3-347-17237-1
Hardcover: 978-3-347-17238-8
e-Book: 978-3-347-17239-5

Inhalt

Sie sagen,
dass die Liebe bitter schmecke.

Oscar Wilde,
SALOME

DAMALS

Damals hatte sie gesagt:
Bleib,
und er war vor der Tür stehen geblieben, hatte seine Tasche abgesetzt und sich langsam umgedreht. Dann war sie auf ihn zugekommen, sehr vorsichtig erst, und hatte gewartet, dass er sie in den Arm nähme; so lange, bis er es tat.

Später hatten sie im Wohnzimmer gesessen. Sie fragte ihn, ob er etwas trinken wolle, und als er um Kognak bat, schenkte sie zwei Gläser ein. Dann stießen sie an.

Wir sollten nicht so unvernünftig sein, sagte sie.

Eine Zeit lang ging es. Er saß jetzt viel in seinem Zimmer, weil er vor dem Examen stand und lernen musste, sodass sie sich nicht oft begegneten. Sie ging zur Arbeit oder kochte, und mit der Zeit stellte sich wieder das Gefühl bei ihr ein, ihrer beider Leben zu versorgen und zufrieden sein zu dürfen. Manchmal kam er in die Küche und legte ihr wie früher die Hände auf die Schultern, wenn sie vor der Spülmaschine oder dem Kühlschrank stand; manchmal küsste er sie in den Nacken, und sie erinnerte sich, dass sie das vor einiger Zeit noch sehr gern gemocht hatte; dann war sie fast ein wenig gerührt, dass auch er sich erinnerte und es ihr zu gefallen weiterhin tat. Woher sollte er wissen, dass sie seit damals weniger empfand dabei?

Eines Abends kam er wieder mit einem Band Gedichte, und sie nickte, setzte sich auf dem Sofa gemütlich zurecht (dabei nahm sie die Füße hoch und legte eine Hand auf die Knöchel) und wartete, dass er zu lesen begänne. Eine Weile blätterte er, manchmal setzte er an, entspannte sich aber gleich wieder und suchte erneut.

Ich finde nichts, sagte er.

Das Buch ist voll, antwortete sie; und er suchte weiter.

Lassen wir es, meinte er und wollte den Band beiseitelegen.

Lies ruhig welche, die wir schon kennen.

Und er las einige. Aber nach dem dritten meinte auch sie, er solle aufhören. Später stellte er den Fernseher an.

Früh lag er manchmal länger als sie im Bett, besonders dann, wenn er in der Nacht zuvor lange aufgeblieben war und gearbeitet hatte.

Sie ließ es zu und hatte nichts dagegen, an solchen Morgen das Frühstück allein zurechtzumachen, denn sie liebte diese halbdunkle Stunde, in der kaum Geräusche in der Wohnung waren und die Heizung langsam warm wurde. Das war schon immer so gewesen: sie nahm sich Zeit mit allem und sah erst lange aus dem Fenster oder blätterte in der Zeitung, bevor sie sich anzog und die Brötchen holte.

An einem Sonntag stand sie fast eine Stunde am Fenster und beobachtete den Sonnenaufgang und die

Vögel im Garten und auf den Drähten. Solche Spätherbstmorgen hielt sie für die schönsten im ganzen Jahr. Blätter lagen braun überall auf den Straßen, und die Sonne wärmte schon nicht mehr, nicht einmal mehr an Tagen, die so wolkenlos zu werden versprachen wie dieser. Aber die Luft, wenn sie ganz kalt war, roch gut und war mühelos zu atmen und nicht so zäh wie an den drückend schwülen Stadtsommertagen.

Sie machte das Fenster auf und ließ die Wärme aus dem Zimmer; ihr Schlafanzug begann kalt zu werden, und eine Gänsehaut lief über ihren Körper. So stand sie noch eine Weile und streckte ihren Kopf weit hinaus, atmete tief und sah dem Dampf nach, den sie langsam aus der Nase strömen ließ.

Als sie ein paar Geräusche aus dem Schlafzimmer hörte, schloss sie das Fenster und ging hinüber. Er hatte sich im Bett aufgesetzt und sah auf die Uhr.

Guten Morgen, sagte sie.

Er brummte: Es ist spät.

Das macht nichts. Heute ist Sonntag.

Er nahm sie bei der Hand und versuchte, sie zu sich hinunterzuziehen. Er lächelte.

Aber sie machte sich los. Du hast gestern Abend vergessen, das Mundwasser zuzuschrauben. Jetzt ist der Alkohol verflogen und das Zeug wertlos geworden.

Einmal, als sie sich geliebt hatten, steckte er sich eine Zigarette an, legte den Arm unter den Kopf und fragte sie:

Bist du müde?

Nein, sagte sie. Gib mir auch eine.

Sie rauchten.

Früher, sagte sie nach einer Weile, sind wir danach oft noch einmal aufgestanden und mitten in der Nacht in die Stadt gefahren.

Ja. Er erinnerte sich. Damals hatte ich den Kopf nicht so voll wie heute. Übrigens werde er nun häufiger nicht zum Mittagessen zu Hause sein, sondern in der Stadt bleiben, um in der Bibliothek zu arbeiten.

Wenige Monate vor den Prüfungen war er an den Wochenenden oft so müde, dass er schon am frühen Abend in einem Sessel einschlief. Sie löschte dann alle Lichter bis auf zwei Tischlampen, setzte sich ihm gegenüber und las oder strickte. Nach ein, zwei Stunden dann, wenn sie das Buch oder die Handarbeit zur Seite legte, um zu Bett zu gehen, blieb sie oft noch eine Weile sitzen, bevor sie ihn weckte, und beobachtete ihn. Und sie wunderte sich, dass ihr so vieles noch nie aufgefallen war: seine schlechte Rasur zum Beispiel, oder die verschnittenen, brüchigen Fingernägel. Er hatte sich schon immer vernachlässigt, und sein Äußeres wars nie gewesen, was sie zu ihm hinzog. Aber erst jetzt fiel es ihr auf.

Als der Winter kam, sah sie nicht mehr viel von ihm. Manchmal kamen Freunde, mit denen er sich dann in sein Zimmer zurückzog und bis in die Nacht hinein arbeitete. Darum ging sie immer öfter spazieren; noch dazu waren die ersten kalten Tage sonnig, und die dicken Schneehauben auf den Zaunpfählen und die weiß eingehüllten Zweige der Bäume gefielen ihr.

Nach einem solchen Spaziergang kam sie ganz aufgeräumt nach Hause und sagte mit gut gelaunter Kindlichkeit:

Ich will mir einen Hund kaufen. Oder vielleicht nur eine Katze. In den Anlagen spielen so viele Menschen mit ihren Tieren und sehen dabei vollkommen glücklich aus; fast so wie die, die ihre Kinder dabeihaben.

Natürlich, sagte er, wie du willst. Es ist deine Wohnung.

Aber selbstverständlich nur, wenn du dir sicher bist, dass du dich konzentrieren kannst, wenn ein Tier in der Wohnung ist.

Ich weiß nicht, antwortete er. Vielleicht würde es mich stören.

Er hatte sie überraschen und ein Mittagessen kochen wollen, weil sie den ganzen Vormittag in der Stadt zu tun gehabt hatte.

Mein Gott, rief sie, als sie in die Küche kam, was hast du nur mit der Soße gemacht.

Es war so wenig, sagte er und sah in die Pfanne, da habe ich Wasser und Stärkmehl hineingetan, um sie zu strecken.

Sie seufzte. Du wirst es nie lernen.

Beim Essen sagte er: Das Fleisch ist hart, und die Kartoffeln haben einen rohen Kern.

Sie legte das Besteck aus der Hand, sah ihn an und sagte: Es macht nichts. Ich weiß, du hast es gut gemeint.

Wollen wir mit deinen Freunden nicht mal abends fortgehen?, fragte sie, als er kurz aus seinem Zimmer kam, um ein Buch zu holen. Drinnen war alles blau von Rauch.

Sie werden sicher keine Zeit haben, antwortete er zerstreut, während er nach dem Buch suchte.

Als er es gefunden hatte und schon in der Tür stand, rief sie ihn leise zurück und sagte:

Früher ist das nie vorgekommen.

Was.

Sie lachte: Dass du mir wie heute einen ganzen Vormittag lang keinen Kuss gegeben hast.

Es tut mir leid, entschuldige. Und er sah in das Zimmer, wo seine Freunde warteten.

Und wie gestern. Aber sie lachte nicht mehr.

Er küsste sie auf die Wange.

Als er eines Abends zu Bett ging (sie hatte sich schon früher hingelegt), fand er ein kleines Feuerzeug mit seinen Initialen auf dem Kopfkissen.

Danke, sagte er am nächsten Morgen. Und bevor er in die Stadt fuhr, umarmte er sie.

Als er am Abend kam, sagte sie: Du kommst spät.

Er nickte.

Ach, fiel ihm dann ein, ich hatte dir Blumen mitbringen wollen. Den ganzen Tag dachte ich daran, und nun hab ich sie doch vergessen. Wahrscheinlich seien aber die Geschäfte auch schon geschlossen gewesen, meinte er.

Was er sich zu Weihnachten wünsche.

Ruhe, brummte er abwesend. Vor allem brauche er Ruhe.

Sie konnte es nicht glauben.

Sag es noch mal, bat sie glücklich.

Ich versteh dich nicht, lachte er. Ich fragte dich, ob du Lust hättest, über Neujahr in die Berge zu fahren. Was ist so ungewöhnlich daran?

Ich freue mich. Du bist lieb.

Ich bin nicht lieb. Ich habe kaum Geld, du wirst für uns beide bezahlen müssen. Vergiss das nicht.

Das ist egal. Ich freu mich nur, dass du es bist, der den Vorschlag macht.

Er sah sie an. Dann strich er ihr mit der linken Hand über die Wange und öffnete mit der rechten ein, zwei Knöpfe an ihrer Bluse; bis sie sich wehrte:

Lass lieber. Dafür ist es nicht Grund genug.

Weil es ihr gelungen war, ihn zu überreden, keine Bücher und auch sonst nichts zum Arbeiten mitzunehmen, hatte sie es sich etwas kosten lassen und in einem teuren Hotel gebucht.

Spät am Abend erst kamen sie an und frühstückten deshalb spät am nächsten Morgen.

Ein prima Hotel, stellte er fest. Ich bin dir dankbar.

Freut mich, wenn es dir hier gefällt.

Er zeigte auf eine junge Frau, die gerade hereinkam und nach einem freien Platz suchte.

Die sieht gut aus, sagte er.

Ja, gab sie zu. Früher hatte er immer hinzugefügt: Aber du gefällst mir besser, und ihre Hand genommen.

Als sie beim Skifahren einmal wenige Meter vor ihm stürzte, hielt er an und sah erschrocken zu ihr hin.

Ist dir was passiert? Hast du dir wehgetan?, rief er.

Nein. Es ist nichts.

Warum stehst du nicht auf?, rief er nach einer Weile.

Sie hatte erwartet, dass er kommen werde, um ihr zu helfen.

Soll ich dir helfen?, rief er ihr zu.

Danke, ächzte sie, als sie sich an den Stöcken hochzog, es geht auch so.

Am Silvesterball tanzten sie viel miteinander. Sie war gut gelaunt, und nachdem er ein paar Gläser getrunken hatte, kam auch er allmählich in Stimmung. Sie schmiegte sich an ihn, und ihm gefiel das Gefühl, ihren Körper nah bei dem seinen zu haben.

Um Mitternacht, als draußen das Feuerwerk abgebrannt wurde, hielt sie ihn zurück und wartete, bis kein Gast außer ihnen mehr im Saal war. Dann stieß sie leise mit ihrem Glas an das seine, küsste ihn und sagte:

Darauf, dass du dein Examen bestehst.

Ja, sagte er und trank, das ist jetzt das Wichtigste.

In der letzten Nacht im Hotel unterhielten sie sich lange.

Ich hab dir Unrecht getan, sagte er und machte ein schuldbewusstes Gesicht.

Wann?

Damals.

Ach so.

Du hast es noch nicht vergessen.

Doch, sagte sie. Fast. Ich bin dir nicht böse.

Sie schwiegen beide eine Weile. Dann fügte sie hinzu:

Und jetzt ist ja alles wieder so wie früher, und sah ihm forschend ins Gesicht.

Eben, stimmte er zu und lächelte. Manchmal beinahe.

In der Nacht vor seinem ersten Examen schliefen sie beide nicht. Gegen Morgen sah er auf die Uhr: in einer Stunde würde er aufstehen müssen, ohne ein Auge zugetan zu haben. Da kroch er zu ihr herüber und legte den Kopf auf ihre Brust, und sie strich ihm langsam über das Haar. Er hatte Angst; aber sie sagte ihm nicht, dass sie es wusste.

Nach der letzten Prüfung holte sie ihn im Auto ab. Als er eingestiegen war, sagte sie:

Wir müssen es feiern. Wohin wollen wir fahren?

Er aber fragte, ob sie böse wäre, wenn er sich zu Hause erst einmal ausruhe. Danach könne man immer noch sehen.

Eine Woche später kam er ins Wohnzimmer und hatte seine Tasche in der Hand.

Es ist doch besser, wenn ich gehe, sagte er.

Ja, sagte sie. Vielleicht wäre es damals schon besser gewesen.

DIE HEIMLICHE JAGD

… es ist schwer für jemanden, der einmal an geistiger Krankheit litt, mit einem Gesunden Mitleid zu haben …

F. Scott Fitzgerald,
ZÄRTLICH IST DIE NACHT

1

An diesem Morgen wie an den Morgen zuvor hatte er Mühe, aus dem Bett zu kommen. Die Augen waren verklebt, der schlechte Geschmack im Mund war diesmal noch unangenehmer als sonst, und sein Körper fühlte sich blass an, zerdrückt und schmerzempfindlich. Christine war in der Küche, Winberg hatte nicht gehört, wie sie aufgestanden war, aber jetzt hatte ihn wohl das Geklapper der Tassen und des Bestecks geweckt. Weil Christine die Rollos erst nach dem Frühstück hochzog, war das Schlafzimmer noch düster; so konnte Winberg die Uhrzeit auf dem Wecker nicht erkennen.

Christine trug ein Tablett ins Wohnzimmer, und als sie damit an der offen stehenden Schlafzimmertür vorbeikam, rief sie ihm zu: Steh auf, es ist schon spät.

Wie spät?

Viertel acht.

Winberg drehte sich langsam aus dem Bett, zog die Brauen über den fast geschlossenen Augen hoch und machte ein dummes Gesicht. Seine Füße tasteten nach den Pantoffeln. Christine kam herein und begann, die Bettdecken aufzuschütteln.

Morgen, sagte sie.

Morgen, wiederholte er, stand auf und gab ihr einen müden Kuss auf die Wange.

Geh und rasier dich, sagte sie aufmunternd.

Beim Frühstück machte ihn der Kaffee nur langsam wacher. Winberg überflog die Schlagzeilen der Zeitung, ohne etwas aufzufassen, und bestrich sich ein Brötchen schlampig mit Butter und Honig.

Du gehst in letzter Zeit zu spät ins Bett, sagte Christine. Jeden Morgen bis du todmüde.

Er nickte und brummte irgendetwas, das nicht verstanden werden sollte.

Später, im Lift, wurde ihm kurz wieder klar, dass ihm diese Morgen mit Christine etwas bedeuteten. Er nahm sie, die mit einer Tasche in der Hand neben ihm stand, in den Arm und küsste sie rasch. Sie tat, als verstünde sie ihn nicht, und nahm seine Zärtlichkeit wie selbstverständlich. Seine Zärtlichkeiten kamen immer plötzlich, immer unvermutet, und sie kamen nie selbstverständlich. Aber sie spürte manchmal – aus einem Satz, oder durch die Art, wie er sie am Arm nahm –, wie sehr er sich anstrengte, sie fühlen zu lassen, dass er sie liebte.

Bis heute Abend, sagte sie vor der Eingangstür und sah ihm absichtlich mit großen Augen ins verschlossene Gesicht.

Bis dann, sagte er und strich ihr übers Ohr.

Dann nahmen sie zwei verschiedene Richtungen: sie zum Supermarkt, der sich im Erdgeschoss eines der benachbarten Hochhäuser befand; und er ging den Weg durch Grünanlagen und Parkplätze aus dem Hochhausviertel hinaus zur Bushaltestelle.

Dass sie immer noch hier leben mussten!, ging es ihm durch den Kopf. Architekt sein, aber keinen realistischen Gedanken an ein eigenes Haus verschwenden dürfen; verantwortlich sein für alles Mögliche, für dies und das geradestehen sollen und dabei vielleicht nie sein eigener Herr werden können; immer einen oder zwei oder noch mehr über sich haben. Manchmal verspürte er mitten am Tag die Lust, sich irgendwo hinzulegen und keinen Finger mehr zu rühren. Manchmal hätte er Lust, laut und unsinnig herumzuschreien, wo gerade geschwiegen wurde. Manchmal wollte er schon ausholen, um alles um sich herum zu zerschlagen, Computertastatur und Zeichengerät in die Ecke zu schleudern, mit den Ausdrucken von Grundrissen fremder Häuser ein gigantisches Feuer zu entfachen. Manchmal kam es wenigstens dazu, dass er mit der flachen Hand auf den Arbeitstisch schlug, sodass die Finger brannten, und dass er fluchte. Gleich darauf war er dann jedes Mal froh, dass es niemanden interessierte, wenn er sich für kurze Zeit einmal nicht beherrschen konnte, dass keiner ihn fragte, was in ihn gefahren sei, dass ihm niemand den Lärm vorwarf, den er gemacht hatte. An diesem Tag wie an jedem anderen sehnte er sich danach, dass irgendetwas Außergewöhnliches geschehe, ohne daran zu glauben, dass es wirklich eintreten könne. Er hoffte, einmal irgendwo dabei zu sein: sich bei einem furchtbaren Verkehrsunfall als Retter zu bewähren, oder mitzuerleben, wie einem Politiker der Kopf weggeschossen wurde, und dem Attentäter dann ein Bein zu stellen und sich auf ihn zu stürzen, oder den Vergewaltiger einer Frau von seinem Opfer wegzureißen und in die Flucht zu prügeln. Als er noch ein Junge war, hatte er sich immer wieder Situationen vorgestellt, aus denen er als Held hervortreten könnte. Heute genügte es ihm, sich in Gedanken des dankbaren Respekts, der Anerkennung eines fremden Menschen zu versichern. Mit Christine hatte er nie über seine Flausen gesprochen. Sie lebte viel zu sehr in der Wirklichkeit, als dass sie über solche Kindereien nicht würde lachen müssen. Aber manchmal las er ihr aus einer Illustrierten Geschichten vor von Menschen, die so waren, wie er sein wollte: im Alltag mutig, für jemand anderen notwendig, konsequent und zu einem bestimmten Augenblick am richtigen Ort, um etwas zu tun, das nützte.

Winbergs Tag begann in gereizter Stimmung mit einer Besprechung seiner Chefs und jener Mitarbeiter, die an dem Großprojekt beteiligt waren, das schon seit einem halben Jahr im Mittelpunkt umfangreicher Planungsarbeiten stand. Die Leiter der Firma gaben sich unleidlich, aber hinter der Unzufriedenheit mit dem bisher Geleisteten verbarg sich letztlich ein gewisser Gleichmut, ja Desinteresse. Dabei gingen die Arbeiten besser voran, als noch vor Wochen zu erwarten gewesen war. Zwei Stunden lang also machte man sich voreinander wichtig, hob den eigenen Ertrag hervor und drängte die Beiträge anderer zurück, wetteiferte mit mehr oder weniger nebensächlichen Vorschlägen und Anträgen und stritt um Dinge, die noch längst nicht spruchreif waren.

Nachdem Winberg mit ein paar kaum beachteten Worten seine Ergebnisse aus den vergangenen Tagen referiert hatte, zog er sich an eine Wand des Konferenzzimmers zurück und lenkte seine Gedanken auf alles mögliche andere. Nach einer Viertelstunde war er so gleichgültig geworden, dass sich seine Laune besserte. Er versuchte sich auf etwas zu besinnen, worauf er sich freute. Viel war da nicht. Oder doch? Einen Abend am Wochenende wollten Christine und er gemeinsam mit etlichen guten Freunden verbringen, die sie schon lange nicht mehr getroffen hatten; in sechs Wochen würde er mit Christine für ein paar Tage in Urlaub fahren; für die kommende Woche war in einem Kino ein vielversprechender Film angekündigt, Christine und er kannten und schätzten die Produktionen des Regisseurs und sammelten die DVDs wie Bücher oder Platten. Immerhin, dachte Winberg.

Eine Sekretärin drückte sich fast heimlich durch die Tür und musste sich von einem der Chefs ungeduldig anraunzen lassen.

Ein Anruf, sagte sie leise.

Für wen?

Für Herrn Winberg.

Na dann, bitte. Aber beeilen Sie sich nach Möglichkeit.

Winberg bemerkte erst nach und nach, dass damit er gemeint war.

Für mich? Er folgte der Sekretärin.

Am Apparat war eine unbekannte, geschäftsmäßig nüchterne Stimme, die sich mit dem Namen eines

Krankenhauses vorstellte. Christine Winberg sei eingeliefert worden. Ob er gleich kommen könne?

Winberg begriff noch nicht. Meine Frau?

Sie hatte einen Unfall. Ist es möglich …

Wann … wo …

Sie wird jetzt operiert.

Mein Gott.

Bringen Sie ein paar Sachen Ihrer Frau mit, bitte.
Außerdem sind noch einige Formalitäten zu erledigen.

Wer …

Mit der Polizei können Sie sich anschließend in
Verbindung setzen, sagte die Stimme des Krankenhauses.

Die Sekretärin hatte erschrockene Augen, tat aber
so, als hätte sie nichts mitbekommen.

Kann ich helfen?, fragte sie, als Winberg zögerlich
aufgelegt hatte.

Meine Frau … Nein, stammelte Winberg, fasste sich
dann ein wenig und sagte: Ich muss gleich fort. Er
fühlte sich hilflos und seit Langem zum ersten Mal
völlig allein.

Man ließ ihn nicht zu ihr. Sie sei am Schädel verletzt,
schwer, beträchtlich, sagte ihm ein junger, langer und
hagerer Arzt, der ihn mit einer routinierten Bewegung
sacht am Arm nahm und langsam den Gang entlang
führte. Die Operation sei abgeschlossen und gut verlaufen, soweit man das bei einem Fall wie diesem sagen könne; ob und wie sehr der Eingriff habe helfen
können, lasse sich erst später absehen.

Winberg wurde den Eindruck nicht los, dass nicht
mehr viel zu machen war, und er wusste nicht: las er

das aus dem naturgemäß passiven Gesicht des Arztes, hörte er es aus seinen Worten, aus seiner Stimme? Zu fragen, wie die Chancen stünden, wagte er nicht.

Wir müssen also abwarten, schloss er Arzt, nachdem sie eine Weile geschwiegen hatten. Dann sah er auf die Uhr. Entschuldigen Sie mich.

Bitte ..., beeilte sich Winberg.

Wenn Sie Fragen haben –, sagte der Arzt.

Winberg hatte viel zu viele Fragen, darum stellte er nicht eine, sondern sah willenlos einer jungen Schwester zu, die mit einem Rolltisch voller dampfender Mittagessen unter Kunststoffhauben auf sie zukam. Dann spürte er einen sterilen Händedruck.

Es ist ein schwieriger Fall, sagte der Arzt zum Abschied, kein außergewöhnlicher, aber ein schwieriger Fall.

Als Fall hatte Winberg Christine noch nicht gesehen.

Der Fall sei eindeutig, sagte ihm ein Polizeibeamter auf der Wache. Bedauerlich, ja, und: Es tut uns leid für Sie und Ihre Frau, sagte er und schien es ehrlich zu meinen.

Winberg nickte irgendwohin. Neben ihm stand ein alter, verwüstet aussehender Mann, der Anzeige gegen Unbekannt erstatten wollte und dem ganzen Raum seine verfahrene, völlig nichtige Geschichte aufdrängte.

Kommen Sie, sagte der Beamte, nahm Winberg mit sich hinter den Tresen und ging voran in einen kahlen Nebenraum, wo ein Tisch, ein paar Stühle, Schränke und Regale standen. Sie setzten sich.

Kennen Sie den Doktor?, fragte der Beamte.

Wen?, gab Winberg zurück.

Doktor Kryger, sagte der Beamte. Ich habe Ihnen gerade berichtet, dass er den Wagen fuhr.

Ach ja.

Sie kennen ihn?

Nein.

Doktor Kryger – Sie haben wenigstens den Namen schon gehört, forderte der Beamte.

Winberg dachte an Christine und wie sie vor dem Auto eines Doktor Kryger lag.

Er führt eine Privatklinik am Stadtrand. Da geben sich sogar die Minister die Klinke in die Hand.

Winberg sah noch, wie Christine mit gefüllter Einkaufstasche vor den Wagen lief.

Der Fall ist eindeutig, wiederholte der Polizist. Ihre Frau hat nach etwas auf der anderen Straßenseite Ausschau gehalten, vielleicht einen Bekannten gesehen. Die Zeugen sagen, sie sei auf die Fahrbahn gelaufen, mit erhobener Hand, als ob sie jemandem winken wollte, und habe nicht nach rechts gesehen und nicht nach links.

Wie heißt der Mann?, fragte Winberg mitten hinein.

Kryger. Mit Ypsilon, antwortete der Polizist und sah Winberg prüfend an.

Wann ist es passiert?

Gegen zehn, sagte der Beamte. Der Mann ist unschuldig, daran ist kein Zweifel.

Unschuldig, wiederholte Winberg.

Der Fall ist eindeutig, sagte der Polizist.

Entsetzen ergriff Winberg erst, als er den grauen Steinwänden der Hochhaussiedlung näher kam – er wusste nicht, ob es Mitleid mit Christine war, was ihn derart erschreckt hatte, oder ob die Verzweiflung ihn ausgerechnet hier packte, weil er jetzt allein hier wohnen sollte, inmitten dieser Häuser, die immer dastanden wie in endlosen Regenschauern und die taten, als könnten sie nicht wahrhaben, dass auch manchmal die Sonne schien. Der Sommer in solch einem Haus sei verlorene Zeit, hatte Christine einmal gesagt.

Als er durch die betonbegrenzten Grünanlagen auf das Haus zuging, das zufällig seine Wohnung enthielt, wurden seine Schritte wie von selbst immer langsamer, als wollten seine Beine den Augenblick noch weiter hinauszögern, in dem ihre Bewegung zum Stillstand kommen musste. Winberg nahm nicht den Lift, sondern stieg Stockwerk um Stockwerk an verschmierten Wänden entlang das stets leicht nach Urin und Gummi riechende Treppenhaus hinauf.

Wenn er sonst seinen Schlüssel aus dem schweren, klirrenden Bund heraussuchte und dann im Schloss der Wohnungstür drehte, rief Christine immer:

Bist dus?,

als ob es auch jemand anderer sein könnte. Er rechnete damit, dass diesmal die Wohnung still bleiben würde, und doch fiel ihm auf, dass niemand rief, und er fühlte sich fast ein wenig schuldig, weil er darüber nicht noch mehr erschrak. Im Flur, als er die Tür geschlossen hatte, blieb er im Halbdunkel stehen und lauschte, als ob hinter einer der Türen schlecht über ihn gesprochen werden könnte. Es war nichts zu hören als das regelmäßige Knacken eines Uhrpendels und das Summen des Kühlschranks.

Du machst dich zum Narren, sagte sich Winberg. Aber er vermochte es nicht, sich zusammenzunehmen. Dabei hatte er nicht einmal Angst um Christine – obwohl er wusste, dass es allen Grund dafür gab. Zunächst musste er sich anstrengen, ein Das-hat-noch-gefehlt-Gefühl loszuwerden, das in seinem Kopf war und trotz mühseliger Konzentration auf die Katastrophe selbst immer wieder auftauchen wollte.

Im Wohnzimmer lag die Zeitung noch halb aufgeschlagen auf dem Tisch, Geschirr, Butter und Marmelade standen hastig zusammengestellt auf einem Tablett. Im Schlafzimmer waren die aufgeschüttelten Kissen und Decken ordentlich über die Bettenden gebreitet. Durch das offene Fenster kam ab und zu ein leichter Windzug, der ein wenig nach Ruß roch und ein wenig nach jungen Bäumen. Christines Leben schien in der Wohnung geblieben zu sein, ihre durch die Jahre hindurch bis ins Unbewusstsein eingeübten allmorgendlichen Tätigkeiten schienen nur für kurze Zeit unterbrochen. Was da im Krankenhaus lag, wollte mit Christine noch nicht allzu viel zu tun haben. Ein paarmal fiel es Winberg schwer, die Vorstellung aufzugeben, sie werde im nächsten Moment aus einem Zimmer zu ihm kommen; dann beobachtete er sich, wie er lächelte und gerade dabei war, die Erinnerung an den Anruf, an das Krankenhaus und die Polizeistation wie eine dumme Einbildung abzuschütteln.

Als er, eigentlich grundlos, die Toilette betrat, spürte er, dass er sich gleich würde übergeben müssen. Danach spülte er den Mund aus und steckte sich eine von Christines Zigaretten an. Er hatte sich jetzt derart aus dem Griff verloren, dass er sich kaum mehr entsinnen konnte, was mit dem Rauch zu machen sei, den er in Mund und Lungen hatte. Er stellte sich ans Schlafzimmerfenster, als ob es von hier aus eine Aussicht zu genießen gäbe, und beobachtete auf der abgezirkelten Wiese ein paar spielende Kinder, bunte Punkte, die einem noch kleineren Punkt, einem Ball, nachjagten und sicher gleich von einem Hausmeister vertrieben oder von einem alten, gelangweilt auf Belästigung wartenden Mieter beschimpft werden würden.

Winberg wusste nichts mit sich anzufangen, alles war ihm aus der Hand genommen, er konnte nicht einmal danach fragen, was nun zu tun sei, nur noch danach, was war; und jede Antwort, die ihm gegeben werden könnte, würde ihm maßlos lästig sein oder ihn beunruhigen oder nicht genügen und Anlass geben zu neuen Fragen. Er hatte Angst, dass dieser Zustand so bald nicht enden würde, sollte Christine jetzt sterben.

Als er wenig später in der Firma anrief, um die Fragen zu beantworten, wo er denn geblieben und warum er nicht wiedergekommen sei, bat er kurz angebunden um eine Woche Urlaub.

Wofür brauchen Sie den? Wir stecken mitten in einer entscheidenden Phase, erinnerte ihn die Stimme am Telefon, von der er jetzt nur wusste, dass sie das Sagen hatte.

Unbezahlt, sagte Winberg ins Blaue hinein. Mir reicht eine Woche unbezahlter Urlaub.

Er erhielt ihn, zusammen mit ein paar überflüssigen Bemerkungen seines Abteilungsleiters. Dann setzte sich Winberg in einen Sessel, ein leeres Glas in der Hand, in das etwas einzuschenken er vergessen hatte. Ihm graute vor den vielen Tagen allein mit sich. Aber es war ihm, als wäre etwas zu tun, das vielleicht so lange bräuchte, getan zu werden.

2

Am nächsten Morgen, nachdem er ein belangloses Telefongespräch mit Christines Arzt geführt hatte, machte sich Winberg mit dem Auto auf den Weg. Krygers Klinik, deren Adresse er aus dem Telefonbuch kannte, bestand aus vier großen Gebäuden im Stil klinkergemauerter, strohgedeckter Ostfriesenhäuser. Sie standen wie zufällig verstreut, zwischen dichten Bäumen und Buschwerk in einem umfänglichen Grundstück. Winberg ließ den Wagen stehen und schlenderte durch ein mit Sorgfalt und Raffinement arrangiertes Stück künstlicher Natur, in dem die Vögel sangen und ab und zu ein Frosch Laut gab, als wäre dies alles extra bestellt, als gehorchten Tiere, Pflanzen und der Wind dem Dirigat eines verborgenen Majordomus. Am Hauptgebäude, zu dem ein breiter, leicht gewundener Kiesweg führte, war eine Überwachungskamera versteckt, und auch die reich verzierten, unbezwingbaren Gitter vor manchen Fenstern des Erdgeschosses entgingen Winberg nicht.

Eine Art Empfangsdame saß hinter einem breiten Massivholztresen inmitten eines Waldes aus üppigen Grünpflanzen und trank mit edler Bewegung aus einer Tasse. Sie fragte er wie beiläufig nach Doktor Kryger.

Ob er angemeldet sei und erwartet werde? Andernfalls könne er jetzt allerdings nicht zu ihm. Sie erbot sich noch zu telefonieren. Winberg aber lehnte rasch ab und entfernte sich mit ein paar Ausreden in eine der seitab führenden Lauben, wo er sich zwischen Gruppen wartender Besucher und Patienten schob, die in Bademänteln rauchten.

Auf einem Wegweiser fand er Krygers Zimmernummer. Vor der Tür fühlte sich Winberg mit einem Mal ausgeleert und ratlos. Mit beklommenem Atem setzte er sich auf einen Stuhl und wartete; dann beobachtete er einen Arzt und eine Sekretärin, die nacheinander das Zimmer betraten. Winberg stand auf, näherte sich der Tür und lauschte, sobald er sich selbst unbeobachtet fühlte. Innen wurde gesprochen, in dunklen, dumpfen Worten, die Winberg nicht verstand. Dann senkte sich die Klinke, und einen Augenblick später, gerade als Winberg sich abgewandt hatte und langsam einige Schritte weiter ging, trat hinter dem Arzt und der Sekretärin ein älterer, mittelgroßer und schlanker Mann mit frischem, lebendigem Gesicht heraus, der sich bei seinen Begleitern knapp nach diesem und jenem erkundigte und mit leicht gesenktem Kopf Antworten entgegennahm. Winberg ging den dreien nach und sah zu, wie nach kleiner Pause der Ältere, ganz offensichtlich Doktor Kryger, dem Jüngeren eine Hand auf die Schulter legte, nickte und ihm ein paar Worte sagte, die der andere mit auffälliger Erleichterung aufnahm.

Nein, hörte Winberg Kryger dann sagen, ich fahre übermorgen trotzdem, bleibe aber am Wochenende in Notfällen übers Handy erreichbar. Sie wissen ja, wo. Und er nannte den Namen eines Hotels in einem der kleineren Seebäder. Winberg, der dort vor Jahren beruflich zu tun hatte, kannte es: für Wochenendausflüge ein beliebtes Ziel und in gut einer Autostunde erreichbar.

Winberg betrat die Cafeteria erst eine Minute nach den anderen. Mit ein paar Blicken hatte er ausgemacht, wo sie saßen. Dann mischte er sich in eine der kurzen

Reihen von Wartenden vor den Schaltern und ließ sich, als er gefragt wurde, eine Cola geben. Er setzte sich unscheinbar zu einem plaudernden Pärchen und sah von der Seite zum Tisch der anderen hinüber.

An Doktor Kryger war vieles, was sich Winberg unangenehm aufdrängte. Vom ersten Augenblick an störte ihn seine makellose Erscheinung, die Kleidung, an der alles stimmte, eins zum anderen sich fügte, alles zueinander passte: die vornehmen Streifen in der Krawatte zum diskreten Muster des weichen Anzugs zur Geschmeidigkeit des Schuhleders zur Frische des Hemdes zum zurückhaltenden Glanz der Ringe, die er an beiden Händen trug. Der Körper des Mannes schien zweitrangig, zum Anzug hinzuerfunden: das weiß-graue, noch volle und gepflegte Haar, der von pfiffiger, vielleicht bissiger Intelligenz klein und scharf gewordene Blick, die eng anliegenden, noch ziemlich kleinen Ohren, die gewölbte, eine Spur zu voluminöse Nase, die dem Gesicht unverwechselbaren Charakter gab. Winberg begann, jede von Krygers Bewegungen zu verabscheuen, die sich grazil, aber nicht affektiert gaben, genau bemessen, niemals hastig, fehlerlos. Als Kryger an diesem Tisch der Klinikkantine Kaffee aus einem Pappbecher trank, tat er das so, wie Winberg in einer exklusiven Bar einen teuren Drink zu sich genommen haben würde.

Winberg spürte: da war nichts, das ihn und Kryger einander näher bringen könnte, keine gemeinsame Gewohnheit, nichts von beiden Wertgeschätztes, auch nichts, das sie vereint ablehnten, nicht ein einziges Wort ihrer beiden Sprachen. Kryger würde ihm viel zu fremd bleiben, als dass er ihn je würde hassen können.

Und Winberg, seine Wahrnehmungen sortierend, bemühte sich sofort darum, sich darauf einzustellen.

Wenig später, als Kryger und die beiden andern die Cafeteria verließen, kamen sie an Winbergs zwischen die Schultern gezogenem Kopf vorüber. Sie sprachen gerade über den Unfall vom Vortag. Kryger nannte ihn ein bedauerliches Unglück, erwähnte das arme Opfer, das für einen Augenblick der Unaufmerksamkeit eine schreckliche Strafe zahlen müsse. In seiner Stimme schwang – nicht ganz echt? – der Ton einer inneren Bewegung, mit der er begonnen zu haben schien, ohne sie je zu Ende bringen zu wollen. Der jüngere Arzt bemühte sich sichtlich um die Worte seines Chefs und bedauerte im Weggehen die Schwierigkeiten, die sich für Kryger aus dem Ganzen ergeben hätten, und die Verlegenheit auch des Mediziners, der nicht überall Hilfe leisten könne, wo er sie spenden wolle.

Winberg legte das Gesicht in die Hände. Während Christine bewusstlos in einem kastenförmigen Bett inmitten elektronischer Apparate lag, die ihr Leben bestärken und, sobald nötig, ersetzen sollten, konsolidierte sich hier die unverbrüchliche Kameradschaft der Unbeteiligten, durch die Erleichterung geeint, mit dem Schrecken davongekommen zu sein. Ihre dienstliche Sprache setzte den interesselosen Erinnerungen die Maske der Geschäftigkeit auf, des innerlichen Engagements und der Bestürzung über das unverdiente Leid eines anderen. Die Gesichter verzogen sich gerade so wie bei der Rundfunknachricht von einer mittleren Katastrophe irgendwo im Lande oder weit weg auf der Welt, mit einer gewissen Anzahl von Todesopfern und Schwerverletzten. Die Stimmen bedeckten sich soweit, dass man gerade noch begreifen konnte, es sei nicht schön, was andernorts geschah an schlimmen Dingen. Die Gesichter, die dergleichen daherlogen, schienen sich für Winberg von einer Sekunde auf die andere mit abstoßender Haut zu überziehen, hässlich wie das abgehandelte Ereignis selbst.

Eine nicht mehr junge Schwester empfing ihn, sie war von Arbeit und Verantwortung niedergedrückt und strahlte klinische Sauberkeit aus wie einen Vorwurf gegen Winbergs abgetragene Jacke und staubige Schuhe. Mit müdem Gesicht teilte sie ihm mit, dass der Stationsarzt nicht zu sprechen sei; Christine lag noch auf der Intensivstation.

Sie hat das Bewusstsein noch nicht wiedererlangt, sagte die Schwester. Er könne noch nicht zu ihr hinein.

Aber durch eine Glasscheibe durfte er sehen: auf ihr entstelltes und geschundenes Gesicht unter dem Turban des Kopfverbands, auf die Leitungen von Maschinen, auf die Schläuche in den Körper hinein und aus ihm heraus, auf das simultane stumme Wandern gezackter Lichtkurven über einen Bildschirm. Sein Blick wartete eine Weile darauf, dass Christines bräunliche, perlmuttern schimmernde Augenlider sich bewegten.

Wie ist ihr Zustand?, fragte Winberg.

Stabilisiert, antwortete die Schwester und sah ihm in das an den Wangen eigentümlich verschobene Gesicht, das sie jetzt mehr interessierte als die seit einem Tag unveränderten Züge der Patientin.

Hat es Sinn, auf den Doktor zu waren?, fragte er.

Die Schwester schüttelte den Kopf. Telefonieren Sie mit ihm, riet sie. Später.

Noch ein Blick in Christines Gesicht. Winberg hätte helfen mögen, sie waschen, das Bett richten, oder nur bei ihr wachen und darauf achten, dass die Lichtlinien nicht aufhörten, über den Bildschirm zu flattern. Aber derlei Beistand war nicht gefragt. Besondere Menschen hatten hier den Auftrag dazu; Menschen, die durch nichts zu denen gehörten, denen sie helfen sollten. Für einen Moment suchte Winberg ein Opfer für den Funken Hass, der ihm gerade zur Verfügung stand. Aber nach wem er auch Ausschau hielt: er fand nur welche, die nichts dafür konnten, jeder auf seine Art. In seinem Kopf hieß es jetzt wenigstens: dran bleiben. Am Leben dieses Krygers teilnehmen von außen. Es ansehen, wenn es schon nicht zu verstehen war.

Am folgenden Morgen machte Winberg Krygers Wohnung ausfindig, fuhr hin und folgte ihm, als er aus dem Haus trat und fortfuhr, mit dem Auto in die Klinik; wartete dort zwei Stunden, bis Kryger wiederkam; ging hinter ihm her weiter ein paar Straßen in Richtung der Innenstadt in einen Park; blieb dort eine Viertelstunde lang etwa zwanzig Meter von ihm entfernt auf einer Bank sitzen, solange Kryger in einer Zeitung las; folgte ihm dann durch die Anlage in ein dahinter gelegenes Wohnviertel mit herrschaftlichen, kostspielig renovierten Mietshäusern hinter reich verzierten Fassaden aus der vorletzten Jahrhundertwende; wartete, bis Kryger aus einem der Häuser wieder herauskam, in er offensichtlich jemanden besucht hatte – einen Patienten, eine Geliebte? –; blieb dicht hinter ihm, solange er durch eine Reihe engerer, winkliger Sträßchen und Gassen der Altstadt ging; und ließ endlich den Abstand zu Kryger wieder größer werden, als sie auf einen weiten, übersichtlichen Platz traten, an dessen einer Seite eine große Kirche stand. Nachdem Kryger über einige flache Stufen aus dem Sommerlicht im fast abweisend dunklen Portal verschwunden war, lehnte Winberg sich an eine Laterne, legte einen Fuß über den anderen und entspannte sich endlich. Jetzt könnte er überlegen: ob er hier warten solle; ob er Kryger in die Kirche folgen oder ob er einfach fortgehen solle; was überhaupt er von Kryger wollte, ob er eine Aussprache erwarte oder gar so etwas wie eine Entschuldigung; ob es ihm genügen würde, in Krygers Gesicht zu schlagen oder ihn anzuspucken; oder ob er ihn nur fragen wollte, was vorgefallen sei – von alledem hatte Winberg nicht die Andeutung einer Vorstellung.

Weil Kryger länger in der Kirche blieb, als Winberg erwartet hatte, ging er ihm schließlich nach. Drinnen hatten seine Augen Mühe, sich an das bedrückende Dämmerlicht zu gewöhnen. An den Wänden neben dem Eingang brannten auf nüchternen Stufengestellen Hunderte von Kerzen, rechts, wenige Schritte weiter, hing von der Decke ein kleines, rot leuchtendes Gefäß; fremde Ansichten aus einer Welt, an die Winberg sich seit seiner Trauung mit Christine nicht mehr erinnert hatte.

Mit langsamen Schritten erreichte er die hinterste Bankreihe. Durch die Fenster im Lichtgaden hoch über ihm fielen schwere Strahlen und markierten den Weg zur Vierung, zum Altar. Von hier hinten war das Mittelschiff ganz zu überblicken. Um diese Stunde verteilten sich nur wenige Menschen in der Kirche, ein paar alte Frauen, die auf knorrigen Knien, die mürben Hände ineinander verknotet, bewusstlos über den Bänken hingen; und weiter vorne eine kränklich aussehende Schwangere, die Hände im aufgeblähten Schoß, die halb geschlossenen Augen ohne sicheres Ziel nach vorne gerichtet. Von dort näherte sich träge ein Mann, der, einen Sonnenhut auf dem Kopf, die Wandgemälde betrachtete, dabei manchmal stehen blieb und einen Finger an den Stein legte mit einer Geste, mit der ein Fachmann prüft, ob die Farbe trocken ist. In einer der Bänke vor dem Altarraum saß Kryger, unauffällig, in durchaus bequemer, aber nicht nachlässiger Haltung. Hin und wieder legte er den Kopf auf die rechte, dann auf die linke Schulter, veränderte in Abständen die Positur ein wenig, wirkte dabei stets entspannt, fast heiter. Zwischen den Fingern bewegten sich die Perlen des Rosenkranzes, manchmal öffneten sich Krygers Lippen, sodass man ahnte, wie er die Gebete murmelte, ein ums andere Mal. In seiner Sammlung schien er so abwesend, dass Winberg nicht näher an ihn heran wollte. Er setzte sich in eine der hinteren Bänke und starrte nach vorn auf Krygers sorgfältig gebürsteten Hinterkopf. Einmal verließ ein schwarz gekleideter Geistlicher die Sakristei, die ans rechte Seitenschiff grenzte. Als er Kryger erkannte, der jetzt aufgestanden war, ging er mit schnellen Schritten auf ihn zu, lächelte, und beide gaben einander die Hand, jeder mit einem Gesichtsausdruck zwischen Hochachtung und Freude über eine alte Bekanntschaft. Nach ein paar Worten, von denen Winberg nichts verstand, hob der Priester die Hand, zum Abschied winkend, und verließ die Kirche durch einen Seitenausgang. Kryger hatte sich wieder gesetzt; saß ganz ruhig da, als hätte nichts seine Meditation unterbrochen.

Winberg fand auf einmal, dass er grenzenlos Zeit habe. Ihm wurde bewusst, wie sich eine Geduld seiner bemächtigte, die ihm sein ganzes Leben hindurch fremd gewesen war. Es fiel ihm nicht schwer, mit ein, zwei belanglosen Magazinen in den Händen von zehn Uhr morgens an in der Hotelhalle zu sitzen und auf Krygers Ankunft zu warten. Kurz zuvor hatte er dem sorgenvollen Gesicht des Portiers entnommen, dass alle Einzelzimmer längst vergeben seien, dass man ihm nur noch mit einem weder besonders komfortablen noch preiswerten Doppelzimmer in einem der oberen Stockwerke dienen könne. Bedenkenlos hatte er eingewilligt, ohne nach dem Preis zu fragen. Dann saß er Stunde um Stunde, sah vor sich hin auf die Füße der Kommenden und Gehenden und war sich gewiss, dass auch Kryger kommen werde. Winberg wartete nicht; er war einfach da.

Kryger traf am frühen Nachmittag ein, ihm auf den Fersen ein Page mit zwei Koffern an den Armen. Auf der Terrasse vor dem Hotel hatte Kryger offenkundig schon einen Teil jener Freunde begrüßt, die er hier übers Wochenende treffen wollte; sie traten gemeinsam mit ihm in die Halle, man redete durcheinander, jeder mit mindestens zwei anderen gleichzeitig, man betrug sich hervorragend freundlich gegeneinander und voller Einverständnis, für das eine ausdrückliche Grundlage nicht nötig war. Manche von Krygers Freunde waren in Begleitung deutlich jüngerer Frauen mit der Begabung, die Modernität teurer Modehefte zur Schau zu tragen und dabei viel zu lachen. Aus ihnen löste sich eine schöne, gut gewachsene Brünette, die Kryger von seinen Freunden mit großartiger Geste zugeführt wurde und die er mit weltmännischem Charme und herzlichen Küssen auf beide Wangen besonders auszeichnete. Krygers Eleganz wuchs noch um ein Stück, als er, das Mädchen am Arm und mit dem Kopf nach hinten grüßend, dem Hotelangestellten und seinem Gepäck in den Lift folgte.

Später trank Winberg auf der Terrasse Kaffee, ein paar Tische von Kryger und seinen Freunden entfernt in einer kaum einzusehenden Nische. Er belauschte, wie drüben die letzten Augenblicke bemühter Gefälligkeit vorübergingen und wie man sich bald wieder so verstand, als habe man schon ein, zwei gemeinsam verbrachte Wochen hier am Strand hinter sich. Ein paar Herren wollten Kryger überreden, mit ihnen Tennis zu spielen; aber er lehnte ab. Er wolle sich ausruhen, seine Sachen ordnen und, gegen Abend, einen langen Spaziergang den Strand hinauf und hinunter machen. Allein, antwortete er in das vielwissende Grinsen seiner Freunde hinein, die sich nicht beirren ließen. Für den Abend immerhin verabredeten sie, das Wiedersehen in einem Club im Ortsinneren gebührend zu begießen. Dann trennten sie sich.

Wenig später stand Winberg vor Krygers Tür, ganz so wie zwei Tage zuvor in der Klinik; nur dass er diesmal das Entwürdigende, Unappetitliche seiner Situation genauer empfand. Der Gang zwischen den Zimmern war um diese Zeit menschenleer, die meisten Hotelgäste waren beim Sport oder zum Schwimmen am Meer oder tranken in einer der Bars. Winberg kam sich wie ein kleiner Junge vor, dem es auf Schleichwegen gelungen war, sich in eine nur für Erwachsene zugelassene Kinovorstellung zu schmuggeln.

Er lehnte den Rücken an die Wand neben der Tür. Sein Körper war in vollständiger Tatenlosigkeit erschlafft. Nach außen mochte Winberg den Eindruck eines enttäuschten Mannes erwecken, der von jemandem versetzt worden war. In seinem Kopf aber war alles voller Konzentration, und seine Ohren waren so sensibel geworden, dass die Stirn vor Anstrengung schmerzte.

Im Zimmer schmeichelte Krygers weiche, bewegliche Stimme, und die Stimme des Mädchens erwiderte ebenso anhänglich, zierte sich ein wenig, tat, als wäre sie noch ein bisschen weiter vom Ziel entfernt als die Krygers. Eine Flasche wurde auf den Tisch gestellt, und Gläser klangen aneinander. Dann blieben ein paar Augenblicke lang die Worte aus, Winberg meinte, das leise Rascheln eines Kleiderstoffs zu hören, das Reiben von Haut an Haut, das Knistern elektrisierten Haars. Krygers Sprechgesang war jetzt wie sein Lächeln, eine äußerliche Geste, dabei manchmal schonend sanft, dann langsam drängender, härter, deutlicher. Aber noch wollten ein paar Minuten abgewartet sein. Winberg spürte, wie Krygers Worte hinter freundlicher Maske allmählich ungeduldige Mienen machten, wie sie weniger und weniger meinten, was sie sagten, wie allein ihr Klang Hinweise gab auf die fällig gewordene Einlösung einer Vereinbarung, die schon lange vorher abgemachte Sache gewesen war.

Wenig später herrschte Einigkeit, und die Worte kamen wieder gelöst und spielerisch, wobei es immer weniger wurden. Und nun endlich drangen die Laute einer wachsenden Anstrengung zu Winberg, ein Stöhnen, das etwas Flehendes hatte. Krygers Stimme war sich ihrer Sache jetzt nicht mehr so sicher, etwas in ihr stand infrage. Dann kam wieder der fordernde Ton, mit dem Kryger zu dem Mädchen sprach, aber anders als vorhin, mit einer Anspielung von Hoffnungslosigkeit. Es war, als stellte er Ansprüche, müsste aber Widerstand befürchten, als erteilte er Befehle, von denen er nicht wusste, wie sie ausgeführt würden. In seiner Bereitschaft war jetzt Angst wach geworden, sie ließ seine Lüsternheit nur zögernd wachsen, bald hatte er seine Selbstsicherheit ganz und gar verloren und hörte sich schließlich bittend an wie einer, der sich nicht genug zutraut und darauf bedacht ist, sich nicht zu viel zuzumuten.

Winberg hatte nicht Verachtung genug und kein Mitleid mit Kryger. Und doch meinte er plötzlich, er müsse sich und ihm ersparen, was folgen musste. Er kam sich lächerlich vor in seinem Versteck, das keines war, er wollte sich abwenden und fortgehen, als ein Zimmermädchen von irgendwoher auf ihn zukam und ihn überrascht ansah. Winberg machte eine verlegene Bewegung und ging mit langsamen Schritten den Gang hinunter. Das Mädchen klopfte an Krygers Tür, und von drinnen schrie es heiser:

Hier können Sie nicht rein.

Das Mädchen starrte Winberg mit dem Abscheu eines Menschen nach, der einer schmuddeligen Affäre auf die Schliche gekommen ist, die lange verborgen geblieben war.

Ist es aussichtslos?, fragte Winberg in sein Handy.

Das nicht, sagte der Stationsarzt. Ich möchte sie vor zu viel Pessimismus warnen, aber auch vor zu großen Erwartungen.

Wird sie sich wieder bewegen können?

Wenn sie erst einmal aufgewacht ist …, sagte der Arzt. Wir müssen sehen, ob sie überhaupt sprechen kann. Wir dürfen zunächst schon zufrieden sein, dass momentan keine akute Lebensgefahr besteht. Alles Weitere …

Dann folgten ein paar versöhnliche Sätze, die Winberg nicht verstehen wollte. Es gab also nichts zu sagen; der andere wusste nicht mehr als er selbst. Sie beide waren, durch ein Telefon verbunden und getrennt, gemeinsam allein. Nach einer Weile, in der sie ihre Machtlosigkeit mit Schweigen gebüßt hatten, verabschiedeten sie sich.

Winberg, in einer unauffälligen Ecke der Bar an einem Tischchen sitzend, musste über eine Stunde warten, bis Kryger von seinem abendlichen Ausflug zurückkehrte. An Krygers Arm stöckelte das Mädchen, geschickt geschminkt und routiniert lächelnd. Die beiden gingen durchs Lokal, mal hierhin, mal dorthin grüßend, und nahmen endlich an einem großen runden Tisch Platz, an dem während der halben Stunde zuvor nach und nach die anderen Paare Platz genommen hatten.

Sofort als Kryger saß, war er der Mittelpunkt der Runde, die rasch in ein reges Gespräch verfiel, oft lachte und immer wieder Wein, Bier und Schnaps bestellte. Es schien Winberg, als gelte der soigniert-ruhige Kryger für einen Richter richtiger Meinungen und guten Geschmacks. Meistens wurde er etwas gefragt und gab dann weitschweifig Auskunft, Kenntnisse und Korrekturen äußernd, die er mit artigem Lächeln bescheiden vortrug. Winberg konnte von seinem Platz aus großen Teilen des Gesprächs folgen, wenn er aufmerksam hinhörte, und spürte bald, dass für die anderen von Kryger, der unter ihnen augenscheinlich der Älteste war, ein besonderer Reiz ausging. Man sprach über die Theaterspielpläne großer Städte, später, ausführlicher, über schwankende Banken und Unternehmen, diskutierte die Krisen der Börse. Dann wandte man sich den anwesenden Damen zu und hofierte sie mit kleinen, blasierten Komplimenten. Jeder an diesem Tisch hatte Erfahrung mit dem Charme alter Schule und seinem gezielten, wohldosierten Einsatz, mit dem richtigen Ton dem jeweiligen Gesprächspartner gegenüber, mit der feinen Nuance der Anspielung. Winberg wollte das alles vorkommen wie ein Ausschnitt aus einem alten Film, wie der Blick in ein Wörterbuch aus einer Zeit, die schon lange vor seiner Geburt zusammengefallen war. Hierher, in die angestrengt vornehme Atmosphäre des Seebads, hatte sich von solchen Resten der Vergangenheit noch etwas retten können, und diejenigen, die sich darin zu Hause fühlten, pflegten die Traditionen wie unfehlbar folgerichtige Rituale. Die jungen Frauen, die bei den Herren saßen, schienen nicht wirklich zu ihnen zu gehören. Sie saßen dabei, weil die Männer erst mit ihnen ein Bild ergaben, das sie für gültig halten durften. Und sie wurden dafür entlohnt, dass man ihnen nicht ansah, wenn sie sich langweilten.

Winberg fühlte mit einem Mal etwas wie leise Genugtuung in sich: indem er die Runde so schamlos belauschte, indem er sie derart durchschaute, meinte er zu wissen, wie sehr er sie demütigte.

Ein paar Stunden gingen so hin. Die Gesellschaft am runden Tisch konsumierte eine Flasche nach der anderen, und auch Winberg hatte mit der Zeit viel getrunken. Während die Stimmung der Runde immer gelöster, die Gespräche allmählich freizügiger wurden, spürte Winberg eine wachsende Klarheit in seinem Kopf, eine Gewissheit, dass richtig war, notwendig und gut, was er seit zwei Tagen tat, obwohl er nach wie vor nicht hätte sagen können, worauf er hinauswollte. Er fühlte sich auf der Spur, ohne zu wissen, wer das war, dem er folgte, und warum er es tat; er fühlte sich bereit, jederzeit abzudrücken, obwohl er sich ohne Waffe wusste; er kostete die Aufgeregtheit einer Pirsch und wusste doch, dass nichts zu jagen da war, dass niemand Furcht vor ihm haben musste.

Nach Mitternacht wurden die Kellner und Ober unruhig, und einer spielte hin und wieder an einem der Lichtschalter. Außer mit ein paar ärgerlichen Blicken des einen oder anderen reagierte die Gesellschaft am runden Tisch nicht darauf. Die Mädchen waren träge und still geworden, ab und zu fiel ein Kopf auf einen reichlichen, dekolletierten Busen. Winberg hatte an diesem verlorenen Abend Beobachtungen gewonnen, die er verbuchte wie einen Besitz: mit Kryger lernte er mehr und mehr jemanden kennen, den er nicht ausstehen konnte, den er hassen wollte, indem er nach Anhaltspunkten suchte, die sein verdammendes Vorurteil gegen ihn bestätigen sollten.

Als nach ein Uhr der Barkeeper und ein Mann aus der Küche die Stühle hochzustellen begannen, erhoben sich die schwankenden Gestalten mit dem großtuerischen Gerede alt gewordener, früherer Anstößigkeit nachtrauernder Junggesellen, griffen ihren Damen an Brust und Hintern und strengten sich an, einem Kellner klar zu machen, dass nun drei Taxis zu bestellen seien. Winberg hatte schon vor einer Viertelstunde gezahlt und wartete nun in der Nische, die als Garderobe diente, bis die anderen die Bar verlassen hatten.

Als er selbst in die Nacht hinaustrat, schlug ihm ihre ungewöhnlich klare und reine Luft wie eine Hand ins Gesicht. Plötzlich vermisste er das Siegergefühl, das ihn drinnen über Stunden hinweg hellwach gehalten hatte. In ein paar Augenblicken hatte die Müdigkeit ihn eingeholt. In seinem Zimmer setzte er sich im Mantel auf einen Stuhl und schlief sofort ein, ohne es zu merken. Nach einer Stunde wachte er langsam auf; er fror, und der Kopf tat ihm weh. Er zog sich aus, wusch sich flüchtig und legte sich aufs Bett. Jetzt aber lag er, über eine Stunde lang, mit offenen Augen und ärgerte sich immer heftiger über seine Schlaflosigkeit.

Am Sonntag schlief Kryger bis in den Vormittag, und Winberg, der schon früh aufgestanden war und sich in einen Sonnenstuhl auf der Terrasse gelegt hatte, musste lange auf ihn warten. Kryger wirkte, als er endlich herunterkam, völlig erfrischt. Jetzt, ohne Begleitung, hatte sein Gesicht nichts von einer Maske, locker erschien es, so beweglich wie vor zwei Tagen beim Spaziergang durch den Park und während seines Aufenthalts in der Kirche. Kryger trank Kaffee, ohne etwas zu essen; dann schlenderte er fort, anscheinend ziellos, ließ den Blick mal hier-, mal dorthin schweifen, wie einer, der alles schon gefunden hat, was er in seinem Leben je hatte suchen können, und der mit keiner bösen Überraschung mehr zu rechnen braucht.

Winberg legte ein paar Münzen auf den Tisch und ging ihm nach. Fast bewunderte er die Leichtigkeit des

Gangs, die ruhige Bewegung der Arme, die Zartheit der Finger, zwischen denen Kryger versonnen einen Grashalm drehte.

Kryger ging in den Ort und schloss sich ein paar anderen Wochenendurlaubern an, um in der Kirche eine spätvormittägliche Messe zu besuchen. Während des Gottesdienstes stand er an einer der Wände der einfachen, kleinen Halle, sah meist zu Boden und schien ganz aufgegangen in dem, was vor ihm geschah. Winberg war auf die schmale Orgelempore hinaufgestiegen und blickte von oben auf die Köpfe der Gläubigen. Nach der Messe, als die Besucher aufstanden, um hinauszugehen, wollte auch Winberg die Treppe hinuntersteigen, sah aber, dass Kryger bewegungslos an seinem Platz stehen geblieben war und auf etwas zu warten schien. Nach einer Weile trat der Geistliche aus einem winzigen Nebenraum wieder ins Kircheninnere, und Kryger ging mit wenigen großen Schritten, mit ausgestreckter Hand auf ihn zu, hielt ihn an und sprach mit ihm, nachdem er eine fast jungenhafte Verbeugung gemacht hatte. Dann verschwand jeder von beiden in einer der Seiten eines Beichtstuhls.

Im Hotel wurde Kryger von seiner Begleiterin erwartet. Sie sprang von ihrem Stuhl auf, schob die Sonnenbrille aufs Haar und küsste ihn, während seine Muskeln im Nacken, an seinen Armen und Beinen sich spannten. Mit einem höflichen Lächeln zeigte er seine Zähne, und nach wenigen Augenblicken war aus ihm ein anderer geworden. Aber wer? Ganz der Alte?

Auch im Restaurant, beim Mittagessen, behielt Winberg Kryger und das Mädchen im Auge, beobachtete, wie er ihr mit der Vollendung eines Küchenchefs vorlegte, wie er eingoss und mit ihr anstieß, wie er unermüdlich neue Worte fand, um sie zu unterhalten. Später setzten sich zu den beiden zwei Männer aus der gestrigen Runde, die ohne Begleitung kamen. Jetzt taten sie zu dritt der Schönen schön, warben um sie mit der Eindeutigkeit von Gigolos und strahlten, wenn sie ihretwegen lachte.

Nachdem sie sich schließlich voneinander verabschiedet hatten, und während Kryger und das Mädchen auf den Ausgang zur Halle zugingen, hörte Winberg ihn in der Nähe seines Tisches zu ihr sagen:

Die beiden haben sich genug zum Narren gemacht. Lass uns auf mein Zimmer gehen.

Sie schmiegte sich an ihn, und er führte sie mit sich fort mit dem Gesicht eines erfahrenen Mannes, der freiwillig eine opfervolle Mühe auf sich nimmt.

Am Nachmittag kam die vollständige Runde in der Halle zusammen und begrüßte sich aufwendig, bevor sie alle das Hotel verließen, um zu einer der Sportanlagen hinüberzugehen, die dazugehörten. Hier machten sie mit einer Runde Minigolf den Anfang, vor allem wohl der Damen wegen, die sich betont umständlich und unbeholfen gaben.

Solange die Männer in den Umkleidekabinen ihre Tennissachen anzogen, standen die Frauen wartend beieinander, über Minuten so gut wie wortlos. Und erst, als ihre Begleiter in ihren Dresses auf die Plätze liefen, auf der Stelle tretend die Rackets prüften und die Seiten der Spielfelder auslosten, lehnten die Mädchen, die alle nur einen Namen, nur eine Persönlichkeit zu haben schienen, sich gegen den Zaun, setzten alle das gleiche Lächeln auf und reichten einander belanglose Sätze weiter.

Während des Spiels taten die Männer so, als wären sie es gewohnt, tagtäglich im Sport ihr Bestes zu geben. Sie warfen fachmännische Bemerkungen hin und her, lockerten in regelmäßigen Abständen die Gliedmaßen und sahen immer wieder einmal nach dem Stand der Sonne. Winberg, der sich zwischen den Kabinen und einem Schiedsrichterstuhl verborgen hielt, sah den Männern zu, die allesamt gut spielten, beobachtete, wie sich ihre Wadenmuskeln rhythmisch zusammenzogen, wie sie aus zurückgebogenem Körper den Ball zum Aufschlag in die Luft warfen und ihn dort für den Bruchteil einer Sekunde stehen ließen, bevor sie ihm ächzend einen schmatzenden Hieb versetzten, wie sie gleich danach halb in die Hocke fielen, nervös lauernd und von einem Fuß auf den andern trippelnd, wie sie zwischendurch den Mädchen winkten, die nach jedem gewonnenen Ball applaudierten und jubelten. Kryger verlor nur einmal und erntete die Anerkennung aller. Aus dem hinter verschlossener Tür keuchenden, sich hilflos abarbeitenden Mann von gestern Nachmittag war so etwas wie ein Held, wie ein Sieger geworden.

So ging er schwimmen.

Die Runde ging nach kurzem Abendessen auseinander, und jeder hatte seine eigene Richtung.

Vielleicht wieder im Oktober,

rief man sich bei den Autos noch zu, und:

Muss erst mal sehen, obs da klappt.

Als Winberg zurückfuhr, tat er es mit der bewusstlosen Sicherheit eines Automaten, mit einer Genauigkeit des Steuerns, Kuppelns, Schaltens, mit einer Schnelligkeit der Reaktion, die er in wachem Zustand nie über sich gebracht hätte. Er sah sich wie einen anderen an Stationen dieses und des vergangenen Tages, wie jemanden, der in teilnahmsloser Betrachtung vor Bildern steht, die erfunden und kaum glaubhaft sind und nie wirklich werden. Er sah sich, fast beschämt, Dinge tun, die er nie zuvor getan hatte und die ihm bisher unvorstellbar erschienen waren: sah sich vor einer Hotelzimmertür die Vereinigungsversuche eines abgelebten Fremden belauschen; sah sich teilhaben an den Witzeleien einer Altherrenrunde, die mehrere Brieftaschenfüllungen investierte in ein paar Stunden mit ernüchternden Amüsements; sah sich, der seit Jahren keinen Sportplatz mehr besucht hatte, die Resultate einiger gezierter Tennisrunden vermerken.

Ihm war im Nachhinein, als hätte er nichts anzufangen gewusst mit sich, als hätte er den Anblick und das hektische, atemlose Tätigsein der albernden anderen gebraucht, um seine eigene Zeit herumzubringen. Winbergs Unzufriedenheit wuchs, als er erkennen zu müssen glaubte, dass ihm im Grunde keiner der anderen, sondern er selbst sich die zwei Tage über auf die Nerven gegangen war. Die Spannung, die ihn für einige Zeit in Atem gehalten hatte, zerplatzte zur unwandelbaren Enttäuschung eines Kindes, das ein kompliziertes Spielzeug verkehrt zusammengebaut hat.

Gegen acht hielt er vorm Krankenhaus und war sich im Klaren, dass die Aussicht gering war, Christine noch sehen zu dürfen; er wusste nicht einmal, ob er es wollte. Fast wäre es ihm lieber gewesen, der starre, unbewegte Anblick ihres violetten Gesichts unter dem weißen Turban bliebe in seinem Gedächtnis wie eine schlimme, aber übertriebene Erinnerung. Die Nacht-

schwester sah ihn verdrießlich an und schüttelte wortlos den Kopf. Aber Winberg blieb fest.

Nur einen Augenblick, sagte er. Sicher verstehen Sie
mich.

Eine Weile zögerte sie noch, und Winberg schickte
ein paar gute Worte und schmeichelnde Entschuldi-
gungen nach. Das erweichte ihr Herz, und sie nahm
ihn mit sich.

Hat sich Herr Doktor Kryger schon einmal nach
meiner Frau erkundigt?, fragte er unterwegs.

Nicht dass ich wüsste, sagte die Schwester. Heute
Morgen haben wir sie aus der Intensivstation verlegt,
fuhr sie fort. Und weil sie ihn wie Christines Kind,
nicht wie ihren Mann ansah, fügte sie hinzu: Vielleicht
wird jetzt doch noch alles gut.

Zuerst wollte sich auch Winberg darüber freuen.
Dann überfiel ihn mit überzeugender Plötzlichkeit
alles, was er über Krankenhäuser, Intensivstationen,
Schwerverletzte und Sterbende gehört hatte. Vielleicht
war die Intensivstation überfüllt? Vielleicht war jemand eingeliefert worden, dessen Fall aussichtsreicher
schien als der Christines und der die besondere Pflege
der Station eher verdiente als sie? Vielleicht war man
dabei, sie aufzugeben? Vielleicht hatte man eingese-
hen, dass in solchen Fällen Sterbendürfen gnädiger ist
als Weiterlebenmüssen? Und Winberg fühlte jetzt, dass
seine Hoffnung schon zerfallen war; dass er in den
vergangenen Tagen gelernt hatte, allein durchzukom-
men; dass sein Leben bereits anders aussah als jenes,
das er an Christines Seite geführt hatte; dass in dieses
neue Leben Christine als Kranke, als Sterbende passte,
nicht mehr aber als Lebende, als Partnerin Platz darin
hatte; dass sie ihm fremd geworden sein würde, ge-

schähe doch noch irgendwann das Wunder ihrer Heilung.

4

Winberg erwachte aus einem schweren Schlaf, aus einem schweren Traum ohne Bilder, der nichts zurückließ als die trübe Erinnerung daran, dass ihm wieder gesagt worden war, es müsse etwas geschehen und anders werden. Er sah auf die Uhr, es war etwa halb sechs, in einer Stunde würde der Wecker klingeln. Winberg stellte die Glocke ab und drehte die Uhr mit dem Zifferblatt zur Wand. Er fühlte sich zerschlagen, ohne dass noch Schlaf in ihm war, und er vermochte die Augen nicht länger als ein paar Sekunden geschlossen zu halten. Dann meinte er, in seinem Kopf nach ein paar Gedanken suchen zu müssen, aber er fand keinen, der von gestern übrig geblieben wäre, und neue zu denken, fehlte ihm die Kraft. Seit Christines Unfall spürte er sich mehr und mehr vom Weg abgekommen, einen Weg gehen, der keine Richtung hatte.

Zwei Stunden lag Winberg: auf dem Rücken, den Blick nach oben auf die grau gewordene, allmählich heller werdende Zimmerdecke gerichtet. Manchmal schoss ihm ein alberner Satz durch den Kopf, der unmöglich von ihm oder Christine hätte stammen können, etwa: Da musst du durch; Sätze aus mittelmäßigen Filmen, wie: Es muss getan werden.

Später, im Bad, löste er fröstelnd zwei Aspirin in Wasser, weil er es für möglich hielt, dass er Kopfschmerzen habe oder bekommen könne. Die Dinge fühlten sich heute falsch an, mit ein paar konfusen Bewegungen warf er aus Versehen sein Rasierzeug, die Zahnbürste und ein Parfümfläschchen Christines zu Boden. Bald erfüllte eine schwere, süße Duftwolke die Wohnung. Mit einem Mal schienen alle Gegenstände nach Christines Haut riechen zu wollen, nur viel stärker, aufdringlich, ohne die Zurückhaltung, mit der ihr Hals, der Ansatz ihres Haars, ihre Handgelenke den Geruch preisgaben: sparsam fast, gleichsam Stück um Stück.

Von vornherein hatte dieser Tag für Winberg etwas von einem Abschluss. Jetzt hielt ers nicht mehr für nötig, sich in Bedeckung zu halten. Er rief in Krygers Klinik an und fragte, wann der Doktor zu sprechen sei. Erst nachmittags, lautete die Antwort. Da lag die Hoffnung nahe, dass Kryger wieder seinen Spaziergang durch den Park, über den Kirchplatz, in die Kirche unternehmen würde.

Am Vormittag brachte Winberg die Wohnung in Ordnung. Das lenkte ihn ab, und die immer übersichtlichere Arbeit seiner Hände machte ihn schließlich ruhiger. Wenn sie schwere Gegenstände bewegten, prüfte er wie ein Arzt die Festigkeit des Griffs, die Ausdauer der Finger. Wenn er unter dem Gewicht eines Möbelstücks stöhnte oder sich einmal räusperte, staunte er über seine Stimme, die hohl klang und eigentümlich verstellt.

Um zehn verließ er die Wohnung und fuhr zu Krygers Klinik. Ein paar Minuten war er auf Vermutungen angewiesen, ob Kryger das Haus vielleicht schon verlassen habe oder erst noch herauskommen werde oder gar nicht an einen Spaziergang denke; bis Winberg, aus ziellosen, unwiederholbaren Gedanken aufschreckend, den Sommermantel Krygers nicht weit vor sich um eine Ecke verschwinden sah.

Er wählte diesmal einen anderen Weg als vor drei Tagen, aber Winberg hatte die durch nichts begründete Gewissheit, dass das Ziel dasselbe sein werde. Er folgte Kryger durch ein paar Einkaufsstraßen, wartete vor einem Tabakladen, später vor einer Weinhandlung, blieb eine halbe Stunde untätig in der Nähe eines Friseursalons stehen, bis Kryger seinen Weg wieder fortsetzte. Als er endlich auf die Kirche zuging, verbarg Winberg sich hinter einem Baum, um nicht jetzt noch erkannt zu werden; scheinbar gleichgültig drückte er sich an die staubige Rinde, wie einer, der jahrelange Routine im Verfolgen und Verstecken und Beobachten hat. So wartete er ein paar Minuten und trat dann durch das Portal ins Kircheninnere.

Drinnen herrschten braungraues Licht und der uralte Geruch von Kerzen, kaltem Weihrauch und eingestaubten Stoffen. Wie vor ein paar Tagen: matte Frauen, graue Hände, die regungslosen Lichtbalken aus dem Obergaden, in denen Staubkörner millionenfach ihre Kreise zogen. Von einer Seite kam ein Geräusch, das gedämpfte Einschnappen eines Türschlosses. Kryger stand auf und wandte den Kopf dem Priester zu, der langsam auf ihn zukam, mit lächelndem Gesicht, und ein paar Meter vor ihm die Hand ausstreckte.

Etwas setzte Winberg in Bewegung. Wie auf Rollen trugen ihn seine Füße gleichmäßig langsam nach vorn; wie eine Videokamera hielten seine Augen jede Geste Krygers und des Geistlichen fest, den Händedruck, die sich öffnenden und schließenden Münder, die Blicke des Pfarrers, die mit Respekt und Wohlwollen auf

Kryger fielen, und die Krygers, die sich ab und an zu Boden richteten, wie wenn das von ihnen erwartet würde.

Eine Hand Winbergs legte sich auf die Wange einer Kirchenbank, und seine Füße schoben sich nebeneinander. Als der Priester noch einmal Krygers Hand nahm, streifte sein Blick Winbergs Gesicht. Ohne dass der Geistliche mit seinen leisen Worten auch nur einen Augenblick innehielt, hatte er jenen Mann zur Kenntnis genommen, der da seit einer Minute unentschlossen im Mittelgang verharrte wie ein jahrelang beichtsäumiger Sünder und sie beide anstarrte. Man verabschiedete sich, der Geistliche strebte dem Seitenausgang zu, jedoch gemächlicher als vor drei Tagen, so, als ob sein Hinterkopf rückwärts sehen wollte, um etwas abzuwarten.

Winberg war unterdessen hinter Kryger getreten, der sich wieder gesetzt hatte und, den Rosenkranz in den Händen auf dem Schoss, dem Pfarrer nachschaute. Stumm blieb Winberg stehen und starrte auf den Scheitel des Kopfes vor ihm, auf die gesund geröteten, schimmernden Ohrmuscheln, auf die Nasenspitze, die unter Krygers Stirn hervorsah.

Dann drehte Kryger sich um und sah nach oben. Dann stand er auf und forschte sich kurz in das Gesicht des anderen. Dann setzte er zum Sprechen an und ließ es bleiben. Dann sagte er doch noch:

Kenne ich Sie?

Und:

Ich kenne Sie doch?

Und:

Sie waren mir auf den Fersen. Ja. Die ganze Zeit.

Winberg hob die Hand, von der er auf einmal wusste, dass sie etwas festhielt, das Bund Schlüssel, an dem sich die nervösen Finger bisher in der Jackentasche festgehalten hatten.

Du hast ihn gestellt. Die Jagd ist vorüber. Was jetzt? Doch ehe er zu Ende gedacht hatte, bewegte sich die gefüllte Hand mit äußerster Wucht und grausamer Geschwindigkeit, die Winberg unendlich langsam vorkam, und prallte gegen Krygers Ohr, einmal, zweimal. Winberg spürte den Blitz eines schrecklichen Schmerzes in seiner Hand und spürte, wie unter ihr fremde Haut zerschliss, wie Knochen nachgab, er sah Kryger mit vor Überraschung durchsichtigem Gesicht aus der Bank taumeln. Noch ein Stoß gegen die Brust: Kryger blies die Backen auf, eine Haartolle schwang in die Stirn, die Augen traten ein wenig aus den Höhlen. Als Krygers Kopf gegen die Kante einer Altarstufe schlug, klang sein Platzen wie das einer schweren Riesenfrucht, die zu Boden fällt.

Unbestreitbar, dass jetzt etwas geschehen war. Und Winberg hatte etwas dergleichen gewollt; wahrscheinlich; vielleicht.

Ich wollte das nicht, hörte er sich mit mechanischer Stimme sagen.

Der Priester sah zu ihm auf. Er hatte Blut an den Händen, zwischen den Fingern, an den Manschetten des Hemdes und den Revers seines Anzugs.

Ich wollte das nicht.

Der Pfarrer stieß einen wie angewurzelt stehenden Kirchendiener an. Schnell, sagte er unerwartet ruhig, sorgen Sie für einen Krankenwagen. Und zu Winberg,

mit der belehrenden Stimme eines erprobten Sanitä-
ters: Wir dürfen ihn nicht bewegen; der Kopf scheint
schwer verletzt.

Der Kirchendiener kam wieder gelaufen. Der Geistliche ließ Winberg neben Kryger stehen und schob die
wenigen Menschen, die sich erschrocken um sie versammelt hatten, aus der Kirche. Dann gab er dem
Mesner ein paar Anweisungen, nahm Winberg mit
einer seiner blutigen Hände, mit einer routinierten
Bewegung sacht am Arm und führte ihn mit sich fort
in die Sakristei.

Was dieser Fall für Sie bedeutet, wissen Sie wohl,
sagte er nüchtern zu Winberg und wischte sich mit
einem Taschentuch sorgfältig die Hände ab.

Ich weiß, sagte Winberg.

Vor allem: Beruhigen Sie sich, sagte der Pfarrer unvermittelt.

Ich bin ganz ruhig.

Es wird eine Untersuchung geben. Viele lange Ver-
nehmungen. Und natürlich den Prozess.

Ja.

Und Sie stehen … nicht gerade gut da, fuhr der
Pfarrer fort.

Ja.

Was?

Ich stehe nicht gut da, sagte Winberg. Ihm war, als
hätte er in den vergangenen Minuten kein einziges Mal
geatmet.

Vor dem halb offenen Fenster stand blendende
Luft. Draußen war alles bewegungslos, als ruhte das
Leben. Um die Mittagszeit mochten sich selbst die
Fliegen keine Mühe mehr geben. Alles schien sich trot-
zig vor der Sonne zurückgezogen zu haben.

Der Pfarrer sagte, nachdem er sich hingesetzt und den immer noch stehenden Winberg lange gemustert hatte: Ich kann Sie natürlich nicht hier festhalten.

Ich gehe nicht fort, antwortete Winberg. Ich werde mich selbstverständlich stellen, fügte er hinzu, scheinbar fest. In Wahrheit aber war er konfus, und die Worte kamen von irgendwoher fast automatisch in seinen Mund.

Als sie von draußen das Fahrzeug des Roten Kreuzes hörten und kurz darauf die Sirene eines Polizeiwagens dazukam, sah Winberg zum Fenster, durch das die zähe, muffige Sommermittagsluft in den schattigen Raum floss. Winberg tat ein paar Schritte auf das Fenster zu.

Bleiben Sie noch, sagte der Geistliche hastig und machte eine angespannte Geste.

Winberg musste lächeln. Ich geh nicht fort, sagte er wieder und legte die Fensterflügel zusammen. Der Pfarrer entkrampfte sich.

Vielleicht kann ich Ihnen …, begann er langsam, helfen … in gewisser Weise.

Kaum, gab Winberg zurück.

Ich kenne ja nicht einmal Ihren Namen, geschweige denn den Grund ihrer – Tat. Aber in meinem Beruf sammelt man Geschichten vieler ganz unterschiedlicher Menschen, und …

So?, sagte Winberg trocken. Geschieht dergleichen häufiger in dieser Kirche? Er hatte jetzt wenigstens keine Angst mehr und meinte, sich eine Zeit lang auf seine Ruhe verlassen zu können.

Unbeirrt fuhr der Pfarrer fort: Immerhin hab ich gesehen, was Sie getan haben. Ich habe den wichtigsten

Augenblick in Ihrem Leben miterlebt. Dann, gedehnter: Mit-erlebt – ja, buchstäblich.

Winberg blieb dabei, zu schweigen.

Ich habe nur zu oft mit Menschen zu tun, die sich in kritischen oder ausweglosen Situationen befinden.

In Winbergs Ohren klang, was der Priester sagte, merkwürdig lustlos: ein geschäftsmäßiger Text, vor Jahren einstudiert, ohne dass der Sprecher noch wusste, wessen Rolle er aufsagte.

Nach einer Pause verkündete der Pfarrer unbewegt: Ich gehe jetzt hinaus und rufe die Polizei herein. Dabei sah er Winberg von unten herauf an, als ob noch etwas zu sagen wäre.

Winberg nickte.

Der Pfarrer stand auf. Eine merkwürdige Geschichte. Aber er erwähnte es nur so, seltsamerweise ohne Betroffenheit. Winberg tat zwei Schritte auf das Fenster zu, um hinauszusehen, und der Pfarrer hielt noch einmal in seiner Bewegung inne und blickte ihn schweigend an.

Ich geh nicht fort, sagte Winberg noch einmal.

Der Pfarrer fragte: Kennen Sie einen Rechtsanwalt?

Ich werde telefonieren, sagte Winberg.

Bitte. Der Pfarrer zögerte eine Sekunde und verließ die Sakristei.

Winberg fingerte das Handy aus der Tasche und wählte eine Nummer. Winberg, antwortete er der Stimme des Krankenhauses. Dann wurde er mit dem Stationsarzt verbunden.

Wie geht es meiner Frau?

Nichts Neues, sagte der Arzt. Keine Veränderung.

Nichts Neues, wiederholte Winberg. Aber er meinte nicht den Arzt. Er meinte den Priester, der ihn gerade als Täter ausgab; Christine, die gewesen war und nicht mehr sein würde; Kryger, dessen Gehirn draußen in die Fugen des Steinfußbodens floss. Keine Veränderung. Er meinte sich.

GÜGES

Eine altmodische Geschichte

… mir war in jener schwülen Stunde, /
Als hättst du nicht das Recht dazu gehabt.

Friedrich Hebbel,
GYGES UND SEIN RING

Sie hatte nichts dagegen, wenn er sie nackt sah. Sie mochte es nur nicht, wenn er sie beim An- und Ausziehen beobachtete. Er lag neben ihr, auf den Ellbogen gestützt. Mit dem Zeigefinger fuhr er die Linien ihrer Schultern entlang, tastete über das Kinn und glitt übers Schlüsselbein.

Himmel, bist du begehrenswert, schwärmte er.

Sie war schon ein wenig müde und lächelte ihm zu.

Das finden alle. Alle, fuhr er fort. Sein Finger umkreiste den Nabel.

Ach lass, wehrte sie freundlich ab.

Doch, sagte er. Du gefällst allen.

Wichtig ist, dass ich dir gefalle, sagte sie banal.

Viele würden etwas darum geben, dich zu sehen, wie ich dich sehe: jetzt, so.

Christian, du weißt doch, dass ich solche Redereien nicht mag.

Du kannst ruhig ein bisschen stolz auf dich sein.

Sie machte eine Bewegung und wollte aufstehen.

Bleib doch, hielt er sie zurück. Dann sah er sie eine Weile mit großen Augen an. Schließlich sagte er: Ich will dich fotografieren.

Du hast sicher zweihundert Aufnahmen von mir, lachte sie.

Nein, ich meine: so wie du jetzt bist.

Sie zögerte. Ich will das nicht. Das weißt du.

Ich hab dich schon so oft darum gebeten. Komm. Was ist dabei?

Ich will es nicht. Du darfst mich ruhig für zimperlich halten, aber es ist mir einfach nicht angenehm.

Niemand bekommt das Foto zu Gesicht außer uns.

Warum willst du überhaupt – so ein Bild von mir.

Na hör mal. Er schwieg eine Weile und sagte dann: Lass mich doch.

Sie gab endlich auf und sagte nichts mehr.

Als keine Antwort kam, stand er auf und holte seine Ausrüstung.

Lehn dich ein wenig zurück.

Aber nur eine, ja?

Er sah durch den Sucher. Die Hand nicht ans Gesicht.

Mach schnell, bitte. Es ist mir unangenehm.

Das Kissen ein bisschen nach hinten.

Sie sah ihn unzufrieden an. Lass es lieber doch.

Das Auge am Sucher. Beweg dich nicht. Er verzog das Gesicht hinter der Kamera. Und schau nicht so miesepetrig drein!

Sie versuchte, sich zu entspannen. Es blitzte.

So, sagte er.

Während er die Kamera in der Tasche versorgte, begann sie, sich anzuziehen. Als er ein paar Mal zu ihr herübergeäugt hatte, drehte sie ihm den Rücken zu.

Seither behielt sie ein Gefühl der Beklemmung, das sie selber lächerlich fand und sich nicht erklären konnte. In den nächsten Nächten träumte sie manchmal von Männern, die nach ihr griffen, und von großen, leeren Häusern, in denen niemand zu sein schien außer ihr und in denen doch jemand war. An manchen Morgen war das Erste, woran sie dachte, Christians Kamera mit dem Chip darin. Einmal war sie sogar für kurze Zeit entschlossen, ihn aus dem Apparat zu nehmen. Da erzählte sie es ihm.

Du bist albern, sagte er.

Ich weiß.

Wir sind keine Kinder mehr. Nicht einmal unsere Eltern waren so prüde.

Das war eine dumme Antwort. Ich weiß nicht, wozu du es brauchst. Du hast mich, wie ich bin. Wann immer du magst.

Glaube mir. Das Foto bekommt niemand zu Gesicht. Es wird nicht auf meiner nächsten Ausstellung zu sehen sein und auf keiner danach. Es ist nicht mehr als ein Schnappschuss, rein privat, und alles andere als das Meisterstück des Meisterfotografen Christian Daules. Ich hab andere Aktfotografien gemacht, die dürfen die Leute sich ansehen, so lange sie wollen.

Aber es beruhigte sie nicht.

Einige Tage später kam er die Treppe vom Erdgeschoss, wo er ein paar helle Räume als Atelier eingerichtet hatte, in die Wohnung herauf.

Unten stapelt sich die Arbeit, schnaufte er wohlig. Bei diesem herrlichen Wetter. Viel lieber würde ich vor die Stadt und ein wenig in der Landschaft fotografieren.

Sie lächelte ihn an. Es reicht eben nicht, Aufnahmen zu machen. Du musst sie auch verkaufen.

Du bist zu streng, antwortete er. – Sieh einmal, was ich mitgebracht habe. Das Foto von vor ein paar …

Aber sie unterbrach ihn, plötzlich ernst. Ich wills gar nicht sehen.

Aber Ruth, ich finde, du …

Lass mir meinen Willen, bat sie, ich will es wirklich nicht.

Eine ganz harmlose Aufnahme, wahrlich kein Bild des Lasters.

Lieber nicht. Dann sagte sie: Übrigens hat Güges angerufen. Ich soll dich erinnern: er kommt gegen Abend.

Christian nickte. Unter der Tür frage er: Bist du mir böse?

Überhaupt nicht. Ich will nur nichts von dem Foto wissen. Und es auch gar nicht in der Wohnung haben. Lass uns so tun, als gäbe es das Bild gar nicht. Am liebsten wärs mir, du löschtest es von der Festplatte.

Er schwieg eine Zeitlang. Gut. Dann nahm er das Foto und steckte es ein. Vor dem Hinausgehen sagte er noch: Ach ja. Güges. Um sechs. Haben wir was zu trinken da?

Güges sagte, noch in der Tür: Ich hab heute Morgen mit deiner Frau telefoniert.

Ich weiß. Ich hab dich erwartet. Komm rein.

Sie gaben sich die Hand. Dann gingen sie durch den Flur zu Christians Atelier, das vor Jahrzehnten einmal als Wintergarten gedient haben mochte. Jedes Mal, wenn Güges durch diesen Flur ging, blieb er hinter Christian zurück und betrachtete sich die Fotos, die mit Magneten auf große Blechplatten geheftet waren.

Nanu. In Farbe?, fragte Güges.

Ja, und auch Christian blieb stehen. Samson hat sich wieder gemeldet. Er will in seinem Verlag jetzt auch Kalender herausbringen.

Du hast dich gemacht, Christian, das muss man dir lassen.

An Arbeit fehlts mir im Moment jedenfalls nicht.

Im Atelier suchte Christian in den Mappen. Das ist kein neues, aber auch kein schlechtes Thema, sagte er dabei. Innenstadt. Schwarzweiß. Grob gekörnt. Trostlos. Aber wirkungsvoll. Was mir noch fehlt, sind ein paar Aufnahmen bei Dunkelheit. Er suchte. Kino, Frittenbude, Bahnhof, Strich, verstehst du?

Zeig nur, was du hast, sagte Güges, ein wenig unkonzentriert.

Christian plauderte leichthin. Nur in der Großstadt könne ein freier Fotograf hoffen, seinen Lebensunterhalt einigermaßen zusammenzubekommen. Keine der Fotogalerien, die er kenne, könne mit der Güges' auch nur entfernt mithalten. Künftig wolle er mehr für Zeitschriften arbeiten, mittlerweile sei er so weit, unter den Angeboten das beste aussuchen zu können. Güges ging im Zimmer auf und ab.

Bis jetzt sinds etwa fünfzig Aufnahmen. Lass noch zehn dazukommen. An den nächsten Abenden mach ich mich auf den Weg. Ich dachte an eine Auswahl von vielleicht zwölf Stück, nicht mehr. Nur die besten. Ein

Bezug stellt sich von ganz alleine her, wenn sie nur richtig arrangiert werden. Jetzt hielt er einen Stapel.

Du hast eine schöne Frau, Christian, sagte Güges und betrachtete das Foto in seinen Händen.

Meine Güte. Gib das her. Woher hast du das?

Christian hatte die Aufnahmen auf den Tisch geworfen und riss Güges das Foto aus der Hand.

Es lag da.

Das sollte keiner sehen. Wenn Ruth das wüsste.

Christian war ganz blass geworden, er wandte sich ab, seine Zähne nagten an der Unterlippe, und die Finger klopften nervös gegen die Schenkel.

Warum regst du dich auf, beschwichtigte Güges. Wir haben beide schon mehr als eine nackte Frau gesehen. Dass deine Frau schön ist, weiß ich, seit ich euch beide kenne. Das Bild verrät kein Geheimnis.

Ruth denkt anders darüber.

Dann zeigte er Güges die Aufnahmen.

Du bist unaufmerksam, monierte Güges.

Ja. Christian seufzte. Such du welche aus.

Güges ging spät, nachdem sie noch etwas getrunken hatten. Ich bringe dich hinunter, sagte Christian. Die Tür ist sicher abgesperrt.

Auf der Treppe sagte Güges: Du bist ganz durch den Wind, seit ich das Foto gesehen habe. Das ist doch nun wirklich …

Sprich leiser, um Himmels willen.

Dann ging plötzlich das Licht aus.

Immer dasselbe, jammerte Christian, typisch Altbau. Das Minutenlicht ist uralt, und der Zeitschalter ist defekt. Jedes Mal steht man im Dunkeln, wenn man erst halb unten ist.

Güges hatte kein Verständnis. Er machte sein Feuerzeug an und griff nach dem Schalter. Das ist alles kein Grund, derart die Fassung zu verlieren. Er solle sich einmal richtig ausschlafen. Ob er nicht vielleicht doch zu viel um die Ohren habe?

Christian drehte das Radio ab. Sonne und steigende Temperaturen auch in den nächsten Tagen, sagte er.

Schön, antwortete Ruth zerstreut.

Ich fahre ein wenig vor die Stadt. Fotografieren. Willst du mit?

Ach ich weiß nicht.

Es könne ihr nicht schaden: bei solchem Wetter an der frischenLuft. Wann bist du das letzte Mal draußen gewesen?

Lass mich lieber hier, lehnte sie ab, ich würde dich vielleicht nur stören.

Unsinn. Er trat auf sie zu und küsste sie auf die Stirn. Sie wich ihm leicht aus. Sieh dich nur an, brummte er, Strickjacke, bis oben zugeknöpft. Du solltest dich leichter anziehen. Er griff an ihren Hals und versuchte, den obersten Knopf ihres Hemdes zu öffnen.

Sie trat einen raschen Schritt zur Seite. Bitte, Christian, wehrte sie sich hektisch und vielleicht ein wenig zu laut.

Er war eingeschnappt. Ich weiß wirklich nicht, was du seit einiger Zeit … Nicht einmal mehr anfassen darf ich dich. So kenn ich dich gar nicht.

Ich weiß, sagte sie bitter.

Fehlt dir was? Oder ob sie sich geärgert habe.

Sie schwieg, ging aus dem Zimmer in den Flur und griff, um nur irgendetwas in die Hand zu nehmen, nach der Klinke der Schlafzimmertür.

Dann geh ich jetzt.

Sie lief ihm zur Wohnungstür nach. Das Foto: hast du es gelöscht?

Wovon sprichst du denn?

Das Foto, Christian. Ich hatte dich darum gebeten.

Ach so, er erinnerte sich. Natürlich. Ich hatte es dir versprochen.

Christian, dann gib mir noch den Ausdruck, flehte sie.

Ich verstehe nicht … warum …

Gib ihn mir, bitte, drang sie auf ihn ein. Ich weiß, ich war nicht besonders umgänglich in den beiden letzten Wochen. Es tut mir leid. Es ist das Foto … Ich weiß, es ist – lächerlich, gib es mir, bitte.

Ruth … , er wand sich, das Foto … es …

Gib es mir. Ich kenn dich ja: du kannst das nicht nachvollziehen. Es liegt an mir, nur an mir … aber ich brauche das Foto. Gib es mir … oder: verbrenn es: hier und gleich jetzt.

Das ist nicht so …

Ich bin wie krank, solange es das Bild gibt. Kaum, dass sie sich noch beherrschen konnte. Ich weiß nicht, was passiert. Es hat alles … überhaupt keinen Sinn mehr. Christian, das Foto…

Er versuchte ruhig zu sprechen. Es geht nicht. Ich habe es nicht mehr.

Nicht mehr. Sie starrte ihn an mit großem, offenem Gesicht. Die Hand, mit der sie sich an seinen Arm geklammert hatte, fiel herunter.

Nein. Und er atmete tief. Es ist … weg.

Wo.

Weiß nicht. Er ließ sich gegen die Wand fallen.

Hast dus irgendwo verloren? Draußen. Auf der Straße.

Nein nein.

Irgendwo liegen lassen.

Nein, Ruth. Ich hatte es ja nie bei mir. Es lag im Atelier.

Oder dass es in einer deiner Mappen …? Vielleicht hast du es aus Versehen weggeworfen.

Nein, sicher nicht. Ich kann mir nur vorstellen …

Was.

… dass Güges …

Güges?

Ja. Dass er es … an sich genommen hat.

Aber Christian, wie konnte er das denn? Dann ganz hart: Du hast es ihm gezeigt.

Nein nein, er … er hat es liegen sehen.

Güges kennt das Foto. Dieses Foto.

Christian ging ins Wohnzimmer. Sie folgte ihm nicht gleich. Er wandte das Gesicht ab und sah aus dem Fenster.

Dass ist doch nicht so schlimm, stotterte er.

Sie aber war fassungslos. Er hat dieses Foto.

Das weißt du doch gar nicht. Es ist ja nur eine Vermutung.

Sie setzte sich langsam auf einen Sessel und legte die Hände ineinander. Ich muss fort, sagte sie dann.

Er drehte sich um. Ruth! Du wirst doch nicht …

Ach lass mich in Ruhe.

Er stellte sich vor sie, beugte sich zu ihr hinunter und griff mit den Händen fest in ihre Schultern. Du wirst doch deswegen nicht alles aufs Spiel setzen.

Sie schrie ihn an: Soll ich denn bei dir bleiben, wenn du mich an deine Freunde verschenkst?

Na erlaube mal, sagte Güges aufgebracht.

Ich mach dir keinen Vorwurf, beruhigte ihn Christian. Aber ich brauche das Bild. Ruth ist vollkommen am Ende.

Du hast es mir damals aus der Hand genommen. Ich weiß nicht, wohin du es gelegt haben könntest. Vielleicht hast du es eingesteckt.

Ich bitte dich.

Wofür hältst du mich, Christian, sagte Güges unwillig. Dann wies er auf die Glastür. Wir sehen uns am Mittwoch um sechs, vor der Vernissage.

Er sagt, er habe es nicht.

Sie schrie: Er lügt dich an.

Unsinn. Ich glaube ihm.

Er sagt dir kein wahres Wort.

Christian ließ sie los. Es hat ja keinen Zweck, maulte er, aber er nahm sich zusammen. Ich brauche ihn. Seit ich bei ihm ausstellen kann, verkaufe ich doppelt so viel wie vorher. In zwei Tagen eröffnet er, du weißt, dass ich noch nie so viele Aufnahmen auf einmal ausstellen konnte.

Das ist mir gleich.

Er fuhr sie an: Das sollte es nicht sein. Es ist das erste Mal, dass ich in zwei, vielleicht drei überregionalen Zeitungen besprochen werde. Du wirst dich also am Mittwoch am Riemen reißen und sein, wie du immer warst: freundlich; charmant. Es kommt darauf an.

Sie aber antwortete, nun ruhiger: Ich glaube, du wirst allein hingehen müssen.

Er stutzte einen Augenblick. Dann brauste er auf:

Das kommt gar nicht infrage,

und warf die Tür ins Schloss.

galerie güges fotografie moderne grafik

Fast schüchtern trat sie durch die Glastür ein.

Eine elegante Angestellte kam auf sie zu: Guten Tag.

Guten Tag.

Darf ich Ihnen vielleicht …

Ich muss Herrn Güges selber sprechen.

Einen Augenblick, bitte. Die Angestellte verschwand durch eine Tür. Gleich darauf erschien Güges.

Guten Morgen, sagte er herzlich. Ich freue mich.

Sie entgegnete nichts. Er streckte ihr die Hand hin. Ich glaube, ich habe Sie noch nie als Kundin hier gesehen. Suchen Sie etwas Bestimmtes?

Sie sah ihn nicht an. Nein nein. Danke. Ich möchte Sie sprechen.

Bitte. Er ließ ihr den Vortritt ins Nebenzimmer. Nehmen Sie Platz. Etwas zu trinken?

Nein danke. Sie setzte sich auf die Couch.

Er nahm zwei Gläser, stellte eines vor sie hin und goss ein. Zum Wohl, sagte er. Aber sie trank nicht. Er sah sie an – freundlich, wie ihr schien, aber aufdringlich. Sie wandte den Blick ab.

Er ließ sich in einen Sessel nieder. Worum geht es?

Aber sie musste sich erst überwinden. Geben Sie es mir, sagte sie dann heiser und eine Spur zu leise.

Bitte?

Das Foto. Sie räusperte sich. Bitte geben Sie es mir zurück. Es gehört mir.

Er lachte kurz; aber nicht verlegen, schien ihr: er sah ihr dabei begütigend ins Gesicht. Liebe Frau Daules, Christian war schon hier, und ich habe ihm gesagt ...

Sie fuhr auf: Es ist mir ganz egal, was ... Dann bezwang sie sich. Verzeihen Sie. Ich weiß, was Sie Christian gesagt haben. Trotzdem bitte ich Sie: geben Sie es heraus.

Aber ich habe es doch überhaupt nicht.

Sie kreischte fast: Es gehört mir. Allein.

Ich würde ja gerne. Wenn ich es nur hätte.

Eine Pause entstand, die sie quälte. Sie griff nach dem Glas vor sich und drehte es zwischen den Fingern, ohne daraus zu trinken. Dann sah sie auf ihn und erschrak.

Mustern Sie mich nicht so!

Er verstand nicht. Aber ich bitte Sie ...

Ich vertrage das nicht. Sehen Sie mich nicht so an. Nicht so!

Er war noch immer überrascht. Ich wüsste wirklich nicht, wie ... Dann aber legte er seine Hand auf die ihre, die sie sofort zurückzog, als hätte er sie verbrannt.

Güges sagte ruhig: Christian hat mir berichtet, Sie fühlten sich nicht recht wohl seit dieser ... Sache. Er versuchte ihr aufmunternd in die Augen zu sehen. Sie aber starrte erschrocken nach unten. Glauben Sie mir: das Bild kam mir ganz zufällig in die Hände, ich griff gedankenlos danach und sah kaum darauf. Ich gab es Christian sofort zurück, als ich ... erfasste, was ... Ich hab Sie gar nicht erkannt darauf.

Sie schüttelte den Kopf und bedeckte das Gesicht mit der Hand. Sie wollte sich noch zwingen, nicht zu weinen. Aber es gelang ihr nicht.

Er erschrak, verließ seinen Sessel und setzte sich neben sie. Zuckend rückte sie ab. Sacht legte er ihr eine Hand auf die Schulter: Frau Daules …

Sie aber schrie: Fassen Sie mich nicht an.

Aber …

Lassen Sie mich los!

Ich will Ihnen doch nur … Er zog die Hand zurück. Das Ganze ist eine dumme Geschichte, zugegeben, aber doch nur ein Missverständnis, ein Zufall. Kein Grund jedenfalls, sich das Leben schwer zu …

Plötzlich sprang sie auf: Lassen Sie mich in Ruhe! Sein Knie hatte an ihrem gelehnt. Sie sind ein … Unsinnige Wut schäumte in ihre Verzweiflung. Dass Sie sich nicht manchmal selbst …

Dann stürzte sie aus dem Zimmer und rannte durch den Ausstellungsraum. Eine Kundin sah ihr fragend nach.

Die meisten Gäste kamen zwischen sieben und halb acht. Güges ließ ihnen Sekt mit Orangensaft anbieten und verwies auf die Platten mit belegten Schnitten. Um dreiviertel acht sprach er einige Worte, stellte Christian und zwei andere Künstler, die gleichzeitig ausstellten, vor und redete mit den Leuten von der Presse.

Dann zog er Christian auf die Seite.

Mit deiner Frau ist heute kein Staat zu machen.

Nein, gab Christian zu. Gestern Mittag kam sie ganz aufgelöst nach Hause.

Du hättest sie erst hier erleben sollen.

Sie hat mir alles erzählt.

So. Und was?

Sie sagte, du hättest sie … angefasst.

Angefasst. Sagte sie das.

Es ist natürlich reiner Unsinn.

Güges grüßte ein Paar, das vorbeiging und ihm zunickte.

Sie wird sich zusammennehmen, beschwichtigte Christian.

Einige Minuten später stand Güges wie zufällig neben Ruth. Er nahm ihre Hand, die sie ihm drucklos überließ, und sagte: Ich bin noch nicht dazugekommen, Sie richtig zu begrüßen.

Sie schwieg.

Warum stehen Sie so allein? Er zeigte dorthin, wo Christian mit ein paar Leuten stand und angeregt sprach. Ich glaube, Ihr Mann hat heute Abend Gelegenheit, einige ganz wichtige Persönlichkeiten kennenzulernen. Das kann ihn weiterbringen.

Sie räusperte sich. Es ist voll und heiß.

Sie haben recht, räumte Güges ein. Die Hitze kommt von den starken Lampen. Haben Sie schon etwas gegessen?

Bitte lassen Sie mich.

Er aber strengte sich an. Ich kann Sie verstehen. Die Leute. Die meisten haben keine Ahnung und wohl auch kein Interesse, stehen, wie man so sagt, mit dem Rücken zur Kunst, und es ist furchtbar, ihnen zuhören zu müssen, wenn sie sich besonders gescheit unterhalten wollen. Aber man gewöhnt sich an sie. Man muss sich an sie gewöhnen. Kunst ist mein Geschäft: einige von den Damen und Herren, die uns hier auf die Nerven fallen, haben genug Geld, um meinen Laden leer zu kaufen. Es sind Kunden. Gute Kunden. Vielleicht die Käufer der Bilder Ihres …

Würden Sie mich jetzt, bitte, alleine lassen, unterbrach sie ihn heftig und strengte sich an, dabei leise zu bleiben.

Güges schloss kurz nach elf. Du hast gewonnen, sagte er zu Christian, der übers ganze Gesicht strahlte. Das war *der* große Erfolg.

Christians Wangen und Stirn waren gerötet. Er machte ein paar hastige Bewegungen. Ja. Es ließ sich gut an, sagte er dann und hatte Mühe, seine Begeisterung zurückzuhalten. Wir wollen es feiern, rief er, komm noch mit zu uns. Lass uns eine Flasche köpfen.

Gern, sagte Güges.

Ruth aber war erschrocken. Sie zog Christian ein paar Schritte auf die Straße und flüsterte ihm zu: Ich bitte dich, schick ihn fort. Nimm ihn um Himmels willen nicht mit zu uns.

Verblüfft sah Christian auf sie. Dann herrschte er sie an: Es ist genug, Ruth. Es reicht jetzt. Wir feiern mit ihm, weil wir Grund haben, mit ihm zu feiern. Er ist mein Freund und tut viel für mich. Und ich habe keine Lust, deine Feindschaften zu den meinen zu machen.

Er ließ sie stehen, und sie starrte ihm sprachlos nach.

Christian setzte sich ans Steuer. Ruth, neben ihm, sagte die Fahrt über kein Wort, aber die Männer sprachen viel und übermütig von dem, was nach dem Erfolg von heute für die Zukunft zu erwarten sei.

Als sie vor dem Haus angehalten hatten, öffnete Güges gespielt altmodisch die Wagentür für Ruth; aber sie beachtete es nicht. Christian schloss auf, schob die Tür auf und drückte den Schalter. Das Minutenlicht klickte. Schweigend ging Ruth vorbei und begann, die Treppe hinaufzusteigen. Christian und Güges gingen hinter ihr. Güges betrachtete die Fotos, die an der Wand des Treppenhauses hingen.

Das Licht ging aus.

Verdammt, fluchte Christian und tastete an der Wand entlang.

Dann stürzte etwas schwer und schlug krachend die Treppe hinunter.

Christian stand wie versteinert. Ruth? Aber alles blieb still. Er tastete zitternd zum Lichtschalter.

Ruth stand auf das Geländer gestützt, unbeweglich, bleich und mit aufgerissenen Augen. Güges' Körper lag unnatürlich verkrümmt, wie mit missgestalteten Gliedern am Absatz der Treppe; er blutete aus Mund und Nase. Christian sprang die Stufen hinunter.

Sie fragte: Ist er tot?

Ja, keuchte Christian atemlos. Mein Gott, Ruth: du hast ihn umgebracht. Dann überlegte er kurz. Es war ein Unfall, Ruth, stieß er hervor, ein Unfall. Hörst du? Er drehte Güges vorsichtig auf den Rücken. Sie dürfen das Foto nicht finden. Wenn er es nur nicht in seiner Wohnung hat. Vielleicht ist es in einer seiner Taschen. Er durchsuchte den Anzug.

Die Schaltung des Minutenlichts knackte. Es war dunkel.

Er hat das Foto nicht bei sich.

Das ist nicht so schlimm, sagte Ruth. Sie saß auf den Stufen, atmete tief und legte das Gesicht in die Hände. Das ist nicht so schlimm.

FRÜHSTÜCK MIT ELENOR

Die Scherben fielen schwerer, als er es vermutet hatte, schwer wie die Brocken an den hohen Bahndämmen, auf denen er als Kind gespielt hatte, zwischen Büscheln von hohem Gras, starr und fest und trocken wie Packpapier, an denen sich Taukugeln schaumig hielten wie Speichel oder Schneckenschleim, und die eine Hummel, die auf einem der Halme landete, kaum um ein paar Millimeter nach unten zu beugen vermochte durch ihr Gewicht. So schwer also fielen die Scherben, seine Tochter sah ihn erst an, ohne Zorn müde, bückte sich dann, streckte die Spitzen ihrer feinen Hände, die empfindlichen Kuppen ihrer Finger nach unten, verhielt in der Krümmung für ein paar Augenblicke: gebeugt, der Kopf schon fast bei seinen Füßen, der Nacken entblößt, als ob sie warten wollte, um zu spüren, wie ihr langes und leichtes und federndes, viel zu dünnes Haar sich allmählich von Rücken und Schultern löste und nach vorn fiel, ihren feinen Fingerspitzen entgegen, aber nicht dazu kam, den Boden zu berühren, sondern federnd in der Luft schwang, leicht gelockt unten, gewellt die Haarspitzen, als ob sie, der fallenden Bewegung widerstrebend, eine neue Richtung einschlagen wollten, fallend nach oben zurück. So vor ihm und unter ihm zugleich stand sie, die Tochter, die er aus unerfindlichen Gründen Elenor genannt hatte, genannt demnach mit einem Namen, den er Zeit ihres Lebens idiotisch fand, von dem er längst nicht mehr wusste, wo er ihn einst aufgeschnappt hatte, der auch gar nicht zu seinem und ihrem Nachnamen passte, um den er nie mit der Mutter der Tochter beratschlagt hatte, sondern den er ihr einfach gegeben, den er dem Beamten auf dem Standesamt als Antwort gegeben hatte auf dessen Frage, wie denn das Kind heißen solle, damals. Eine kurze, ganz unnötige Bedenkzeit hatte der Vater eingeschoben, ohne sie sich auszubitten, zwischen der beamtischen Frage und seiner, der väterlichen Auskunft eine überflüssige Frist, denn im Augenblick der Frage stand die Antwort ja schon fest, unerschütterlich, Elenor, dachte der Vater. Elenor, hatte er als Antwort gegeben, und nun sah er, für Sekunden bewegungslos beide, er wie sie, nun sah er Elenor sich bücken nach den Scherben, den schweren, groß gebliebenen, den vor sie beide hingestreuten Scherben, die da auf dem hölzernen, groben Fußboden lagen: einfach ein paar große Scherben, in die der Teller zersprungen war, nebeneinander niedergestürzt, diese Einzelteile, und so liegen geblieben, dass sie noch ohne Weiteres als Überreste Fragmente Ruinen eines Tellers, und zwar eines ganz gewöhnlichen, alltäglichen, erkennbar waren. Elenor also: wippenden Haares gebeugt, gestreckt aber die dünnen Fingerglieder mit den feinen Spitzen, ausgestreckt gegen den Boden, gegen die Scherben, für ein paar Augenblicke bewegungslos, Elenor also: und dann ihr hörbarer Seufzer, resigniert enttäuscht müde: ach Gott. Auf dem Tisch lag, stand halb eine Papiertüte, vor einer halben Stunde hatte er ihr vier Brötchen entnommen, die warm und frisch darin aufgehoben waren, die Brötchen, die Elenor aus der Bäckerei geholt und auf der Straße, in der Tüte unter ihrem Mantel geborgen hatte, damit sie auch so blieben: warm, denn er, der Vater, so wusste sies, liebte sie so: warm und frisch. Diese Tüte nahm er, reichte sie der gebückt ausharrenden Elenor, die Scherben könne sie hineintun, wenn sie die denn aufhöbe endlich. Nicht als Vorschlag unterbreitete er ihr dies, sondern reichte ihr die Tüte wortlos, denn allein dies Bild, er über ihr, aufrecht über der Gebeugten, die Tüte in der Hand und diese der Tochter halb vors Gesicht haltend und halb neben die dünn wippenden Locken, dies Bild allein reichte ihm, ihr damit klar zu machen: dass nämlich sie es sei, die, da sie diese in sich nach vorn gebogene Haltung nun schon einmal eingenommen habe vor ihm, das Gesicht in ziemlicher Nähe seiner Hausschuhe wenige Zentimeter über dem groben Holzboden, dass sie also, um ihm die Mühe zu ersparen, es sei, die nach den gewiss nicht gefährlich scharfen Porzellanscherben des Tellers greifen und sie in die von ihm bereitgehaltene, von ihr mit der einen Hand zu übernehmende Papiertüte verstauen solle, vorsichtig, damit nicht das zwar kräftige, doch nicht unbegrenzt tragfähige Papier der Tüte, von den Kanten einer Scherbe verletzt, aufreiße und die Scherben, die glücklicherweise recht groß und somit einfach und sicher zu fassen waren, wieder freigebe zu erneutem Sturz auf den hölzernen Boden, wo sie dann vielleicht doch noch zu weitaus kleineren und also gewiss empfindlich schneidenden und stechenden Brocken Stacheln Krümeln zersprängen. Und tatsächlich, nach noch einem Moment und einem Seufzer noch, ebenso müde wie der vorausgegangene, aber ohne verständlichen Wortlaut diesmal, nahm sie, Elenor, ihm, dem Vater, die Tüte aus der Hand, nicht eben sanft, wie ihm erschien, sondern grob riss sie daran, dass ihm zwischen dem Daumen und dem Zeigefinger, mit denen er ihr die Tüte vorgehalten hatte, ein Fetzchen aus deren oberem, gezacktem Rand zurückblieb, das er unmittelbar darauf zwischen den Kuppen seiner Finger zu einem festen glatten geraden Röllchen zu drehen begann, mit dessen weicher Spitze wiederum er sich nacheinander unter ein paar Fingernägel der linken Hand fuhr, als ob er sie von unsichtbarem Schmutz reinigen wollte, was unsinnig war, denn stets waren seine Hände, ihre Finger und deren Nägel mit Sorgfalt gepflegt. Währenddessen bewegte Elenor ihre Hände mit den feinen Fingerspitzen, brachte sie dem Boden und den darauf liegenden großen und regelmäßig in ungefährer Tellerform angeordneten Scherben noch näher und schickte sich endlich an, nach ihnen zu greifen, um im Zimmer Ordnung zu machen, wie sie das tat an jedem Morgen, an dem sie gemeinsam mit dem Vater frühstückte. Nicht an allen Tagen tat sie dies, nur montags mittwochs freitags, an den ungeraden Tagen der Woche, so nannte sie der Vater, denn an denen war sie, die in einem Geschäft in der Innenstadt Kunden bediente mit der belanglosen, nur noch wenig glaubwürdigen, weil ausdruckslosen Freundlichkeit, die sie sich im Lauf der vielen Jahre angewöhnt und die sie, im Geschäft wie zu Hause, bis zur Virtuosität eingeübt hatte, so vollständig eingeübt, dass niemand mehr sie, Elenor, erkennen sollte hinter dieser Freundlichkeit, der Vater nicht, längst schon nicht mehr, und erst recht nicht irgendein Kunde: an diesen ungeraden Wochentagen war sie für die Mittagsschicht eingeteilt, was bedeutete, dass sie, weil sie gemeinsam mit einer Kollegin von zwölf bis eins, wenn die anderen Mittagspause machten, im Laden blieb, sodass nicht geschlossen werden musste, erst eine Stunde später als dienstags donnerstags samstags die Wohnung zu verlassen brauchte. Eine halbe Stunde später als an den geraden Tagen stand sie dann auf und machte sich und ihrem Vater, der länger liegen blieb und es als Rentner sich ja auch leisten konnte, das Frühstück. Nicht immer aber wollte das friedlich verlaufen, solch ein Frühstück, sogar oft kam es zu Streitereien, die lächerlich waren, was sie wohl beide heimlich einsahen, zu Wortwechseln, durch Kleinigkeiten ausgelöst, etwa weil der Kaffee schon kalt geworden war oder die Brötchen nicht warm und nicht frisch genug vom Bäcker kamen oder weil Kondensmilch fehlte oder nur Würfelzucker auf dem Tisch stand. Von Satz zu Satz konnten dann härtere Worte fallen, er machte ihr Vorwürfe, dass sie zwanghaft überall für Ordnung sorge und er dann die Dinge, die er sich zurechtgelegt habe für irgendeine Beschäftigung, schon nach einer halben Stunde nicht mehr an ihrem Platz finde, oder sie sagte, ruhig aber hart, dass er weiß Gott noch rüstig genug sei, um auch einmal eine Hand zu rühren in der Küche an der Waschmaschine auf dem Dachboden. Jetzt rührte sie die Hand, rührte die eine, in der sie die vom Vater entgegengenommene Papiertüte hielt, während er nur die Finger rührte, um das zwischen ihnen verbliebene Fetzchen zu rollen, und auch die andere rührte sie, bewegte durch die Luft tastend deren Spitzen, die sie schließlich den auf dem Boden unfreiwillig sinnvoll geordneten Scherben ganz nahe brachte, feine Finger mit feinen, empfindlich aussehenden Fingerspitzen. Sie würde sich nicht schneiden an den Scherben, davor fürchtete sie sich nicht, aus Porzellan waren die Scherben und darum längst nicht so heimtückisch scharf wie die viel schwieriger auszumachenden und anzufassenden aus Glas, groß und schwer waren die Scherben, leicht zu greifen. Trotzdem, wohl unbewusst, regte sich in ihr das kleine, freilich anlasslose Grauen vor dem schon oft verspürten kalten Schmerz eines Schnittes in die Fingerspitze, und nur langsam und sehr behutsam brachte sie darum, als ob sie an die Scherben nur tippen wollte, die Finger in deren Nähe. Da entsann sich der Vater, nach unten sehend, Elenors Mutter, die mit der gleichen Geste, mit den gleichen feinen Fingerspitzen, denn die Elenors waren der stolzen Mutter schönes Erbteil, ihr Schmuckkästchen aufschloss, nach einem Ring oder einer Nadel in der Schatulle suchte, ein Stück wählte und drehte zwischen den Fingerspitzen, so wie er jetzt das Papierröllchen, und wieder zurücklegte in die Schachtel, um anderes hervorzunehmen, nur ein paar Zentimeter herauszuheben über die übrigen Schmucksachen, Ketten Ohrgehänge Ringe, und wieder zurücklegte, bis sie gefunden hatte, was ihr gelegen kam, bis sie sich entschieden hatte, für das erste oft, das sie zunächst halb unwillkürlich aus dem Kästchen genommen und wieder hineingetan hatte und zu dem ihre empfindlichen feinen feinfühligen Fingerspitzen dann doch zurückgekehrt waren. So also, wie die Mutter vor Jahren den Schmuck, griff jetzt Elenor die erste der Scherben, nahm sie heraus aus dem aufgebrochenen Rund der Tellerreste auf dem Holzboden, legte sie in die mit Rascheln sich wehrende Tüte, vorsichtig, nahm gleich die nächste und dann noch eine und noch eine der Scherben, fünf oder sechs insgesamt. Machte so gut wie ungeschehen, was geschehen war: dass nämlich, weil es wieder Streit gegeben hatte, der Vater sich gemächlich erhob und in kindischem Trotz den Teller, auf dem er Minuten zuvor noch seine Brötchenhälften mit Butter bestrichen hatte, fest in beide Hände nahm, für ein, zwei Sekunden über den Boden hielt und dann fallen ließ, wie um die Tochter zu strafen für ihre Widerreden, sie dann ansah, bis sie, mit einem kalten, gleichgültigen Blick zu ihm, ihrerseits aufstand, sich zu den Scherben bückte, sie, zweimal seufzend und für wenige Pulsschläge zögernd, auflas und in die vom Vater ihr zugereichte Tüte füllte. Dann richtete Elenor sich wieder auf, querte, während die Hand den Tütenhals zuschnürte, mit ihrem Blick noch einmal den des Vaters und atmete einmal tief, dann wieder ruhig. Jetzt setz dich, sagte sie in seine Richtung, ich räum gleich ab.

DER HUNGERTURM

1

Das Licht hörte nicht auf zu flackern, und alles Nesteln am Schalter, alles Klopfen mit dem Knöchel und auch ungeduldiges Schlagen zuletzt half nichts mehr: schließlich erlosch es ganz, und die Lampe ließ sich nicht mehr anschalten. So saß er also im Düstern, mitten am sogenannten helllichten Nachmittag. Die Karte, vor ihm aufs Lenkrad und über den Schoß gebreitet: ratlos sah er auf die roten und gelben und grünen und blauen Linien, die jetzt alle mehr oder weniger grau zu sein schienen und sich nun nicht mehr als Bundes- und Staats- und Landstraßen voneinander trennen ließen, nicht einmal mehr als Straße und Landkreisgrenze und Flusslauf. Nur das doppelt breite Band der Autobahn konnte er noch eindeutig ausmachen auf dem Generalblatt.

Die Autobahn also. Dabei hatte er für den letzten Tag dieses Urlaubs, für die Heimreise, eine besonders reizvolle Route aussuchen wollen, Strecken, die er noch nie befahren hatte, Landschaften, die ihm noch unbekannt waren. Nun aber pladderte schon seit Stunden der Regen aufs Autodach; die Wischerblätter machten, rhythmisch quietschend, die verschleierte Windschutzscheibe höchstens für Augenblicke durchschaubar, und die schmutzig glänzende Straße und der schmutzige Himmel davor waren fast eins; die Hütten, Scheunen und Gehöfte schienen sich unter ihren Dächern zusammenzuziehen vor den endlosen Schauern oder auszuweichen, nach hinten weg, obwohl sie doch ganz nah waren und blieben.

Die unlesbare, überflüssige Karte vor ihm machte ihn zornig. Nicht die leiseste Ahnung hatte er davon, wo er sich befand. Vier Kilometer oder fünf zurück hatte er zum letzten Mal ein Dorf durchfahren, menschenleer war es gewesen, von einer hastigen Bäuerin, unkenntlich unter dem vermummenden Kopftuch, abgesehen; sonst niemand, den er hätte fragen können. Irgendwo kurz davor hatte er ein blaues Schild passiert, das den Weg zur Autobahn wies, als wollte es mit einem Ziel locken, nach dem er gar nicht suchte.

Die Autobahn; nichts sonst hatte ja mehr Sinn. Er sah hinaus, und was er sah, widerte ihn an: die glasig glatten Wiesen, die Bäume, die ihre Zweige triefend und wie müde hängen ließen. Also zurück und nach Hause, so schnell wie möglich.

Nach Hause. Er programmierte das Navigationsgerät. Niemand würde warten daheim, aber alles war da, was zu ihm gehörte, seiner Meinung nach: es war sein Refugium, auf gut vierzig Quadratmetern. Mit

Klein aber mein

und ähnlichen Gepflogenheiten forderte er Menschen zum Eintreten auf, die ihn hier aufsuchten, manchmal. Birgit hatte dann immer eingeschränkt:

Vor allem klein,

aber wohlgefühlt hatte sie sich doch. Fast ein Jahr lang waren sie zusammen gewesen, eine gute Zeit, und die Hälfte davon, fast die Hälfte hatte sie hier gewohnt, mehr oder weniger, gemeinsam mit ihm; und eingeschränkt von ihm, das auch: weil er zu bestimmen pflegte, wie das Leben abzulaufen habe, hier, in seinem Reich, wo alles den Platz hatte und behalten sollte, den er den Dingen zuwies. Er sah sofort, wenn Birgit etwas in Händen gehabt hatte: die Zahnpastatube, die kopfüber statt mit dem Verschluss nach oben im Becher lehnte, die sah er sofort, die Fernbedienung des Fernsehers, die nicht in, sondern neben der Schale auf dem Couchtisch lag, oder ihre Schlüssel, die sie nicht an ihren, sondern an seinen Haken am Schlüsselbrett im Flur gehängt hatte. Immer gab es dergleichen zu entdecken, überall, sofort.

Spießer,

hatte sie manches Mal geschimpft, wenn er sie, ein wenig anmaßend, zurechtwies,

Beamtenseele,

nicht immer nur scherzhaft. Aber geblieben war sie doch,

im letzten Stockwerk vor den Wolken,

wie sie seine in der vierzehnten Etage gelegene Wohnung nannte (obwohl noch etliche Etagen darüber lagen). Fast sechs Monate war sie bei ihm und um ihn gewesen, nicht alle Tage, aber alle Nächte. Gute Nächte.

Die Schlüssel am Schlüsselbrett, an ihrem Haken, das war der zweite von rechts. Eines Tages hatte sie das Bund abgenommen, an einem ganz gewöhnlichen Morgen und mit ihrem gewöhnlichen, noch nicht ganz aufgeklarten Morgengesicht. In die Tasche hatte sie die Schlüssel gesteckt und gesagt:

Tschüss also,

(ganz gewöhnlich, wie jeden Tag). Erst als sie schon auf dem Treppenabsatz stand, drehte sie sich noch einmal um und sagte zu ihm, der ihr nachsah:

Du, ob ich wiederkomm, ich weiß nicht,

und ging. Und er erschrak, überlegte eine Weile: aber es hatte nichts gegeben zwischen ihnen in den vergangenen Tagen, nichts, das viel anders oder viel schlimmer gewesen wäre als irgendetwas früher. Er erschrak, ja. Er dachte:

Ein Jahr, doch fast ein Jahr,

und zwang sich dann, die Sache nicht allzu ernst zu nehmen; noch nicht. Erst am Abend und am Abend darauf, als Birgit wirklich nicht wiederkam, bis heute nicht, und nicht einmal den Schlüssel zurückgab, nie: erst da wurde er traurig.

Das war nun drei Monate her, oder etwas länger? Im Frühjahr war sie gegangen, Birgit, das bemerkenswerte Mädchen mit dem feinen, vollkommen ebenmäßigen, darum fast künstlich wirkenden Gesicht unter leichtem, langem Haar, mit der schlanken Nase, dem beweglichen, verräterisch lüsternen Mund. Ganz durchschaut hatte er dieses Gesicht nie und ebenso wenig sie selbst, Birgit: ein Name, den er seither nicht mehr hören oder aussprechen konnte, ohne unverbrauchte Reste alter Sehnsucht zu empfinden, ein Name, der ihm seither noch feiner klang als zu der Zeit, als sie bei ihm war. Seither hatte er gelebt wie ein Mönch in seiner gepflegten, geordneten, harmlos vornehmen Wohnung, in der jetzt Zahnpasta, Fernbedienung und Schlüssel dort und nur dort standen, lagen und hingen, wo er sie haben wollte und nur er. Die unabhängige Zeit, die Tage, die ganz ihm gehörten: das hatte auch durchaus sympathische Aspekte. Aber seine Nächte, seine Träume begannen mit den Wochen unruhig zu werden, aufwühlend, hitzig, und sein Erwachen umso enttäuschender, jedes Mal.

Auf der Autobahn geriet er in die Rückreisewelle zum Ferienende; aus den Verkehrsdurchsagen im Radio war er über sie informiert. So dicht klebten die Autos aneinander, die Lastwagen und Busse, dass er den Beschleunigungsstreifen nur verlassen konnte, indem er irgendwann blindlings in die Kolonne einscherte, einen Zusammenprall riskierend. Da fuhr er nun oder stand, für die nächste Stunde einen grünen Opel vor und einen Ford in Metallic-Blau hinter sich, schlich durch dämmrigen Dauerregen und quellende Abgase, vorbei an havarierten Fahrzeugen, die mit hektischen Warnblinkzeichen auf Hilfe warteten, und machte ab und zu einem Polizeiauto Platz oder einem Krankenwagen.

So also tauchte er wieder ein ins Berufsleben. Drei Wochen hatte sein Urlaub gedauert. Die ersten fünf, sechs Tage hatte er zu Hause verbracht, lesend, ordnend, faulenzend; die meisten vor dem Fernseher oder im Kino. Dann war er in die Berge gefahren, zum Wandern, allein, versorgt nach den Regeln preiswerter Halbpension (abends aß er warm, über Mittag war er unterwegs). In die Berge, denn offene Landschaften mochte er nicht, oder besser: er fühlte sich darin unsicher und zu wenig erfahren mit ihnen. In der Großstadt war er geboren und aufgewachsen, jetzt lebte und arbeitete er in der Großstadt, eng zusammen mit den vielen anderen, dicht neben ihnen; an zufällige, flüchtige, gleichgültige Berührungen mit Fremden war er gewöhnt – Kontakte, die nichts bedeuteten. Darum die Berge: denn hier war Luft und Raum genug und freie Fläche, weite Wege gabs hier zum Fürsichsein, aber auch Begrenzung: die grauen, gerölligen Wände mächtiger Massive, an denen wohltuend zu Ende ging, was die Augen eine Weile in die Ferne verfolgt hatten.

Polohemd und kurze Hose, Leinenschuhe und Segeltuchhut im Koffer, das waren Zeichen von Urlaub für ihn. Klamotten nannte er unterm Jahr solchen Aufzug. Denn am Schreibtisch: Jackett, Schlips. *Besonders in der Kreditabteilung und an den Kassen ist auf ordentliche Bekleidung zu achten:* das großspurige Rundschreiben der Direktion damals. Auf der sommersonnigen Terrasse seiner Pension saß er, auf einem Platz „mit Blick", frühstückend, in einer Zeitung blätternd und lesend. Dann die Wege allein, sieben oder auch acht Stunden, nach der Karte, das tat ihm wohl. Viel dachte er sich nicht währenddessen, oft schaute er um sich, rastete aber wenig, denn auf Bewegung kams ihm an und auf die wunderbar schwere Abendmüdigkeit. Bekanntschaften blieben nicht aus, ein Ehepaar, das schon seit zwanzig Jahren jeden Sommer hier erschien, gesellte sich morgens manchmal zu ihm und sagte, ohne sich je vorgestellt zu haben, in lautstarker Vertraulichkeit die abenteuerlichen Namen der umliegenden Berggipfel auf wie einen Kinderreim. Und dann, natürlich, Juliane, das etwa zwanzigjährige Mädchen, das sich von ihm nur dem Namen nach kennen ließ, jede zutrauliche Annäherung, etwa eine Einladung zum Kaffee, freundlich ablehnte, immer wieder aber, abends, an seinen Tisch kam:

Ist dieser Platz frei?,

und sich zu ihm setzte und aß und bei ihm blieb zu ausdauernder, wenn auch unverfänglicher Unterhaltung; bis sie sich dann unversehens verabschiedete, immer kurz und korrekt und immer mit:

Ich muss nun doch gehen.

Juliane, ja. Keine Ahnung hatte er, wer sie eigentlich war; hübsch, im Gesichtsschnitt Birgit ein wenig ähnlich, in ihrem Haar, auch in ihrer ruhigen Art. Konversation, nichts sonst hatte es gegeben, erinnerte er sich und gab behutsam Gas, weil bis zur Kolonne vor ihm ein paar Meter frei geworden waren. Fast das Beste an diesem Urlaub war sie gewesen, Juliane, und diesen schönen Namen hatte sie getragen. Sein Auto kam wieder zum Stehen.

2

Ohne große Unterschiede geltend zu machen, dämmerte der trübdunkle Nachmittag in den Abend hinüber. Im Radio hatte er die Achtzehnuhr-Nachrichten gehört, Meldungen von Kämpfen im Nahen Osten, von Regierungserklärungen zu einer Korruptionsaffäre und von aussichtsreichen Abrüstungsverhandlungen, schließlich Sportergebnisse und die Ankündigung weiterer Tiefausläufer. Höchstens die Hälfte von all dem hatte er aufgenommen, Baustellen hatten ihn abgelenkt, eine unübersichtliche Umleitung, die an entscheidender Straßengabel nicht eindeutig ausgeschildert war. Jetzt tauchten hinter ein paar Reihen nobler Bungalows und Villen in aufgeputzten Grundstücken die kahlen Scheitel der Hochhäuser auf, elf kunstlose Türme, obszön aufgerichtet und feucht vom Regen, dunkelgraue Quader, zum Verwechseln ähnlich. Allmählich schoben sie sich aus dem verschmierten Horizont heraus, vor solchem Himmel schienen sie noch steiler, noch schwärzer. Je länger aber er auf sie zufuhr, desto deutlicher waren die mattbraun oder gelb durchleuchteten Fensterquadrate auszumachen, von links nach rechts sorgfältig zu Zeilen gereiht und zu Kolumnen aufgelistet von oben nach unten.

Als ob sie sich nicht kennten, so stehen sie nebeneinander, dachte er, als er auf einer Kuppe vor einer Ampel warten musste und hinuntersah: die Türme, auf ihren Sockeln wie auf groben Füßen inmitten fadenscheinigen Rasens und schwarz glänzender Parkplätze, streng auf Distanz achtend wie eifersüchtige Nachbarn.

Natürlich klatschte er, als er das Auto abgestellt hatte, beim Aussteigen mit dem Fuß in eine Wasserlache, natürlich ließ sich der Schirm nicht öffnen, während der Regen ihm aus dem Haar ins Gesicht rann. Schimpfend warf er den Schirm ins Auto zurück, zog die Jacke über den Kopf und spurtete in Riesensätzen, zwischen den Pfützen Haken schlagend, die schmalen, überfluteten Asphaltwege entlang, vorbei an braun gerosteten Fahrradständern, glitschte beinah aus auf einem in orangem Peitschenlampenlicht funkelnden Schachtdeckel und musste, vor dem gläsernen Eingang, lange in seinen Taschen nach dem Hausschlüssel suchen (sollte er den beim Gepäck im Auto gelassen haben?), zog ihn aber dann doch endlich hervor. Bis zur Haut waren Nässe und Kälte vorgedrungen auf den vierzig, fünfzig Metern vom Auto bis hierher.

Aber dann, im letzten Stockwerk vor den Wolken, nach magenverdrehender Eilfahrt in dem nach Erbrochenem riechenden Lift; in seine Wohnung eintretend, die er akkurat wie eine Musterausstellung zurückgelassen hatte; dann, in trockenen, bequemen Kleidern und bei augenfreundlicher Beleuchtung und zu weicher, leiser Musik am Fenster stehend – dann wurde ihm wohl. Eine Gemütlichkeit war das, die sich zuerst in den abgeduschten und frottierten und in schmeichelnde Wollsocken gehüllten Füßen breit machte und sich kurz darauf schon nach oben ausbreitete, bis übers Gesicht und unters Haar. Unbewegt stand er hinter der Gardine, ohne Gedanken, kaum bewusst genießend und sich mit dem Ende seines Urlaubs abfindend. Gut hatte ers hier, bei sich, gut und ruhig, hier, weit über der Welt und weit weg von ihr, wie auf einem wohnlich zurechtgemachten Gipfel, bis zu dem von unten kein Geräusch drang.

Unten: das war, wo an trockenen Tagen alte Menschen unlustig spazieren gingen, mit schweren Gesichtern und am Stock, mit angestrengten, kranken oder gar krummen Bewegungen; wo Hausfrauen, die keine Zeit hatten, sich mit prallen Einkaufstaschen abschleppten, Frauen, die wohl schon seit Jahren hier lebten, länger als er, und die er doch noch nie wahrgenommen hatte; wo Männer abends langsam dahintrotteten, mit abgewetzten Aktentaschen, in denen sie leergegessene Brotbüchsen transportierten und ausgetrunkene Thermosflaschen; wo Kinder auf den Anlagen spielten, was sie nicht durften, Fußball und Fangen, waghalsig auf ihren Rädern fuhren oder einfach beieinander standen und über Wichtiges konferierten und einer den anderen mit den unterschiedlichsten Gesten bedachte, von denen die verachtungsvollen, hasserfüllten noch von hier oben aus zu übersetzen waren. Jetzt schienen die Klettergerüste, Schaukeln und Sandkästen des lieblos hergerichteten Kinderspielplatzes im Morast wegzutauchen. Ein Stück weiter hinten, ganz unpassend zwischen zwei Türmen: ein großer und dichter Baum, einzeln stehend, gerade noch als Gewirr schwarzer Flächen und Streifen und gekrümmter Linien zu erkennen, in dessen unüberschaubarer Krone sich die Zugvögel sammelten und zu Tausenden durcheinander lärmten, zweimal in jedem Jahr – wenn sie fortflogen und wenn sie wiederkamen.

Unten: das war anderswo. Zu all dem, so empfand ers, gehörte er nicht. Zufriedener fühlte er sich, als diese andern alle aussahen. Er wusste, was er mit sich anfangen sollte, und lag nicht wie sie wochenendenlang in den Fenstern und schaute und wartete die Zeit ab. Ruhig war er in all dem Getümmel und Betrieb, in all der Langeweile, er hielt sich heraus aus allem, blieb fern inmitten seines diskreten Wohlstands, zwischen künstlerischem Wandschmuck, guten Büchern in den Regalen und sorgsam gewählten CDs. Unten: damit hatte er nichts zu tun. Versöhnt ging er zu Bett.

3

Den Wecker umzustellen, hatte er vergessen. Aber auf die Minute pünktlich wachte er auf, zwei Stunden früher als an den Tagen der vergangenen Urlaubswochen. Er erschrak über seine Gedankenlosigkeit, und ganz so, als ob er tatsächlich verschlafen hätte, sprang er aus dem Bett, stolperte in die Hausschuhe und ins Bad, wo ihn sein unausgeschlafenes und lächerlich beunruhigtes Gesicht im Spiegel empfing. Das sah ihm nicht gerade wohlwollend entgegen, und übellaunig, wie er war, gab er sich keine Mühe, durch angespannte Freundlichkeit einen Ausgleich zu suchen mit dem viel zu bekannten, nichtssagenden Gegenüber. Feingeistereien eines seiner Lehrer, eines Philosophen, kamen ihm in den Sinn – wie so oft an solchen Tagen –, mit souveräner Ruhe aufgetischte Plattitüden darüber, dass es dem Menschen unmöglich sei, sich selbst zu sehen wie einen anderen:

Das Spiegelbild – seitenverkehrt; eine Fotografie – flächig und zur Selbsterkenntnis kaum besser taugend als ein Schatten;

und noch anderer Unsinn, der das Nachdenken nicht lohnte und doch hängen geblieben war in seinem Kopf.

Als ob du an nichts Besseres zu denken hättest, warf er sich vor, und:

Dein Englisch dagegen hast du verlernt.

Wieder einmal fiel ihm auf, dass er du zu sich sagte, wenn er ärgerlich war über sich oder unzufrieden, wenn Unbequemes vor ihm lag oder ihm vor Ereignissen unwohl wurde, von denen er noch wenig Bestimmtes ahnen konnte. Vor ihm: da lagen nun unzählige Arbeitswochen in der Bank, blödsinnige Alltage in nicht abzusehender Serie, einschläfernd wegen ihrer Gleichförmigkeit und doch, wegen der dauernden armseligen Probleme und Aufregungen, immer ein wenig unangenehm.

Im Bus hangelte er sich die klebrigen Haltelaschen entlang, vorbei an schon jetzt dunstenden Körpern, an Menschen, die wie hochmütig den Kopf hoben und abwandten, wenn er mit seinem Gesicht vor ihre Gesichter kam. Kaum einer sprach. Manchmal traf ihn ein mürrisches

Passen Sie doch auf.

Nur darum sah man sich hier an, um sicherzugehen, dass keiner einem zu nahe kam. Dicht an dicht stand einer beim andern, alles Interesse auf die eigenen Füße gerichtet, auf dass keiner Anspruch erhebe auf die paar Quadratzentimeter Bodens, die jeder sich frei getreten hatte, um das Gleichgewicht halten zu können. Die Fluchtwege waren verbaut von Taschen, die an zu Fäusten geballten Händen hingen.

Mit Mühe blickte er an den anderen vorbei und schaute aus nach einem Punkt in der Luft, wo ihm kein fremdes Augenpaar ungebeten begegnen konnte. Eingezwängt steckte er zwischen einer schnöden Vornehmen, die aus ihrem Sommerloden unwillkommene Schwüle abgab, und einem nach einfachstem Rasierwasser duftenden Alten, der mit leerem Spankorb offensichtlich unterwegs zur Markthalle war. So begann auch dieser Tag mit seinen unerfreulichsten Minuten, mit einer halben Stunde zudem, die sich abends wiederholen würde, dann noch schwerer zu ertragen in der Erschöpfung getaner Arbeit.

Da hinten stand Juliane –

– Ist dieser Platz frei? –

– nach vorn gebeugt und aus dem nieselnassen, braunkrustigen Rückfenster den Verkehr beobachtend:

Juliane

oder Birgit?

– Du, ob ich wiederkomm –

– das lange leichte Haar über die Schulter wellend, der Grat der Wirbelsäule ein wenig erhaben, durch den Pullover gezeichnet wie der Rücken eines schmalen Buchs –

– ich weiß nicht –.

Wo wollen denn Sie hin,

rief man ihm zu, und:

Sehen Sie nicht, dass es nicht weitergeht?,

als er, ohne Rücksicht zu nehmen, über Füße und Knie, Beutel und Tüten und Schirme stampfte und stolperte, sich von Lasche zu Lasche, von Stange zu Stange ziehend.

Na so was.

Er hatte sich nach hinten gearbeitet; hier blieb er – zwei Meter noch zu ihr, ein Riesenabstand. Er dachte:

Juliane?

und prüfte ihren Hinterkopf, der sich unter dem glatten, frischen Haar abzeichnete. Aber nein, ihr Kopf war das nicht, nicht der Julianes, und doch: kannte er nicht jeden Abschnitt seiner Wölbung, jede Falte am Nacken und hinter den Ohren? Und wieder:

Birgit?

dachte er.

Aber als sie sich umdrehte einmal, war sie keine von beiden, ein ganz anderes, ganz fremdes Mädchen, und er wunderte sich, dass er sie hatte verwechseln können. Er blieb, wo er war, und schaute zu ihr, direkter, als es je seine Art gewesen war, fröhlich und ohne Scheu, er, der sich sonst schwer tat, jemandem näher zu treten, der es vermied, anderen aufzufallen, und Unbekannte kaum je ansprach. Zu ihr aber sah er hin, und ihr, die ihn bemerkte, schien es nichts auszumachen, angestarrt zu werden, sie wich ihm nicht aus und gab keine abweisenden Signale; sie schaute zurück, zu ihm, immer wieder einmal, bevor sie dann die Blicke irgendwohin schweifen ließ. Das ging so eine Weile, Ein- und Aussteigende schoben sich vor und zwischen sie, verstellten die Sicht, aber immer nur für ein paar Augenblicke.

Etliche Kollegen in der Bank hatten gar nicht bemerkt, dass er fort gewesen war. Immerhin ein paar nahmen Notiz von seiner Rückkehr und begrüßten ihn, flüchtig die meisten. Mit seinem Kollegen am anderen Schreibtisch plauderte er eine gute Viertelstunde bei einer Tasse Kaffee, das war ungewöhnlich: als verschlossen galt er und wenig zugänglich und erntete nun, da er sich so mitteilsam zeigte, verwunderte Blicke. Als er auf die Papiere vor sich sah, erinnerte er sich, wie unausstehlich ihm stets erste Werktage nach längeren Urlauben gewesen waren; heute aber gab er sich lässig und fühlte sich ganz ausgeglichen, nicht gerade von Eifer beseelt im Angesicht der Arbeit, aber voll wohliger Gleichgültigkeit.

Dabei: was war denn geschehen. Manchmal, als ob er dazu erst aufwachen müsste, begann er, sich zu amüsieren, über sich selbst und seine kindlich gute Laune. Nein, nichts war geschehen, und schon gar nichts, das etwas verändert hätte für diesen Tag. Im Gegenteil: selten war ihm so wie heute aufgefallen, dass das, was er täglich im Kreis der unzähligen anderen tat, das Immergleiche war, das ganz Gewöhnliche, Uninteressante und Unwichtige; ein unproduktiver Beruf und ohne erkennbaren Sinn. Er habe nichts gemacht aus sich, sagte sein Vater, den er noch manchmal sah; als Selbstständiger hatte der alte Herr zwei Mal einen Betrieb aufgebaut und mit Erfolg geleitet und wieder aufgegeben, als er genug davon hatte. Zwei Mal. Sein Sohn dafür, als sogenannter kleiner Angestellter, saß in einem Büro und bezog schmale Gehälter. Nichts war aus ihm geworden. Er grinste.

Und lächelnd empfing er Kreditkunden, gab Auskünfte oder holte welche ein, füllte auf dem Computerbildschirm Datenmasken aus, telefonierte. Viel sprach er und immer liebenswürdig. Was ihn sonst rasch ermüdete, heute nahm ers kühl hin; routiniert, fehlerlos versah er seine Tätigkeit, wie die eines Fremden. Fremd auch blieben die Gesichter, um die er sich gar nicht erst kümmerte, die Namen, die er notierte, sich manchmal gar buchstabieren ließ, ohne sie in seinem Gedächtnis zu versorgen. Egal alles. Er lächelte, immer noch.

Ihm war klar, dass er ihr wieder begegnen würde, abends im Bus nach Hause, dass das Augenspiel vom Vormittag sich würde wiederholen können. Felsenfest rechnete er damit, auch wenn es nicht den leisesten Anhaltspunkt gab für seine Zuversicht.

Ohne Überraschung denn auch entdeckte er sie in dem muffigen Bus, weit hinten stand sie, er vorn beim Fahrer, und ohne Überraschung erkannte er, dass auch sie ihn wiederfand und sich freute, womöglich. Weil sie beide wussten, dass sie beieinander waren, gaben sie sich keine Mühe, einander noch mit Blicken festzuhalten. Von Zeit zu Zeit nur, beiläufig, versicherte sich jeder, dass der andere da war, und als schließlich er sich durchs Gedränge quetschte, um auszusteigen, winkte sie ihm mit minimaler Geste nach und sah noch – er blieb draußen für ein paar Sekunden stehen – grüßend hinunter zu ihm durch den Schmutzfilm der Scheiben.

Vor sich hin pfeifend, betrat er seine stumme Wohnung, alle feierabendlichen Bewegungen kamen wieder, als ob es die wochenlange Unterbrechung durch die Reise nicht gegeben hätte. Wie von selbst geriet der

Mantel auf den Bügel, die Schuhe neben die Truhe im Gang, Jackett und Hose, Schlips und Hemd in den Schrank im Schlafzimmer, ganz mechanisch. Wie immer nahm er Zeitschrift und Buch, Fernsehprogramm und belegte Brote. Trotzdem erschienen ihm alle Handgriffe, obwohl er sie ausführte wie ein Automat, so, als hätte er sie schon fast verlernt. Er beobachtete sich, mit plötzlichem Empfinden spürte er seine Hände. Als er nackt unter der Dusche stand und mit seifigen Fingern das dampfende Wasser über sich verteilte, war ihm, als wäre es jemand anderer, der ihn streichelte, und er schmeckte dabei die unbekannte, halb verschämte Lust eines Kindes bei den ersten eigenen, vorsätzlichen Berührungen seines Körpers. Zu seinem Leben war auf einmal etwas dazugetan, weil er jetzt spüren konnte, dass etwas fehlte darin; freilich fühlte er es noch leise, aber doch schon mit einer Hoffnung, die so etwas hatte wie ein verborgenes Ziel.

Zurück an seine Jugendjahre dachte er, die so lang ja noch nicht vorüber waren, als er am nächsten nasskalten Morgen auf den Bus wartete. Er erinnerte sich an den Spott seiner Klasskameraden, als er einmal, mit bis zum Hals schlagendem Herzen, einem Mädchen aus seiner Schule nachgegangen war, ein paar Wochen lang. Noch wusste er manche von den albernen Plänen, die er gefasst hatte, um es anzusprechen, und spürte wieder die Spannung von einst in Kopf und Bauch.

Ich bin ein Kind wie damals,

dachte er bei sich und lachte sich aus, wie seine Freunde früher es getan hatten. Und doch war er ein wenig nervös und blieb es und wurde es ganz, als er den Bus durch spritzende Pfützen heranfahren sah und einstieg. Sie hatte einen Sitzplatz ergattert, das sah er sofort, als er sich zu ihr schob, unter ähnlichen Protesten der anderen wie gestern. Mit dem Rücken saß sie zu ihm und konnte ihn darum nicht kommen sehen. Aber der Sitz neben ihr war leer geblieben, ihre Tasche lag darauf, als wollte sie ihn für jemanden freihalten.

Ist dieser Platz frei, fragte er –

– wie Juliane –

– und sie sah auf und begrüßte ihn mit lächelndem Mund.

Ich weiß nicht –

– wie Birgit –

erwiderte sie, und es stellte sich heraus, dass die Tasche nicht ihr gehörte, sondern einer Dame auf der Sitzbank gegenüber, die sie an sich nahm.

Dann hatte er sich gesetzt, und sie sah ihn an, munter und neugierig, als ob er jetzt gleich Erklärendes von sich geben müsste. So sagte er denn:

Wir begegnen uns jetzt so oft, dabei hab ich Sie bis gestern noch nie mit dieser Linie fahren sehen

(obwohl ihm zuvor nicht ein einziger Fahrgast so aufgefallen war, dass er ihm im Gedächtnis geblieben wäre).

Für zwei Tage, antwortete sie, sei sie in einer anderen Filiale eingesetzt, als Urlaubs- oder Krankenvertretung, gestern und heute noch. So unkompliziert plauderte sie fort, dass er den Eindruck hatte, sie habe schon lange nicht mehr geredet. Was ihr unbekannt sei an den Straßen dieses Viertels, beschrieb sie ihm, dass sie zu wenig aus ihrer nächsten Umgebung herauskomme und dass sie, obwohl sie schon seit vielen Jahren in der Stadt wohne, noch längst nicht alles von ihr gesehen habe. Daran, dass sie allein lebe, ließ sie keinen Zweifel, auch nicht daran, dass sie dafür gute Gründe habe, und sie meinte es sicher ehrlich, wenn sie sagte, sie komme sehr gut zurecht so. Aber dass sie ein wenig einsam war, konnte er auch spüren, und dass ihr zufällige Begegnungen willkommen waren, trotz allem. Kein Zusammentreffen also, dachte er bei sich, das mir schmeicheln müsste; nichts an mir, was ihr so aufgefallen wäre, dass sie darum meine Bekanntschaft gesucht hätte. Aber er dachte es ohne Eitelkeit und war nicht gekränkt deshalb. Ohne übertriebene Vorsicht erzählte sie und scherzte auch und sprach ihn an, als ob sie voneinander schon lange wüssten. Ihm imponierte das, weil er nie gelernt hatte, bei so viel Selbstverständlichkeit mitzuhalten. Immer weniger fiel ihm zu sagen ein, womit er ihr es hätte gleichtun können, er kannte sich nicht aus in derlei Situationen. Wie um ein Thema zu suchen, sah er aus dem Fenster, und wirklich fand er auf dem riesigen, von Dauerregen aufgeweichten Werbeplakat einer Zigarettenmarke im halbmeterhohen Slogan einen peinlichen Schreibfehler:

Der Geschmak, den die Welt liebt,

stand da,

der Geschmak, beim nächsten Plakat wieder, und er zeigte es ihr, fasste sich angesichts solcher Dummheit lachend an den Kopf und freute sich, als sie sofort darauf einging, indem sie etwas sagte wie:

In der Haut von dem möcht ich nicht stecken, der das verbrochen hat,

oder dergleichen. Zwar nahm er jedes ihrer Worte auf, doch hörte er nicht eigentlich zu. Er kostete sie aus. An nichts anderes als an den Augenblick dachte er während des Gesprächs, nichts erwartete er, und was er selbst sagte auf seinem Platz neben dem ihren, blieb ohne Absicht. Ruhig war er, zufrieden mit dem Unvorhergesehenen dieser interessanten Abwechslung, und erst, als der Bus an seiner Haltestelle hielt und er sie fast verpasst hätte, fiel ihm ein, dass nun zu überlegen sei, wie die Bekanntschaft sich fortsetzen lasse. Er stand auf und tüftelte noch; da sagte sie schon:

Heute Abend wieder?

Ja, sagte er froh, hoffentlich. Und: Wenn wir uns nicht verfehlen, sollten wir vielleicht etwas essen gehen?

Da wurde er abgedrängt, zum Ausstieg und die von Hunderten nasser Schuhe glitschig gewordenen Stufen hinunter, aber als er, draußen, durch den Regen blinzelnd nach oben sah, war da ihr nickender Kopf hinter dem schlierig trüben Fenster und ihre schnelle Hand, die ihm bedeutete, dass sie einverstanden sei.

4

Auch dieser Tag wurde, wie alle seine Tage waren, und doch war ihm bis zum Abend ein eigenartiger, merkwürdiger, ein neuer Tag daraus geworden, der erste seit Monaten, so sagte er sich, der des Erinnerns wert sein würde.

Umso sicherer trafen sie sich, als sie nun beide Wert darauf legten wie auf eine Verabredung; dennoch taten sie, als sie im Bus endlich nebeneinander standen, als ob es auch anders hätte kommen können. Er schüttelte die Regentropfen vom Mantel, mit

Da sind Sie ja wirklich

und mit einem wenigstens halb gespielten Erstaunen begrüßten sie sich und wussten dann nicht, wie sie das Gespräch eröffnen sollten. Denn das hatte nun, anders als das planlose Hin und Her von heute Früh, etwas Notwendiges, weil beide wussten, dass es für einen ganzen Abend vorhalten musste.

Allmählich fanden sie sich hinein. In ihn kam wieder das wunschlose Gefühl vom Morgen, und er zwang sich, bescheiden zu bleiben und auf nichts hinauszuwollen. Vielleicht sogar empfand er, untergründig und vage, etwas wie einen Hintergedanken; aber er dachte ihn nicht zu Ende und hielt ihn zurück. Nein, zu denen gehörte er nicht, denen ein ganz gewöhnlicher Anlass wie dieser schon genügte, auf zweifelhafte Ideen zu verfallen. Dass sie ihm vertrauen könne, stand für ihn ohne Weiteres fest, und er war sogar stolz darauf, dass er so zu denken vermochte. Neben diesem Mädchen hergehen wollte er, sich von ihm etwas zeigen lassen, auf Erkundigungen antworten und selbst Fragen stellen. Sich einfach für jemanden zu interessieren, das reichte ihm aus, mit einem Menschen nicht nur zusammenzukommen wie mit den Kunden in der Bank, sondern zusammenzubleiben, mit ihr, darauf kams an, auch ohne dass etwas anderes, ohne dass mehr daraus werden musste als nur eben dies.

Sie schlenderten durch die Straßen, zusammengerückt unter seinem Schirm, und das gab ihm die anheimelnde Gewissheit, dass sie zu zweit seien. Und auch, wenn plötzlich sie sich von ihm löste, um eine Auslage zu betrachten, und er hinter ihr stehen blieb und ihr nach- und zusah, so zeigte das Spiegelbild im Schaufenster doch noch ihrer beider Köpfe nebeneinander.

Als sie beide später in einem Restaurant aßen und redeten oder miteinander schwiegen, erinnerte er sich der strengen Abende mit Juliane, diesem heimlichen, starken Mädchen –

– Ist dieser Platz frei? –

und gleich darauf wurde ihm bewusst, dass auch seine erste Begegnung mit Birgit fast genauso verlaufen war –

– Du, ob ich wiederkomm –

– aus ein paar harmlosen Blicken entstanden, aus einem kleinen nichtigen Gespräch und der unversehens gewachsenen Empfindung von mehr Wärme als anderswo. Ein Jahr, dachte er, fast ein Jahr. Und weiter dachte er: daran, dass der Abend in seinem Schlafzimmer geendet hatte und zur gemeinsamen Nacht geworden war, zu einer aufwühlenden, auch ungewohnt zärtlichen Nacht. Und dass ihr viele gute Monate gefolgt waren mit warmen Tagen und zärtlichen Nächten, heftigen und erschöpfenden oft.

Bei Gesprächen verging ihnen die Zeit, zuerst im Restaurant, dann, als es ihnen dort zu eng und zu laut wurde, in den lauten, lebendigen Straßen der Stadt, schließlich in seiner Wohnung –

– im letzten Stockwerk vor den Wolken –

– deren Lautlosigkeit ihr gleich auffiel. Mit ungläubigen Blicken, gemischt aus sympathischem Spott und Bewunderung, musterte sie die festgelegte Präzision in allem.

Klein aber mein,

sagte er, als sie aus dem Fenster sah, auf die winzige Welt in der Ferne. Dann holte er Wein aus der Küche und Gläser.

Ohne Preisgaben kamen sie einander näher, im abgedämpften Licht saßen sie und bei gelassener Musik, wie Freunde, sie tauschten sich aus ohne die üblichen Aufzählungen persönlicher Umstände und ohne dahergeplauderte Geheimnisse, die hätten interessant machen sollen. Irgendwann schwiegen sie und drehten ihre Gläser, dann kam er zu ihr, umarmte und küsste sie; später gingen sie hinüber ins Schlafzimmer, ohne Aufregung beide, ohne sich anzufassen und ohne ein Wort darüber zu verlieren.

Aber als er wartete, dass sie aus dem Bad komme, überlief es ihn doch, wild und brennend. An die vergangenen asketischen Monate dachte er zurück, und alles Verlangen, das während der letzten Zeit nur in seinen Träumen Platz gehabt hatte, war jetzt wirklich und gegenwärtig, sodass er sich plötzlich hellwach fühlte und nach dem Streifen Lichts suchte, der unter der Badezimmertür herausdrang und durch den Schatten hin- und herwechselten. Aufreizend kühl legte sich die Decke um seinen anfälligen und ungeduldigen Körper.

Endlich kam sie. Auf dem Weg aus dem hellen Bad durch das düstere Schlafzimmer zeigte sie sich ihm wie ein nackter Schemen, und als sie dann neben ihm lag, fuhren seine gespannten Hände in fiebernder Eile über sie hin, als wollten sie alles in nur ein paar Augenblicken kennenlernen. Seine Hände, sein Kopf, sein Mund drangen durch ihre Arme, kaum dass sie die, leise und weich, um seinen heißen Körper gelegt hatte. Ruhig lag sie da, ruhig auch, nachsichtig fast wich sie seinem Leib aus, wenn er sich hektisch und hart an sie drängen wollte und über sie. Der Freundlichkeit aber, mit der sie sich ihm zu entziehen suchte, ging er unduldsam aus dem Weg. Freilich spürte er, dass sie einen so zudringlichen Ansturm fast für einen Überfall halten musste, dass er zu viel zu schnell verlangte. Dass er vielleicht sich selbst etwas vorgemacht und auf nichts anderes gehofft hatte in den vergangenen beiden Tagen als auf diese Stunde, das schoss ihm beschämend durch den Kopf. Aber selbst, als sie mit ernster Betonung der Hand ihn von sich schob, um ihn zu besänftigen, hielt er sich nicht zurück. Ausgehungert hatte ihn das mönchische Vierteljahr, und nun wollte er sich nehmen, was er bekommen konnte, auch wenn es vielleicht nicht alles sein würde, auf diese Weise.

Da gab sie auf. Denn sie hatte begriffen, dass ihm unaufschiebbar war, wonach er begehrte. Resigniert und willentlich erlahmend in einer Sekunde ließ sie ihn an sein Ziel kommen. Er sah, als sein Gesicht über ihres kam, wie ihre Züge für einen Moment voll von Abscheu waren und dann, nach und nach, sich in Enttäuschung auflösten. Da wandte er sein Gesicht ab, so wie er frühmorgens seinem müden, nichtssagenden, unzufriedenen Spiegelbild auswich. Aber seine Hände hörten nicht auf, ihre Haut abzufühlen wie Geldscheine, über ihren fast reglosen Körper glitt sein Mund, jede Fläche fast planmäßig mit Küssen ausfüllend wie der Zeiger der Computermaus die hellen Fenster auf den Datenmasken der Kreditabteilung. Sie hielt die Augen offen, er sah es kurz, ganz starr wurde sie und stumm und wurde so ganz anders als er war, der in den Momenten größter Gier Unsinniges stöhnte, Forderndes keuchte und auch manchmal Obszönes, das nie sonst über seine Lippen kam. Die Befürchtung, nicht auf seine Kosten zu kommen, trog ihn nicht, aber bis zum Schluss weigerte er sich, mitzuempfinden, was sie empfand bei dem verunglückten, buchhalterisch bemühten Vorgang.

Entspannung kam und ein wenig Müdigkeit. Schweigsam saßen sie nebeneinander, gegen die Kissen gelehnt. Mit einem Unterarm stützte er seinen Kopf, sie hatte über ihre Brüste die Decke gezogen und hielt sie, mit lockeren Fingern, vor dem Schlüsselbein fest. Er horchte sich durch die Stille, die nun wieder im Zimmer herrschte, und prüfte die Atmosphäre, die ihm fast so ungetrübt schien wie zu Anfang des Abends. Aber doch wusste er um die vergangenen plötzlichen Störungen, die nicht wiedergutzumachen waren, und um den endgültigen Abstand, der zwischen ihnen geblieben war. Ein paar Sätze tauschten sie noch, unverfänglich wie die Unterhaltungen zuvor, dann stand sie auf. Die Decke hielt sie sich vor, und

Ich muss nun doch gehen –

– wie Juliane –

– sagte sie, bevor sie als Schatten im hellen Bad verschwand.

Er schlug ihr vor, sie nach Hause zu fahren, aber sie lehnte ab und suchte lieber im Telefonbuch nach der Nummer eines Taxistandes. Solange sie wartete, ging sie in der Wohnung auf und ab.

Setz dich doch,

riet er, der ein wenig hilflos in der Tür stand. Aber sie schüttelte den Kopf und vermied es, ihn anzusehen.

Trink noch was.

Kurz nahm sie ein paar von den Modellautos in die Hand und griff nach den Versteinerungen und den Figuren, die auf den Regalen vor den Büchern standen, und stellte sie dann, ohne zu schauen, wieder hin, genau auf ihren Platz. Nach ein paar Minuten schreckte sie das Klingeln des Taxifahrers auf, sie fingerte an der Gegensprechanlage:

Komme,

rief sie und hatte schon ihre Jacke umgeworfen und die Tasche überm Arm.

Also dann,

sagte sie, die Hand am Griff der Wohnungstür, und gleich darauf stand sie schon draußen. Da tat er ein paar schnelle Schritte ihr nach und fasste ihre Hand:

Treffen wir uns morgen?, fragte er.

Ich weiß nicht –

– wie Birgit –

ruf mich an, sagte sie und küsste ihn, aber andeutend nur und nur auf die Wange.

Langsam ging er ins Wohnzimmer zurück. Durch die Tür sah er ins Schlafzimmer und auf das von ein bisschen kaltherziger, halber Lust viel zu aufdringlich zerwühlte Bett. Im Vorübergehen strich er sacht mit den Fingerspitzen über die Polster eines Sessels, träge griff er nach der Flasche und den Gläsern auf dem Couchtisch und brachte sie in die Küche. Vom Fenster aus dann konnte er sie beobachten, wie sie, weit weg so tief drunten, den Kopf in den Kragen ihres Mantels einzog und durch den harten, kalten Regen zum Taxi hastete, vorbei an den rostig schimmernden Fahrradständern und dem dreckigen Spielplatz. Wie sich, scheinbar von selbst, der rechte Schlag des Wagens öffnete und die Scheiben des Autos sich dabei kurz von innen heraus beleuchteten. Wie sie rasch einstieg.

Wie sie davonfuhr.

Vielleicht morgen?, dachte er, noch immer nicht traurig.

Ruf mich an,

hatte sie gesagt. Und die Nummer? Im Telefonbuch danach suchen. Und der Name? Da fiel ihm ein, dass sie einander gar nicht beim Namen genannt hatten. Nie. Weil sie voneinander keine Namen wussten. Bis jetzt nicht.

Du

hatten sie zueinander gesagt und sich manchmal mit

He

etwas zugerufen und gelegentlich, gegen Ende, das eine oder andere übliche Kosewort gebraucht.

Ruf mich an.

Er schaute den Rücklichtern des Taxis nach und dachte: Wie kommst du dazu.

Und er stellte sich vor, dass sie sich vielleicht doch noch einmal umdreht: der aufgereckte Turm, von schwarzer Nässe strotzend, und wie er immer kleiner wird, je weiter sie fortkommt von ihm; das Fenster, und darin er selbst in braunem, mattem Licht, nach ein paar Augenblicken schon nicht mehr auszumachen unter den anderen matt erleuchteten Fenstern in den Zeilen und Kolumnen neben ihm und über ihm und unter ihm.

DIE LÖSUNG
ODER
IM LAUF DER JAHRE

Eine Liebesgeschichte

1

Er gestand es sich ein: er hatte nicht daran gedacht. In jedem Jahr hatte er sich anstrengen müssen, den Hochzeitstag nicht zu vergessen. Meist hatte er sich zwei oder drei Wochen davor, wenn er ihm zufällig in den Sinn kam, eine Notiz gemacht in seinem Kalender oder auf einem Zettel, den er dann im Bistro hinter der Bar befestigte.

Blumen besorgen!

konnte darauf stehen, oder:

Hochzeitstag Claudia!

Irgendwann dann machte er sich für ein, zwei Stunden frei, ging in die Fußgängerzone, sah in die Schaufenster und verglich die Auslagen der Kaufhäuser und Geschäfte. Immer schon hatte er eine Vorstellung davon, was er für Claudia kaufen würde: nichts Aufwendiges meist, ein Kleidungsstück, auf das sie ihn kurz zuvor aufmerksam gemacht hatte:

Siehst du, sowas gefällt mir;

oder ein Buch, eine Neuerscheinung möglichst, die ein paar hundert Seiten stark sein musste.

Aber diesmal: er gab es zu, dass er einfach nicht daran gedacht hatte, und er machte sich Vorwürfe. Was würde sie denken, wenn er ohne Geschenk vor ihr stünde? Ihm lag wenig an solchen Jubiläen; sie aber, die es sich vorbehielt, zu dem Ereignis nichts zu schenken und sich jedes Mal von seiner Artigkeit überrascht zu stellen, sie achtete streng darauf, diesen Tag zu begehen. Sie forderte ihn wie ein Recht. Dabei unternahm sie nichts anderes als an anderen Tagen: tat ihren Job und kümmerte sich um beider gemeinsames Leben ein wenig mehr als er. An diesem einen Tag aber –

– im Grunde ist es lächerlich, Manfred, sagte sie selbst und lachte dabei –

– an diesem Tag tat sie all das so, als ob es ein Gefallen wäre, den sie ihm erwiese, eine Hilfeleistung, deren er irgendwie würdig geworden wäre, etwas Außerordentliches, das es zu beachten gelte: Du weißt (so sollte es aussehen, so spielte sie es ihm vor), ich muss das nicht tun. Ich tus für dich.

Nein, er hatte nicht an sie gedacht, er gab es zu. In diesem Jahr hatte ers vergessen. Vielleicht hatten ihn die dummen Zwischenfälle im Bistro abgelenkt, der Rohrbruch, die Punks, die den Gästen Bier und Wein auf Tische und Kleider gegossen hatten, der Kassensturz vor einigen Tagen, bei dem zweitausend Euro fehlten.

Und heute auch noch: Katrin, die seit fast zwei Stunden im Bistro saß, sich über die angegrauten Pärchen auf der Tanzfläche mokierte und ihm mitgeteilt hatte, dass sie sich von Alex getrennt habe.

Ich wohne bei Regine, sagte sie. Ich bin so gut wie ausgezogen und gehe nicht zurück, sagte sie. Jetzt nicht mehr, Manfred.

Du weißt, ich darf mich nicht zu den Gästen setzen. Und Manfred blickte sich unruhig um.

Nie mehr, sagte Katrin. Ich habs lange ausgehalten, lange. Aber jetzt hat ers zu toll getrieben.

Katrin, sagte Manfred nervös, dort hinten sitzen Gäste, die gerade gekommen sind.

Nie hört er mir zu. Nur ich ich ich – das ist sein einziges Thema.

Nimm mirs nicht übel, sagte Manfred und stand auf.

Ich halte dich nicht auf. Plötzlich ließ sie ihn gehen und sah ihn an mit dem ihr eigenen beschämenden Blick, der einen beschuldigen wollte und zugleich so aufreizte, dass Manfred sie hätte schlagen mögen.

Er ging, nahm ein paar Bestellungen auf, nervös und zerstreut, und blickte immer wieder in die Ecke hinüber, wo an einem kleinen Tischchen Katrin allein vor einem Glas Prosecco saß und gereizt auf die Tanzfläche starrte.

Katrin war Mitte dreißig, etwa fünf Jahre jünger als er und Claudia. Während sie beide manchmal einander auf kleine Veränderungen an sich aufmerksam machten, auf Rücken- und Gelenkschmerzen, auf Fältchen zwischen Auge und Schläfe oder die grauen Haare, die sich stellenweise zu vermehren begannen; während sie so anfingen, von ihrem Altern Notiz zu nehmen, schien die Zeit an Katrin noch keine Spuren zu hinterlassen. Sie hatte sich, seit die beiden sie kannten, das etwas zu blasse, spiegelglatte Gesicht bewahrt, sie trug es mit jugendlichem Stolz zur Schau, betonte den

Ausdruck standfester, wenn auch ahnender Unschuld, und mit dem ein wenig spöttischen Spiel ihrer Augen tat sie manchmal, als wollte sie erst jetzt alles daran setzen, hinter die Geheimnisse der Erwachsenenwelt zu kommen.

Katrin hatte Manfred seit jeher fasziniert – immer nur heimlich und immer nur ein wenig; nie so, dass er ernstlich nach ihr verlangt hätte. Einmal, kurze Zeit nachdem er und Claudia zusammengekommen waren, hatte er während einer lärmenden, langweiligen Party bei Freunden die Hände auf ihre Brüste gelegt; und Katrin, ebenso betrunken wie er, hatte ihm großartig ins Gesicht gesehen und gefragt:

Traust du dir das zu?

und sacht seine Hände fortgeschoben. Manfred, der nur nach ihr gegriffen hatte, weil er mit seinen vernebelten Gedanken wohl geglaubt hatte, dass dergleichen jetzt von ihm verlangt werde, hatte sofort von ihr abgelassen. Er wollte nichts von ihr. Es bestand keine Gefahr.

Immerhin glaubte er später, mit Claudia darüber sprechen zu sollen. Wie zufällig kam er ihr eines Tages damit.

Katrin, sagte Claudia lachend. Das kleine Luder.

Mit keinem Wort ging sie mehr auf den Vorfall ein. Es bestand keine Gefahr.

Ich bewundere sie auch, sagte sie nur. Keiner sieht ihr etwas an – aber sie hat Dinge erlebt …

Was denn?, wollte er wissen.

So ziemlich alles, sagte sie. Jedenfalls mehr, als du und ich uns vorstellen wollen.

Dann und wann, wenn die beiden und Katrin zusammentrafen, kam es zu Gesprächen über Mann und

Frau, ein paar Anekdoten von gemeinsamen Bekannten wurden erzählt und andere Geschichten vervollständigt. Katrin spielte bei solchen Gelegenheiten mitunter vor, worauf es ihr angeblich ankam in einer Beziehung.

Ein Männerkörper muss außergewöhnlich sein, wenn er mir gefallen soll. Das andre ergibt sich von selbst,

sagte sie, genüsslich beschäftigt mit der Vorstellung, dass es wirklich so sein könnte. Manfred imponierten solche Sätze; nicht, weil er physisch infrage gekommen oder weil er derselben Meinung gewesen wäre, sondern weil man nie wusste, ob Katrin es nicht doch ernst meinte, und wegen der Frische und Schnelligkeit, mit der sie dergleichen vorbrachte. Ein angenehm spannendes Gefühl der Beklommenheit spürte Manfred, wenn er Katrin so reden hörte.

Ihre wirkliche Einstellung Männern gegenüber blieb jedoch undurchsichtig, selbst für Claudia, die zu ihren engen Freundinnen zählte. Katrin wollte besitzen und besessen werden und schien doch immer wieder nach dem Risiko zu gieren, dass einer sie betrog und verließ. Interessiert beobachtete sie, wenn Alex andere Mädchen ansprach, oder sie flirtete selbst auffällig mit jemandem, weil sie wusste, dass Alex ihr fabelhafte Szenen machen würde. Er war unbeherrscht, und vielleicht – hatte Claudia einmal nach einem langen, verzweifelten Telefonanruf Katrins gesagt –, vielleicht schlägt er sie sogar.

Wo in Katrins Umgebung Beziehungen zerbrachen, stellte sie sich sofort auf die Seite der Frau. Sie bemühte sich, jede Einzelheit der Affäre zu erfahren, um schließlich zu einem ernüchternden Resümee zu kommen. Sie war dann aufrichtig bewegt, nahm selbst nicht wahr, wie ungerecht einseitig sie oft ihr Mitleid verteilte, gab sich hilfsbereit und spendete unverfälschten, wirkungsvollen Trost: als wollte sie unterlegene, ohnmächtige Rache an der Welt nehmen – und das hieß für sie: an der Welt der Männer.

Ihren Freunden begegnete sie zumeist ausgeglichen. Nur ein paar Mal in jedem Jahr hatte sie eine Woche, in der Kleinigkeiten maßlose Wutanfälle auslösen konnten, wo sie am Ende war und sich bereit erklärte, mit allem abzuschließen und mit allen Bekannten zu brechen; bis sie sich, von einem Tag auf den andern, beruhigte, wieder gutartig wurde, aufgeschlossen und witzig und viel über Freundschaft, Verlässlichkeit und Vertrauen philosophierte.

Alex, beanstandete Claudia dann, wisse nicht, was er an ihr habe. Katrin, hatte sie sich zu sagen angewöhnt, sei Gold wert, hart zwar und manchmal ein bisschen ordinär. Aber treu ist sie, sagte Claudia, und sie liebt Alex.

Ja, Alex behandelte Katrin schlecht, das wusste Manfred. Er schlief mit x-beliebigen Frauen und trieb es mit unverkennbar minderjährigen Huren; mit denen am liebsten, behauptete Katrin. Und Manfred erinnerte sich, von Alex schon mehrfach zum Besuch gewisser Bars und Clubs aufgefordert worden zu sein. Er aber hatte immer gleich abgelehnt.

Er ist ein Schwein, sagte Katrin unvermittelt, als Manfred an ihrem Tisch vorbeikam. Einige Gäste drehten die Köpfe nach ihnen.

Ich bitte dich, flehte Manfred, sprich leiser.

Ein Schwein, zischte sie. Und sie musterte Manfred mit einem Blick, als wollte sie auf der Stelle erkunden, wo seine schmutzigen Leidenschaften lagen. Ich weiß nicht, fuhr sie dann fort, woher ihr das habt – dieses … Menschenverachtende. Ihr: das waren Männer wie Alex, und er, Manfred, gehörte für sie in diesem Augenblick dazu.

Er blieb stehen. Überleg es dir noch einmal, sagte er ernst. Bald kommt er nach Haus. Vergiss den Brief und die Fotos. Ein einfältiges Flittchen, das es ihm heimzahlen will.

Mir egal, sagte sie.

Geh nach Hause. Du bist jedes Mal gegangen.

Nie mehr, rief sie. Und mit ein wenig zu großartiger Geste: Jetzt endlich kann ich mich von ihm lösen.

Du wirst es vielleicht bereuen. Seine Affären hatte er doch immer.

Das ist es nicht, antwortete sie, und ihr Ton klang ein paar Worte lang weniger gereizt. Früher, wenn ich oft wütend zu Euch gekommen bin und voller Eifersucht … ich hab das als Zeichen genommen, dass da noch was ist, das uns zusammenhält, Alex und mich. Aber jetzt: es macht mir nichts mehr aus. Nichts mehr, Manfred, wiederholte sie. Es ist vorbei, sagte sie noch, jetzt wieder mit dem theatralischen Unterton, der Manfred nie wissen ließ, woran er bei ihr war.

Ein paar Phrasen fielen ihm noch ein: dass es in jeder Beziehung Krisen gebe; und: dass man miteinander immer wieder von vorn anfangen müsse; und: dass zurückzukommen die wahre Treue sei. Dabei kam er sich ganz unverwendbar vor in einer Situation wie dieser. Warum fragte sie gerade ihn? Ja, von Claudia kam in solchen Fällen immer eine Handvoll guter Ratschläge. Warum aber sollte ausgerechnet er mehr von Katrins Beziehung verstehen als sie selbst? Wo es ihm noch nicht einmal gelungen war, sein eigenes Gefühl für Claudia in Worte zu fassen.

Geh nach Hause, sagte er noch einmal und wandte sich ab. Sprich mit ihm.

Da stand sie auf und ging wirklich. Manfred sah ihr nach, als ob er es nicht glauben könnte.

2

Als es ihm endlich gelungen war, sich für eine Weile ablösen zu lassen, hatte er gerade noch eine halbe Stunde Zeit bis Ladenschluss. Manfred hastete durch die Straßen in die Innenstadt, und mit einem kleinen Schrecken fiel ihm ein, dass er noch nicht einmal eine Ahnung hatte von dem, was er für Claudia aussuchen sollte. Ratlos stand er vor den Schaufenstern. Jetzt, wo die Zeit knapp wurde und er einen Einfall nötig hatte, sah er doch kaum, was vor ihm lag. Du findest nichts, in diesem Jahr nicht, jammerte er stumm und war bereit, aufzugeben.

Ertappt fühlte er sich, geächtet fast, und ohne noch Hoffnung zu haben, betrat er ein Kaufhaus, passierte beinah blicklos Stände mit Sonderangeboten, gelangte durch Haushaltswaren, Büroartikel und Autozubehör zur Damenmode, bis ihm mehrere rot ausgelegte Vitrinen auffielen, in denen Goldsachen glänzten, Ketten neben Ohrgehängen, Uhren, Broschen und Ringe. Er blieb stehen. Schmuck hatte er Claudia noch selten geschenkt. Allerdings überstiegen die Preise auf den Schildern bei Weitem, was er auszugeben gewohnt war.

Eine Verkäuferin sprach ihn an.

Er sehe sich nur um.

Doch sie blieb bei ihm. Er wich ihrem Blick aus, weil er nicht wollte, dass sie ihm Stücke vorführe. Dabei waren viele von den Sachen schön, und je mehr er sie besah, desto angemessener erschienen ihm die Summen, die verlangt wurden.

Nun öffnete die Verkäuferin doch eine der Glaskästen, und ohne dass er ihr hätte darlegen müssen, wonach er suche, nahm sie ein paar Ringe heraus und breitete sie auf einem Samttuch vor ihm hin.

Für Ihre Frau?, fragte die Verkäuferin.

Er nickte.

Ein Geschenk? Und gleich darauf: Vielleicht ist dies das Richtige.

Sie deutete auf einen der Ringe, einen glatten Reif mit steiler Wölbung, in den ein kleiner Brillant eingelassen war. Manfred nahm ihn vorsichtig zwischen zwei Finger und ließ den Stein im Licht funkeln. Der Ring gefiel ihm sehr. Er sah auf das Schildchen, das an ihm hing: achthundert Euro – das Zehn- oder Zwanzigfache dessen, was er auszugeben gewohnt war. Aber die Eingebung reizte ihn: Claudia etwas für seine Begriffe ganz Kostbares zu schenken, etwas, mit dem sie nicht rechnen konnte und das zudem eine persönliche, nur sie beide betreffende Bedeutung hätte. Er entschloss sich und zog die Scheckkarte aus dem Geldbeutel, obwohl er sich sagte, dass er damit seine Mittel arg strapaziere.

Auf der Straße fühlte er einen starken, kindlichen Stolz. Vor zehn Minuten noch war er sicher gewesen, sich morgen früh vor Claudia zu blamieren, nun aber hatte er etwas Außerordentliches für sie, das ihn selbst ebenso verwunderte, wie es sie überraschen würde. Er tastete nach dem Kästchen mit dem Ring darin in seiner Jackentasche. Ein Geschenk, fiel ihm ein, das ihm so von Herzen kam wie noch keines zuvor.

Aber das nahm er gleich zurück: ... das von Herzen hätte kommen können, wenn er das Schenken besser vorbereitet hätte. Er verfluchte seine Gedankenlosigkeit, und das Eingeständnis, in den Jahren mit Claudia ein wenig unsensibel geworden und abgestumpft zu sein dem gegenüber, was sie anging, machte seine Freude auf morgen fast wieder zunichte. Manfred schämte sich, weil es die Zeit so weit hatte kommen lassen, dass ein läppischer Anlass wie der vergessene Hochzeitstag genügte, ihm seine Entfernung von Claudia nachzuweisen. Er wusste, dass sich viel verändert hatte seit ihrem gemeinsamen Anfang; dass sie heute einander in manchem anders begegneten als einst, sachlicher und kühler; dass sie oft nur mehr von Alltagsdingen sprachen; dass sie, seit er abends im Bistro arbeitete, nur wenig voneinander hatten und selbst an freien Tagen oft unterschiedlichen Interessen nachgingen. Aber sie gehörten zusammen, betete er sich vor; zu viel Gemeinsames hatte sich ergeben im Lauf der Jahre, das ihm bewusst und dessen er sich sicher war, ohne dass er es hätte beim Wort nennen können. Sie hingen aneinander mit Verständnis und großer Ehrlichkeit, beruhigte er sich; von niemandem ließen sie sich hineinreden in das, was nur sie beide betraf. Irgendetwas blieb ihnen, das alle Jahre, noch die längsten, überdauern würde, daran glaubte er fest; das, worauf es ihnen miteinander vor allem ankam, würde immer zwischen ihnen stimmen, auch ohne dass sie einander davon würden sprechen müssen. Wie auch, in welchem Ton, mit welchen Worten? Liebe

– das war ein heikles Wort, eines, das von den Unzähligen, die sich seiner je vorlaut bedient hatten, schon
ganz verdorben war, entwertet, abgewetzt bis zur
Größe eines Atoms. Er wusste nicht, ob er selbst es
gebrauchen dürfe – jetzt.

Claudia hatte, als er in der Nacht nach Hause kam,
wie immer Licht im Flur gelassen, weil Manfred un-
gern in die dunkle Wohnung trat, und es beruhigte ihn
eigentümlich, dass sie auch heute daran gedacht hatte.
Er ging in das warme, ein wenig schwüle Schlafzimmer und knipste seine Nachttischlampe an.

Claudia, die Arme gerade auf die Bettdecke gestreckt, rührte sich nicht; sie schlief ihren regungslosen, unerschütterlichen Schlaf, der manchmal an Be-
wusstlosigkeit grenzte und Manfred, als sie einander
erst kurz kannten, hatte zu Tode erschrecken können.
Er beugte sich über sie und sah auf ihr Gesicht, auf die
Augen, deren Lider dunkler zu werden begannen, auf
die schon ein wenig schlaff gewordenen Wangen, die
rot- und heißgeschlafen waren, auf die bislang noch
flachen Rillen und Grübchen in der Haut der Nasen-
wurzel und Mundwinkel. Dann zog er, einen Moment
lang wieder ganz für sie eingenommen wie in den ersten Jahren, den Ring aus seiner Schachtel, schob ihn ihr
sacht über den Finger und rückte ihn an ihren Ehering.

Am Morgen freute er sich auf ihre Überraschung und
Dankbarkeit. Claudia aber, als sie frühstückend einander gegenübersaßen, sprach nur von gleichgültigen
Dingen und sah ihn kaum anders an als sonst – nur
manchmal und nur flüchtig mit einem Ausdruck, als
erwartete sie etwas von ihm. Nahm sie denn sein Ge-

schenk für so selbstverständlich? Oder hatte sie es gar nicht bemerkt?

Die Unterhaltung wurde knapp, etwas wie Verstimmung lag zwischen ihnen, und als Claudia das Geschirr zusammengestellt hatte und das Tablett in die Küche trug, blieb er, der sich sonst am Aufräumen beteiligte, im Wohnzimmer und griff, ein wenig beleidigt, nach der Zeitung. Später verabschiedete er sich, um ein paar Besorgungen zu erledigen, sie aber gab kaum Antwort. Wenn schon, dachte er trotzig. Er hatte keine Lust, sie erst auf sein Geschenk aufmerksam zu machen; aber das Vergnügen daran war dahin.

Manfred blieb länger aus als nötig. Lieber langweilte er sich draußen, als daheim zu warten, bis Claudia käme und ihm um den Hals fiele. Lächerlich albern erschien ihm sein Einfall jetzt, wo jede Wirkung ausgeblieben war, wo Claudia sich über ihn ärgerte und sogar Streit möglich schien.

Sie aber empfing ihn ganz verändert: sie lachte strahlend, umarmte und küsste ihn, herzhaft nach Kinderart, wie sie es früher bisweilen getan hatte.

Es tut mir leid, Manfred, sagte sie. Hab herzlichen Dank.

Und sie präsentierte ihm ihre Hand und den schimmernden Ring daran. Was sie da am Finger trug, war ihr erst aufgefallen, als sie den Trauring abnehmen wollte, um den Teig für einen Strudel zu kneten.

Da erst hab ich ihn gesehen. Dass du doch an unseren Hochzeitstag gedacht hast ..., sagte sie. Der schöne Ring. Ich weiß nicht, wie ich dir danken kann.

Geschenkt, sagte er. Und er erschrak. Denn er hatte gemeint: Ist doch nicht der Rede wert.

Katrin kam kurz nach vier ins Bistro und wartete, bis Manfred erschien und seine Schicht antrat. Er war fahrig, und als er Katrin an ihrem Tischchen in der Ecke gesehen hatte, musste er für ein paar Augenblicke einen Anflug bösartiger Angriffslust bekämpfen. Eine Weile ignorierte er sie, kam dann kurz zu ihr und nahm ihre Bestellung auf.

Du hast mir nicht gut geraten, gestern, sagte sie sofort. Das Gespräch mit Alex übertraf alles, was es bisher gegeben hat. Meine Koffer stehen schon bei Regine.

Das tut mir leid, brummte er und machte, dass er weiterkam. Er hatte Mühe, sich zu konzentrieren, verrechnete sich an mehr als einem Tisch und musste sich hochmütige oder spöttische Blicke gefallen lassen. Als ihm eine Flasche aus der Hand glitt und hinterm Tresen zerbrach, wurde sein Kopf rot vor Zorn.

Ich bitte dich, lass mich in Ruhe arbeiten, knurrte er, als er Katrin den bestellten Piccolo brachte und einschenkte.

Na hör mal, wandte sie ein, es geht immerhin ums Ganze. Und sie ließ sich nicht beirren: Glaube nicht, dass ich ihn nicht schon längst durchschaut hätte. Schon längst. Er hat mich benützt, immer, sagte Katrin. Ich weiß es jetzt und wusste es seit eh und je. Er hat immer an irgendwelche Weiber gedacht, nur nicht an mich, auch wenn er mit mir schlief.

Wie kannst du das sagen, versuchte Manfred sie zu unterbrechen. All das ging ihn ja nichts an.

Ich weiß es sicher. Sie fiel über ihn her, als hätte sie nur auf ein Stichwort gewartet. Unumwunden hat es Alex gestern zugegeben. Du bist mir immer egal gewesen, hat er mir ins Gesicht gesagt. Er sagte sogar: scheißegal. Jetzt weinte sie doch ein bisschen.

Worte, Katrin!, sagte Manfred. Vielleicht tuts ihm schon leid.

Ich habs dir prophezeit: ich bin ihm gleichgültig, sagte sie. Und es hat sich bestätigt, unwiderruflich.

Gleichgültig ... Manfred erinnerte sich an gestern, an das Gespräch mit Katrin. Und er dachte an heute, an Claudias fast vergessenen Dank für sein fast vergessenes Geschenk.

Mein Gott, Katrin, sagte er, jede Beziehung fährt sich fest. Aber er spürte ein quälendes Gefühl im Magen. Wieso nur riet er ihr zu diesem Kerl? Plötzlich kam ihm ihr Blick verändert vor, forschend und ein wenig mokant.

Daran glaube ich nicht, sagte sie auch schon. Ihr zum Beispiel, Claudia und du ...

Um uns geht es nicht, fiel er ihr hart ins Wort. Da fühlte er, dass sie Bescheid wissen musste.

Eine Weile redeten sie hin und her. Er versuchte noch einmal halbherzig, ihr zuzureden, versuchte, für Alex zu sprechen, ohne ihn zu verteidigen. Sie aber beharrte auf ihrem Standpunkt und versicherte, eine ganz andere Frau geworden zu sein.

Mir macht keiner mehr was vor, sagte sie und sah ihn neugierig und herausfordernd an. Ab sofort mach ich, was ich will, fügte sie hinzu.

Später war er mit seinen Kollegen damit beschäftigt, das Bistro aufzuräumen und die Tische sauberzumachen. Katrin verfolgte ihn mit den Augen, und ihre Blicke erschienen ihm herrisch und zudringlich. Er wusste, sie konnte ein detektivisches Gespür entwickeln für die Verfassung anderer Menschen, einen

Instinkt für Verlegenheiten und Verschleppungen, ein Übersetzertalent für gewisse Gesten einer Hand, für den Klang einer Stimme, wie wenn sie plötzlich ganz durchsichtig wird.

Katrin stand im Mantel an der Tür, als er gehen wollte.

Nimmst du mich mit?, fragte sie.

Er hätte ablehnen können, ohne einen Grund zu nennen; so wichtig war ihm Katrin nicht. Aber er ließ es zu, dass sie ihn zum Auto begleitete, als spielte er mit der Verlockung, sich einer Kampfansage zu stellen, mit dem Drang, seine Standhaftigkeit erproben zu lassen – oder was immer sonst seine Liebe zu Claudia sein mochte.

Ohne eine Bemerkung öffnete er ihr die Wagentür, und als sie beide eingestiegen waren, sagte er:

Ich bring dich zu Regine.

Sie lächelte ein wenig. Dann sagte sie:

Wenigstens waren Alex und ich nicht verheiratet.

Während sie fuhren, ging sie eine Zeitlang die Paare unter ihren gemeinsamen Bekannten durch. Von den meisten wusste sie ein übles Gerücht oder eine anrüchige Episode: der eine trank zu viel – nur ein bisschen natürlich, fügte sie hinzu; eine andere war zu schlampig – mir jedenfalls, schränkte sie ein; wieder zwei hattens seinerzeit nur mit knapper Not noch rechtzeitig ins Standesamt geschafft, wie sie ironisch meinte, er war achtzehn damals, sie gut ein Jahr jünger, als das Kind unterwegs war. Jetzt sieht man, sagte sie, was bei derlei Verbindungen herauskommt. Bei alldem hatte sie einen Ton am Leib, der keinen Widerspruch duldete, und obwohl Manfred immer gleich erkannte, wenn sie bei entscheidenden Kleinigkeiten übertrieb, wusste er doch, dass in allem, was sie ihm auftischte, ein wahrer Kern steckte. Die meisten Einzelheiten überraschten ihn nicht, weil auch Claudia und er schon davon gehört hatten. Während ihrer Erzählungen wurde er den Eindruck nicht los, dass sie ihn, wenngleich sie ihn kaum zu Wort kommen ließ, auf ihre Art aushorchte: indem sie sein starr auf das gelbliche Kunstlicht der Straße gerichtetes Gesicht untersuchte, das jetzt ein wenig verspannt war wie Manfreds Schultern und Nacken auch, und indem sie jede Bewegung seiner mit einem Mal steifen und ungelenkigen Finger auf dem Lenkrad und am Schaltknüppel studierte.

Hör auf, riet er ihr endlich.

Womit?, antwortete sie mit Trotz.

Ich versteh dich ja, sagte er. Du bist enttäuscht. Er hätte auch sagen können: du bist am Boden; oder: du bist zynisch, weil du auf uns alle eifersüchtig bist. Auf uns alle. Er erinnerte sich gut: als Katrin noch nicht lange mit Alex zusammen war, hatte sie ganz offenkundig den Drang verspürt, ihren Partner vorzuführen und anzupreisen; und Menschen gegenüber, die ihr nicht beeindruckt genug schienen, ließ sie manchmal vielsagende Andeutungen über seine Qualitäten im Schlafzimmer einfließen.

Manfred schaltete und lenkte mit hölzernen Fingern, die wie auf Befehle warteten und sie doch nur widerwillig ausführten. Sein Gesicht blieb fest; das hoffte er wenigstens. Er versuchte, sich zu zwingen, keine unkontrollierten, überflüssigen Bewegungen zu machen und die Augen nur geradeaus, nur auf die Straße zu richten.

Du und ich, sagte Katrin dann, wir wissen beide, woran wir sind.

Er schwieg weiter, hielt das Lenkrad fester und bemühte sich noch für ein paar Augenblicke, nicht zu verstehen, was sie meinte, und sich etwas vorzumachen.

Glaub mir, sagte sie, jetzt mit anderer Stimme, mit einer, die hart klang von Überzeugung und Übermut, glaub mir, wir alle gehen irgendwann kaputt, so oder so, wir alle. Nichts hält.

Er fuhr gerade noch bei Gelb über eine Kreuzung und dachte: Los doch, probiers, Katrin. Du schaffst es nicht. Aber da war er sich seiner schon nicht mehr sicher.

Und: So hat es kommen müssen, dachte er, als er schließlich ihre Hand auf seinem Knie spürte und Katrin mit kräftigen Fingern begann, seinen Schenkel zu massieren. Er stellte sich vor, wie trivial die Szene war: hundert Mal schon hatte er dergleichen gelesen und in Filmen gesehen. Ihre Finger wussten, wohin sie wollten. Er sagte nichts. Er fuhr, sah auf Ampeln, Verkehrsschilder, Autos, Passanten, Straßenlaternen. Er erinnerte sich kaum mehr an das Ziel ihrer Fahrt. Er blinkte und bog aufs Geratewohl in eine dunklere Nebenstraße ab, als ob er sich schämte, mit Katrin und ihrer geschmeidigen Hand zwischen seinen Beinen gesehen zu werden. Ihre Finger waren geübt. Er dachte an Alex, der Katrin vielleicht schlagen würde, erführe er von dieser Nacht und dieser Autofahrt, und der doch selbst unzählige Mal in Manfreds Situation gewesen sein mochte. Er dachte an Claudia, die wohl schon im Bett lag und im Schlaf wartete, dass er nach Hause komme. Es gelang ihm, für eine Minute nur an sie zu denken, er sah sie vor sich, ihr Gesicht, das, entspannt in den Kissen liegend, bereits ein paar schattende Falten an Mund und Nase warf. Und ihm fielen sofort ein paar gute Gründe dafür ein, Katrin jetzt gleich, mitten in der Nacht, aus dem Auto zu werfen, hier, irgendwo in der Stadt; es fiel ihm nicht schwer, sich eine Menge Worte auszudenken, mit denen er ihr ihre Grenzen hätte zeigen und ihr hätte klar machen können, dass sie ihm nicht viel bedeute. So viel nicht. Aber nicht einmal sich selbst überzeugte er damit. Er öffnete den Mund und strengte sich an, dann aber brachte er nur heraus:

Ich bin nicht der Mann, den du jetzt brauchen könntest.

Sie aber gab nicht auf. Mal das Gesicht auf seines gerichtet, mal mit dem Blick durch die Windschutzscheibe wie er, verstärkte sie nur den Druck ihrer Hand, variierte das Spiel ihrer Finger.

Katrin, sagte er; aber ihm kam ihr Name so heraus, dass sie sofort wissen musste, gewonnen zu haben. Dennoch redete er weiter: Was strengst du dich an? Du willst dich an Alex rächen, aber er kann uns nicht sehen.

Er fuhr langsamer und atmete auf: irgendwie waren sie nun doch in die Nähe von Regines Wohnung gelangt.

Wir sind gleich da, sagte er und schnitt scharf eine Kurve, um ihre Hand aus seinem Schoß zu bekommen.

Nichts war jetzt einfacher, als mit heiler Haut aus der Sache herauszukommen. Vor Regines Wohnung hielt er den Wagen an. Er könnte Katrin jetzt höflich eine gute Nacht wünschen, sie sogar küssen aus alter

Freundschaft: nichts geschähe; es würde nichts bedeuten.

Nicht hier, sagte sie. Lass uns ein Hotel suchen. Sie sah ihn an, spöttisch, wie er meinte, jedenfalls hellwach und angespannt.

Er zögerte. Dann wendete er das Auto.

Katrin konnte sich jetzt wohl sicher sein, ihr Ziel erreicht zu haben, und Manfred wusste, dass sie damit recht hatte. Solange sie durch die Straßen fuhren und nach einem Hotel suchten, sah und rührte sie ihn nicht an. Was will sie von mir?, dachte er. Und was will ich? Er ärgerte sich, weil ihm nicht einmal Bedenken kamen, wie sie ihm selbstverständlich schienen in einer Lage wie der seinen; weil selbst der Gedanke an die bewusstlos schlafende Claudia ihm nicht in die Quere kommen konnte. Er war im Begriff, etwas zu tun, das er bei anderen stets zu missbilligen gewohnt war, und er würde es tun, ohne dass er mit einem einzigen Wort dazu überredet werden müsste. Er ließ sich von Katrin verführen, so hieß das alte Wort dafür; und es traf noch nicht einmal zu: er selbst machte sich ihr gefügig. Aber wenn er sie überhaupt je begehrt hatte: begehrte er sie in diesem Moment denn mehr als vor einem Monat, einem Jahr? Er hätte, die Augen auf die Straße und die Schilder der Geschäfte gerichtet, nicht einmal sagen können, was für ein Kleid sie anhatte, ob sie Ringe oder anderen Schmuck trug oder nicht. War es also nur der Zufall einer beliebigen Gelegenheit, der aufdeckte, wie leicht für ihn die Lösung von Claudia war, die er doch achtete, wollte … liebte, wie er sich jetzt sagte, mit der er seit vielen Jahren sprach, aß und trank, schlief, arbeitete und sich entspannte.

Da, sagte Katrin. Aus einer Seitenstraße leuchteten kleine, ein wenig verschmutzte Neonbuchstaben. H TEL stand da, denn das O war ausgefallen.

Sie parkten günstig, stiegen aus, und erschöpft und unlustig nahm Manfred Katrins Arm, bevor sie die wenigen Stufen zum Eingang hinaufstiegen. Er stellte sich vor, was gleich folgen würde: beispielsweise die Fragen des Portiers, ob es zwei Einzelzimmer sein sollten oder ein Doppelzimmer; ob sie Gepäck hätten und ob sie länger als eine Nacht blieben. Er sah voraus, wie sie beide in das Zimmer treten und die Tür versperren, wie sie füreinander nach Worten suchen würden, die ein wenig Belang hätten und doch ohne Folgen bleiben könnten; wie sie das Thema erörterten, wer zuerst das Bad benutzen solle. Er versuchte, den Gesichtsausdruck des Portiers zu erraten, wenn sie nach nur ein paar Stunden schon den Schlüssel zurückgäben und Manfred nach der Rechnung fragte. Es geht nicht, dachte er. Manfred sah sich gegen Morgen nach Hause kommen, hörte Claudias harmlose Frage, warum es so spät geworden sei, hörte, wie sie sich nach Katrin erkundigte und ob sie sich wieder mit Alex vertrage.

Es geht nicht.

Hinter dem Tresen der Rezeption stand ein älterer Mann, der für zwei offensichtlich ausländische Gäste vor sich ein schwieriges Telefonat zu führen schien. Manfred, Katrin am Arm, wartete. Schmutzig, dachte er, dieses Hotel ist schmutzig, eine Absteige. In Wirklichkeit war die kleine Halle sauber, ein paar antike, tadellose Tische und Sessel standen in den Ecken, der Läufer auf dem Boden war kaum abgetreten und ohne einen Fleck. Auf dem hellbraun lackierten Holz des Tresens ließ sich allerdings ein blasser Ring sehen, den eine feuchte Flasche zurückgelassen haben mochte, bei einem Blumentopf lag ein wenig zerkrümelter Humus, und auf der Schreibunterlage hatten sich im Lauf der Zeit kleine Kugelschreiberstriche und -punkte versammelt. Schmutzig, dachte Manfred, schäbig. Aber es war nichts weniger als das, er wusste es ja.

Katrin neben ihm wirkte jetzt ganz unbeteiligt, manchmal nur drehte sie den Kopf ein wenig, beobachtete das unverständliche Gespräch zweier älterer Herren in einer Ecke, betrachtete an der Wand einen Plan mit den Terminen der täglichen Stadtrundfahrten, folgte einem Zimmerkellner mit den Augen, der an ihr vorübereilte. Sie sagte nichts, sie berührte Manfred mit keiner Stelle ihres Körpers, und Manfred kam sich, seine Hand am Stoff ihres Ärmels, allein und wie ein Fremder vor, als ob er nicht einmal die Sprache dieser Frau verstünde, die ohne einen Blick, ein Wort für ihn neben ihm stand.

Der Portier hatte den Hörer aufgelegt, der Platz vor ihm am Tresen war frei geworden. Er sah Manfred an und fragte freundlich:

Bitte?

Manfred tat noch einen Schritt nach vorn und nahm Katrin mit. Aber er sagte nichts. Er wartete ein paar Sekunden, ratlos, dann sah er auf Katrins Profil neben sich.

Ein Zimmer?, fragte der Portier zuvorkommend.

Manfred dachte: Es geht nicht.

Gnädige Frau?, wandte sich der Portier jetzt an Katrin.

Sie bewegte nur ein wenig den Kopf.

Der Portier hörte auf zu lächeln.

Komm, sagte Katrin, drehte Manfred mit sich um und ging mit ihm hinaus.

Wortlos fuhren sie zu Regines Wohnung. Manfred stellte den Motor ab, lehnte sich zurück und sagte:

Tut mir leid. Entschuldige.

Es ist alles so furchtbar verkehrt, sagte sie und strich ihm mit traurigem Lächeln durchs Haar. Man hat gar keine Möglichkeit mehr, etwas richtig zu machen.

Sie stieg aus und verschwand für kurze Zeit im Dunkel. Erst als sie Licht am Hauseingang gemacht hatte und den Schlüssel ins Schloss steckte, fuhr Manfred.

4

Er kam nach Hause, als es lang nach eins war. Das Licht im Flur erschreckte ihn diesmal, schon fühlte er sich gestellt, wie von Claudias Frage getroffen, wo er so lange geblieben sei. Er schaltete das Licht aus und trat ins Schlafzimmer, atmete die warme, süßlich und dunstig nach Claudias Körper duftende Luft.

Bettzeug knisterte, Claudia war also wach und hatte vielleicht noch gar nicht geschlafen. Manfred knipste die Lampe an seinem Nachttisch an und versuchte, ein gleichgültiges Gesicht aufzusetzen. Aber Claudia, so meinte er, musste spüren, dass er betreten war und furchtsam.

Du warst noch unterwegs?, fragte sie mit schläfriger Stimme.

Ja, noch ein wenig. Und etwas später: Mit Katrin.

Sie schwieg, und Manfred versuchte, ihre Gedanken mitzudenken und mit ihr zusammen das Misstrauen zu zerstreuen, das sich ihr aufdrängen musste. Ihre Hand lag aber ganz ruhig auf der Bettdecke, und vor dem Ehering glitzerten der Goldreif und der kleine Diamant, den er ihr heute geschenkt hatte.

Dann sagte er: Sie hat Schluss gemacht mit Alex, und als sie etwas antwortete wie:

Es wurde endlich Zeit, und:

Das ist die beste Lösung,

war er beunruhigt, weil ihre Stimme so sicher, so unbelastet klang.

Wenig später hatte er sich ausgezogen und war in den Schlafanzug geschlüpft, den Claudia wie an jedem Abend auf sein aufgedecktes Bett gebreitet hatte. Als er sich hinlegte, das Licht löschte und sich mit missmutigem Griff die Decke an die Schultern zog, sagte sie:

Es war gut, dass du dich um Katrin gekümmert hast. Sie ist manchmal so unbeherrscht, aber letzten Endes braucht sie immer irgendjemandes Hilfe.

Er schwieg und spürte, wie sie noch eine Weile lauschte, ob eine Antwort käme oder eine Art Geständnis, und dass sie Angst hatte. Sie tat ihm mit einem Mal maßlos leid, und er hätte sich ohrfeigen mögen.

Nach ein paar Minuten war ihr Atem so ruhig und gleichmäßig geworden, dass er annehmen konnte, sie sei eingeschlafen. Da fragte er flüsternd in ihr Richtung hinein:

Hast du mich jemals betrogen?

Nein, antwortete sie sofort und so leise, dass er erschrak. Und du?

Ich habs grade versucht.

Und?

Ich konnte es nicht.

Lange danach sagte sie so, dass es ganz ruhig klang: Mach dir keine Gedanken. Es wird weitergehen.

Und er: Wird wohl.

Und sie: Es muss.

SCHATTENSPIELE

Der Traum weiß es am besten.
Thomas De Quincey

Sibylle

Heute kam Leo besser voran. Gesammelter als in den vergangenen Tagen hatte er fast drei Stunden lang ohne Unterbrechung am Schreibtisch arbeiten können. Dann erst lehnte er sich zurück, hob den Kopf zur Seite und suchte mit seinen Augen nach den ihren; auch heute wieder wie schon seit Jahren und an jedem Tag, wie immer, wenn er am Schreibtisch saß, Bleistift und Füllfeder vor sich und etliche Bögen Papier, daneben Zettel mit toten Notizen von gestern, denen Leo heute, auch wenns ihn anstrengte, Leben einhauchen wollte. Mit den Augen suchen, nach ihr: nicht immer tat Leo es erleichtert wie jetzt, sondern manchmal auch um Rat bittend oder gar hilfsbedürftig oder zumindest unschlüssig – ängstlich, ob die Zeilen, die er den Stift gehen ließ wie einen labyrinthischen Weg, denn auch einen Anschluss fänden an andere Zeilen, am Vortag entworfene oder morgen zu schreibende. Noch eine Stunde, und er würde vielleicht ihre Augen zufriedener suchen: entspannt, weil er auf etwas gestoßen war, weil er, den Stift in der vom Schreiben allmählich schmerzenden Hand, etwas zustande gebracht haben würde.

Sie mit den Augen suchen – ohne dies, stellte er sich vor, könnte alles nur halb gelingen. Sie hielt dann ihre Augen – die unbeweglich waren und doch fordernd schienen, lebendig und beredt – auf seine noch frischen Zeilen gerichtet, auf die eben entstandenen Passagen; und ihm war dann, als ob sie lesen könnte und den Sinn einsehen, als ob die Worte ihr etwas sagten, anderes als ihm, dem Autor, und mehr vielleicht – wie jeder Künstler sichs wünscht von seinen Worten, wenn sie bei einem Leser zu Gast sind.

Mit den Augen suchte er sie, immer; bald schon auch hatte er für sie einen Namen gefunden: Sibylle – weil der ihm althergebracht und doch alterslos klang, so wie ihr junges Gesicht sich in dem alten Bild hielt. Wunderbar passte der Name, weich wie weiße Haut klang er ihm, weiblich und freundlich: wie er so summend beginnt, leis säuselnd mit dem S, und schon gleich ein erstes Ziel findet im I; sanft lässt der Name sich zwischen die Lippen nehmen dank seines B, verliebt lächelt der Mund beim Ypsilon, mit Wonne leckt die Zunge an den Zähnen für das verdoppelte und drum ein wenig sich aufhaltende L; und endlich das E, das einen besänftigt ausatmen lässt.

S–i–b–y–l–l–e

sagen: das war für Leo wie diese Frau berühren.

Nicht sie zu berühren, sie nur zu besitzen reichte Leo als Vergnügen. Denn er besaß sie ja: ihr Bild besaß er, seit Langem die minuziöse Kopie eines anonymen Meisterwerks aus der florentinischen Renaissance. Ein vollkommen glattes Gesicht war darauf zu sehen, weiß fast zwischen hauchdünnen, hellen Locken und mit murmelartigen, grünen Augen; die Firnissprünge, die diese Augen durchzogen, brachen sie nicht – im Gegenteil, neugierig auf jeden Moment erschien ihr Blick, der sich über die lange, aber offenbar flache Nase hinweg auf Leo senkte. Der Mund, fast unnatürlich waagrecht über der kleinen Kugel des Kinns, der Mund schien ihm, als wollte er jeden Augenblick zu lächeln beginnen. Fast zu schweben schien der Kopf vor dem Hintergrund, den schwer fallenden Falten eines tiefroten Wandbehangs; daneben ein geöffnetes Fenster, das wie von hoch oben den Blick freigab auf eine Fantasielandschaft im Sonnenuntergang, eine wilde Küste mit kegelartigen, scharf aufschießenden Klippen, an denen sich grau das Wasser schnitt. Nur die Büste zeigte das Bild, und doch war der ganze Körper dieser vielleicht vierzehnjährigen Frau zu ahnen: unter dem dünnen Hals, den sehr schmalen Schultern hoben sich, hinter feiner Gaze nur halb sichtbar, kleine Brüste, kugelig und wie voller Freude auf eine Berührung. Von unten, irgendwoher, schob sich eine merkwürdig lange und schmale Hand hoch, die elfenbeinbleich den fadendünnen Stiel einer weißen Blüte stützte, scheinbar ohne ihn zu fassen. Hand und Handgelenk waren nicht bei Sibylle, gehörten nicht zu ihr, wie wenn eine Andere unsichtbar die Blume in den Rahmen hielte. Die Blume aber – sie gehörte ihr ganz.

Leos Blick, satt, ließ wieder von Sibylle ab, hatte aber Gelegenheit, Umwege zu machen, bevor er auf den Schreibtisch mit seinen beschriebenen und unbeschriebenen Papieren zurückfand. Denn nicht weit neben dem Bild stand auf einer geschnitzten Konsole die ihm liebste seiner sechs Uhren. Wenige Minuten vor der vollen Stunde begann sie als Erste von allen zu schlagen: sechs Uhr, Spätnachmittag im Spätherbst; durchs Fenster reichte die verfrühte Nacht bis in Leos Arbeitszimmer. Nacheinander, darauf wartete er, würden nun während der nächsten Minuten die übrigen Uhren aus allen Teilen des Hauses bestätigend antworten, zögernd und drohend schwer die eine, die anderen fanfarenartig sonor oder gläsern fein, blasiert näselnd oder hastig flüsternd. Kaum eine Sammlung ließ sich das Halbdutzend Stücke nennen, das er besaß, und schon das war ihn teuer gekommen. Stolz aber war Leo auf seine Uhren wie der Gründer eines Museums. Begonnen hatte seine Leidenschaft, als er gleichzeitig zwei Standuhren erbte. Zwei Tisch- und noch einmal zwei Wanduhren hatte er im Lauf der Zeit dazugekauft. Wenn Leo sich nach seiner Favoritin umwandte – einer figurenreichen Biedermeier-Pendüle, die unter mundgeblasenem Glassturz hell und prägnant jede halbe Stunde mit einer Glockenterz anzeigte –, wenn er tat, als könnte er auf ihr nach der genauen Zeit sehen, dann begegnete er auch Sibylles Blick, und wenn er nach ihren Augen suchte, gaben ihm gleichzeitig die Zeiger Zeichen.

Falsche Zeichen, wie er wusste. Denn noch hatte ers nicht fertiggebracht, auch nur eine von ihnen bleibend genau einzustellen, so sehr er sich auch mühte, Pendel und Perpendikel zu justieren. Immer wieder auch blieb eine ihm stehen; denn jede hatte ihre eigene Gangdauer, die eine nur ein paar Tage, zwei Wochen eine andere, und nie hielt Leo die Fristen ganz auseinander, nach deren sich verschiebendem Rhythmus die Werke aufzuziehen waren mit ihren schönen Schlüsseln oder Messinggewichten. Die Uhren in Gang zu halten und ihnen die rechte Zeit beizubringen – Leo versuchte es dennoch mit kindlichem Erfinderdrang und dem behäbigen Lächeln eines altmodischen Hausvaters.

Dass die vergebliche Mühe um seine Uhren nur eine Spielerei war, eine kurze Ablenkung und lieb gewonnene Nichtigkeit, das freilich vergaß Leo nicht, und ebenso wenig, dass es nur ein Bild war, das er Sibylle nannte und in das er sich versenkte, ein fiktives Gesicht, Erfindung, Unwirklichkeit. Einen Kunstmenschen nannte er Sibylle denn auch, aber mit Zärtlichkeit gebrauchte er den kühlen Begriff für sich, mit derselben Zärtlichkeit, mit der er sie weich beim Namen nannte: Sibylle. Wenn er, nach minutenlangem Hinschauen auf sie, zurückdachte zu Brigitte, dann fühlte er sich fast wie der Held aus einer tragischen Geschichte: der Mann zwischen zwei Frauen. Nicht ohne Selbstironie, aber auch nicht ohne Stolz empfand er sich so.

Er selbst in einer Geschichte, die er, der hoffte, ein Autor zu sein, sich ausgedacht hatte – manchmal schien es ihm für einen Augenblick, als ob er sich zwingen müsste, die Ferne zu Sibylle, dem Bild, zu spüren und sich der Nähe zu Brigitte bewusst zu sein, dem Menschen. Seit fünf Jahren waren sie beieinander und seit drei Jahren verheiratet; eine Verbindung, die in Frage zu stellen ihm nie einfiel. Noch immer konnte er lange in Brigittes Gesicht sehen, für Minuten auch in ihres, ohne ein Wort zu sagen und ohne an anderes zu denken als an sie: Brigitte. Liebe nannte er das, sein großes Gefühl, das er mit Eifer anfachte und am Lodern hielt.

Zugefallen war es ihm in einem Lebensabschnitt, als er sich schon damit abgefunden hatte, als verbiesterter Akademiker auf irgendeinem Hochschulposten zu vertrocknen. Mittelalterliche Literatur – Leo wusste, dass er seinen Studenten, die fast eine Generation Abstand zu ihm hielten, mit einer Welt kam, die für viele von ihnen weit weg war: glaubhaft, doch erdichtet wie ein Mythos seit der Zeit der Staufer, als die Sänger sie sich erschaffen hatten. Brigitte war eine seiner Studentinnen gewesen. Im Seminar war sie ihm erst nach vielen Sitzungen aufgefallen, mitten im Semester: als er sich einmal unrettbar in einem schwierigen und zunehmend konfusen Gedankengespinst verheddert hatte, stellte sie aus der schweigenden Gruppe seiner Zuhörer heraus klar eine Frage, die ihm zeigte, dass sie, vielleicht als Einzige, seine Deutung und ihn ganz verstand. Nach der Sitzung sprachen sie miteinander vor der Tür des Seminarraums, angerempelt und von Zeit zu Zeit auseinandergedrängt von vielen eiligen oder saumseligen, plaudernden oder müd-maulfaulen Studenten. Ein regelrechtes Fachpalaver führten sie auf, voll treffender Termini und bedeutungsgeladener Begriffe und ohne ein Gramm ihrer selbst. Aber doch wussten beide, nachher, als jeder wieder für sich war, dass sie einander etwas würden sagen können und ersichtlich werden in mehr als nur ihrer Intelligenz. Er sprach sie, Tage später, noch einmal an, und obwohl er einen gewissen Widerwillen überwinden musste, betrat er mit ihr eine Studentenkneipe, wo allein schon sein Alter Aufsehen erregte und er von manch einem mit verwundertem Respekt gegrüßt wurde. Vom Studium redeten sie, von der Zimmersuche, der Ausstattung der Bibliothek, auch von sich dann und nur noch von sich und endlich von Dingen, die sie niemandem sonst ohne Weiteres sagten. Auch später kamen sie immer wieder zusammen, endlich lud er Brigitte zu sich ein, ließ die Bewunderung für seine Bibliothek, sein Archiv, seine Manuskripte über sich ergehen und brach dann das Eis zwischen ihnen ein zweites Mal, jetzt für immer. Erst nach etlichen Wochen schliefen sie miteinander; sie taten so, als ob es einfach dazugehörte und schon oft zuvor geschehen wäre.

Beide aber wussten seither, dass Lust nicht den Ausschlag gab zwischen ihnen. Ihm war sie weniger Befriedigung als Vollzug eines äußersten Einverständnisses, und ohne je mit Brigitte darüber gesprochen zu haben, redete er sich ein, dass sie es nicht anders damit hielt. Wenn sie nachts oder morgens aus ihrem Bett in seines hinüberkroch und mit der Hand seine Brust massierte, den Kopf an seinem Hals, mit ihrem Haar seine Achsel kitzelnd, legte er oft nur den Arm um ihre Schulter und die Wange gegen ihre Stirn. Selten, dass er Begierde spürte in sich, und selten, dass er sicher sein konnte, die ihre stillen zu können. Ein wenig verkrampft wartete er dann, bis sie seine Tatenlosigkeit verstand, bis ihre Hand stillhielt, ein Einsehen hatte und nicht weiter suchte und lockte. Vielleicht liebte er sie am meisten dafür, dass sie sich zusammennahm und ihm Peinlichkeiten ersparte.

So war sie ihm denn kaum peinlich, seine Schwäche, weil er und auch sie, wie er annahm, seine Stärken woanders wussten. Leo pflegte die Überzeugung, dass Brigitte nichts entbehrte. Wenn er sich zu müde fühlte, wie er dann sagte, unterließ er es von vornherein, zu versuchen, was er vielleicht nicht zu leisten vermochte. Kaum je geriet er so in Situationen, in denen sein Versagen offenkundig würde.

Wie, dachte er, sollte er arbeiten können, jetzt, wo es darauf ankam, wenn seine beiden Frauen nicht zu ihm hielten. Aber er zweifelte nicht. Die Uhr neben

Sibylles Bild schlug, die anderen würden bald antworten. Ein paar Minuten vor sieben. Leo schrieb einen Satz zu Ende.

Das gelbe Kuvert

Leo verließ sein Arbeitszimmer, trat in ihres, und Brigitte erkundigte sich, ohne den Kopf zu heben: Gehts voran?

Auf eine so läppische Frage mochte er keine Antwort geben; immerhin war, einen Roman zu schreiben, eine andere Sache als etwa einen tropfenden Wasserhahn zu reparieren. Leo blieb, die Hände in den Hosentaschen, gegen die Tür gelehnt stehen und sah ihr bei der Arbeit zu, wie immer mit einer halb neidischen Bewunderung für ihre bedingungslose Hingabe: Brigitte, die Brille ein wenig vorgeschoben, zeichnete und schrieb im hellen Licht der Lampe mit farbigen Stiften auf Projektionsfolien.

Es fällt mir was ein, gab er, nach einer Minute erst, zurück.

Brigitte, schreibend: Was sagst du?

Ich komme voran, wiederholte Leo gereizt. Es fällt mir was ein.

Natürlich, sagte sie leicht, es ist dir bisher immer was eingefallen.

Ihr Ton kam ihm gleichgültig vor.

Ich bin gleich fertig, sagte sie. Für den Englischkurs morgen. Unregelmäßige Verben. Fast hätt ich vergessen, die Folien zu machen.

Er schwieg. Nach ein paar Augenblicken lehnte sie sich zurück –

Das wars

– und sah ihn an: Lass uns in die Küche gehen und das Abendessen richten.

Er folgte ihr. Sie begann, Brote zu streichen, und er schnitt Gurken und Paprika klein für einen Salat.

Du scheinst wieder unruhig zu sein, sagte sie, in ihre Tätigkeit vertieft.

Ja. Ich bin ein bisschen nervös.

Das brauchst du nicht zu sein.

Ich weiß. Er versuchte zu lächeln. Altes Leiden. Mir ist immer, als liefe mir die Zeit davon.

Ach Unsinn. Sie legte Wurst und Gürkchen auf die Brote.

Ein Jahr, Brigitte. Das geht schnell vorbei.

Du kommst doch vorwärts. Und du bist kein Anfänger mehr. Wenn du so weitermachst, wirds keine Probleme geben, beruhigte sie. Holst du mal den Käse aus dem Kühlschrank?

Er wollte ihren Trost jetzt nicht. Unter Zeitdruck hab ich nie gut arbeiten können, sagte er. Ich brauch mich um sonst nichts zu kümmern, und doch strengt mich dieses Buch zu schreiben drei Mal mehr an, als wenn ich fürs Semester ein, zwei Seminare und ein paar Prüfungen vorbereiten muss. Es ist ganz anders als bisher, weils schnell gehen soll.

Du bist kein Anfänger, wiederholte Brigitte.

Nein, das nicht, gab Leo zu.

Zwei Bücher hatte er bisher herausgebracht, keine auffallend gewichtigen und umfänglichen, aber doch Arbeiten, die ihm etwas bedeuteten. Ein Jugendsachbuch war das erste gewesen; das Leben in mittelalterlichen Städten und Klöstern beschrieb er darin. Auf breiteres Interesse dann war das andere gestoßen, ein kleiner Roman um die Bauhütte einer französischen Kathedrale; Leo hielt sich darin an eine historische Begebenheit, von der er in einer Chronik gelesen und die er, nach einigen Recherchen, mit Geschick ausgesponnen hatte, informativ und unterhaltsam. In seinem Institut hatte ihm das Buch Spott eingetragen und harte Kritik sogar. Zeitungen und ein Rundfunksender aber meldeten sich zu Interviews an, ein paar Wochen lang schaute ihm sein Fotogesicht aus den Fenstern so mancher Buchhandlung entgegen, für ein paar Monate flossen Tantiemen – so reichlich immerhin, dass er sich von der Universität beurlauben lassen konnte, um sich ein gutes Jahr lang mit Eifer an sein neues Projekt zu machen, für das ihm der Verlag einen Vorschuss gezahlt hatte.

Nun, versicherte er Brigitte, wolle er etwas ganz anderes machen als bisher, einen Sprung über Jahrhunderte hinweg tun und eine Geschichte von heute schreiben, eine Parabel aus der Gegenwart, weils in der ja wohl doch weit finsterer zugehe als im sogenannten finsteren Mittelalter. Sein Lektor hatte sich zurückgehalten, als Leo ihm von seinen Plänen erzählte. Und Brigitte hatte mit ihrer Frage

Kannst du sowas denn?

einen Zornesausbruch provoziert. Er werde sich auf kein Genre festlegen lassen, rief er und stürzte sich in die Arbeit.

In den ersten Wochen waren auch ihm die zwölf Monate, die sich frei, offen, uneingeschränkt nutzbar vor ihm ausbreiteten, wie eine Endlosigkeit vorgekommen, gut, um ein Mammutunternehmen ins Werk zu setzen. Dann aber, als er spürte, wie leicht er sich zu verzetteln drohte, schlug seine Stimmung um. Momente wütenden Fleißes wechselten mit anderen gedankenleerer Erschlaffung. Auf bewegungslos träge Tage aber, und darauf hoffte er stets, konnte auch ein Schub brauchbarer Einfälle folgen wie aus dem Nichts.

Brigitte und Leo setzten sich und aßen. Er öffnete eine Flasche Bier. Weißt du, erzählte er, ich muss genau den richtigen distanzierten Ton treffen, wenn klar werden soll, dass so eine scheinbar private Mordgeschichte auch mit uns und unserer gesellschaftlichen Wirklichkeit zu tun hat.

Sie kaute und nickte. Er redete nicht zum ersten Mal davon.

Weil nämlich …, fuhr er fort, … es ist ja gar nicht so sehr ein Charakterproblem dieses Mannes, verstehst du mich, und nicht mal nur eins der Gesellschaft, wenn er also zum Mörder wird, werden muss, nicht wahr. Sondern es ist ein Zeichen, ein winzigkleines, mikroskopisches, aber eben doch ein Signal dafür, dass die Welt kalt und grausam geworden ist und ohne Platz für Gefühle, weißt du.

Sie nickte. Ich weiß.

Was.

Dass die Welt kalt, grausam und gefühllos ist. Du bist ja nicht der Erste, dem das auffällt.

Soll das heißen –

Das soll nichts heißen, Leo.

– soll das heißen, dass ist alles kalter Kaffee, worums mir geht?

Unsinn, Leo.

Nun aber blieb er eingeschnappt. Übertrieben gelehrt kam er ihr jetzt, sprach von der psychischen Verfasstheit seines fiktiven Protagonisten und von der ganz realen Krisenstimmung vor und nach der Jahrtausendwende, die in gewisser Weise vergleichbar sei mit der vor tausend Jahren, von der enormen Spannung, die entstehe zwischen der Geschichte eines Einzelnen und dem sich emotional zurückentwickelnden Umfeld, in dem die Menschen heutzutage lebten. Wenn er so redete, verfiel er leicht ins Dozieren; Brigitte, das spürte er, musste sich dann vorkommen, als betrachtete er sie immer noch als seine Schülerin, der täglich ein Stück vom Leben beizubringen sei. Früher hatte sie sich geärgert über seine Vorträge und widersprochen; mit der Zeit aber hatte sie dergleichen Ausbrüche seiner Gescheitheit zu erdulden gelernt, sie nahm sie hin und schwieg.

Das ist ein enorm komplexes Thema, schloss er.

Natürlich, gab sie zu, leicht wirds nicht.

Du traust es mir nicht zu, was?

Ich trau dir zu, was du selbst dir zutraust.

Er aber ließ nicht locker und wollte unbedingt noch ein paar Vorwürfe loswerden: Dein Interesse, sagte er, scheint mir allerdings nicht allzu groß zu sein.

Sie sah ihn an. Was soll ich sagen, Leo. Ich bin keine Schriftstellerin, du weißt über deine Dinge viel besser Bescheid. Und vielmehr, als dass es um einen Mord geht, willst du mir über dein Buch nicht verraten. Wovon also soll ich sprechen.

Du machst es dir einfach.

Ich bin sehr gespannt, was draus wird. Glaub mir.

Er begann abzuräumen. Im Fernsehen laufe ein guter Film, schlug sie ihm vor. Er aber sagte, er wolle noch ein wenig arbeiten.

Komm bald ins Bett, sagte sie, als er in seinem Arbeitszimmer verschwand. Bald, ja? Morgen muss ich früh raus: vormittags bin ich in der Tagesstätte und

nachmittags geb ich zwei Kurse in der Volkshoch-
schule.

Er nickte.

Sie lachte ihn an. Komm ins Bett, sagte sie noch
einmal.

Nein, er würde nicht zu ihr ins Bett kommen. Am
Schreibtisch sitzend, einen Bleistift zwischen den Fingern drehend und hin und wieder für Augenblicke
Sibylles Bild betrachtend, hörte Leo, wie dumpf und
unidentifizierbar Stimmen und Geräusche aus dem
Fernseher im Wohnzimmer durch die Wände bis zu
ihm drangen. Hier würde er sitzen bleiben, würde
versuchen, seine Notizen zu ordnen und zu erweitern,
würde, derart beschäftigt, abwarten, bis sie ins Bett
ging, wo sie rasch und tief einzuschlafen pflegte – damit durfte er rechnen. Für ein paar Stunden würde er
hier bleiben; würde Brigitte die gut gemeinten Verfüh-
rungen und Verlockungen ersparen und sich selbst das
Kunststück, sie allein durch Andeutungen zurückzu-
weisen.

Er fühlte sich einfach nicht Manns genug, seit vielen
Tagen nicht und mit jedem Tag weniger. Unruhig fand
ihn Brigitte, und tatsächlich war er empfindlich geworden wegen der dauernden heimlichen Furcht, ob
und wie seine Arbeit fortgehen werde. Unzufrieden
war er selbst an Tagen wie diesem, an denen er sich
sagen durfte, sein Pensum bewältigt zu haben.

Sibylle sah auf ihn, kühl und grün aus ihren Murmelaugen, und ihm war, als blitzte Leben hinter den
Sprüngen des Firnisses, als wüsste sie alles, als verstünde sie ihn und seine Sorgen, besser, als er selbst sie

verstand. Er erwiderte ihren Blick, forschte ihn aus, und wie oft in solchen Momenten ertappte er sich dabei, dass er es mit echtem Schmerz bedauerte, sie so fern, so kühl, so schweigsam zu wissen. Sie forderte ihn heraus, kontrollierte seine Mühen, und aus ihren Augen, ihrem Mund, ihrer Stirn las er täglich ab, was er erreicht hatte.

Mit den Fingern fuhr er in die Stapel seiner Zettel, die sich täglich vermehrten und täglich schwerer zu überblicken waren, trotz der Zeichen, Symbole und Verweise, die er auf ihnen anbrachte, um so etwas wie Zusammenhänge herzustellen. Dass überhaupt einer bestehe, behauptete er vor sich mit all seiner Überzeugungskraft, und doch drängte sich ihm, wenn er sich nicht vorsah, heimtückisch die Einsicht auf, dass ihm selbst allzu vieles an seinem Konzept unklar blieb, zurechtgebastelt und widersprüchlich erschien. Links neben der Schreibauflage versuchte ein Konvolut von sechzig oder siebzig bereits beschriebenen Blättern die schlimmsten Sorgen zu besänftigen. Aber bei jedem Abschnitt, den Leo in seinen Text einfügte oder mit dem er ihn fortführte, rührten sich in ihm die Zweifel, ob er so, wie er vorging, an ein Ziel würde kommen können, an ein Ende, das wirklich eins war.

Denn wohin seine Handlungsfäden liefen, wo sie sich würden verknüpfen lassen – er wusste es nicht. Während er noch an seinem Stoff rätselte, war er schon dabei, den Roman auszuführen, als könnte er es nicht abwarten, mit ihm zurande gekommen zu sein. Eine Handvoll Figuren hatte er, aber noch kaum Situationen, ein spektakuläres Ereignis vermochte er in den Mittelpunkt zu stellen, aber darum herum fehlten die rechten Ursachen dafür, ein Konflikt war da, doch keine Lösung. Vor allem am Morgen, wenn Leo am Schreibtisch mit der Arbeit begann, war er gewiss, dass ers nie schaffen konnte.

In einer Zeitung war er auf seinen Stoff gestoßen, auf eine kurze Meldung, die ihn wegen ihrer offenbar selbstverständlichen Brutalität elektrisiert hatte. In einem badischen Winzerdorf war eines sonnigen Sommersamstags, während eines ländlichen Weinfests, ein junger Mann Mitte zwanzig über die Heirat seiner Schwester derart in Rage geraten, dass er das Mädchen samt ihrem Mann, dazu Vater und Onkel mit einer Flinte über den Haufen schoss; mehrere Stunden brauchte die Polizei, um den Todesschützen, der noch zwei Beamte verletzte, in einer weitläufigen Flaschenabfüllerei zur Strecke zu bringen. Bei den Ermittlungen stellte sich heraus, dass der Amokläufer – zeitlebens unauffällig und still, von manchem gar für zurückgeblieben gehalten – die Schwester eindringlich und drohend vor der Heirat gewarnt hatte: den Bräutigam nämlich hielt er für einen entfernten Verwandten der Familie, und die Schwester, meinte der streng erzogene Katholik, lade durch eine Ehe die furchtbare Sünde der Blutschande auf sich.

Einen energiegeladenen, krassen und dabei vielsagenden Plot hatte Leo in der Notiz erkannt. Hauptpersonen, Schauplätze, Ereignisse waren ihm förmlich in den Schoß gefallen. Nun sehnte er sich danach, in der Haut eines jener großen Erzähler zu stecken, die aus derlei dichtem Substrat tausendseitige Romane zu schöpfen vermochten, als wärs ohne Anstrengung, wie ihm vorkam, von angeborener *Écriture automatique* getrieben. Die Bücher Tolstois und Prousts nahm er oft zur Hand, die voluminösen Bände Faulkners oder

Uwe Johnsons, las in ihren ersten Kapiteln und in ihren letzten und bewunderte dabei die konsequente Arithmetik, nach deren Formeln die erfundenen Welten zu stimmigen Ergebnissen fanden wie hinter Gleichheitszeichen. Einer von der Art Thomas Manns wäre Leo gern gewesen, einer also, der sich so wie er selbst Tag für Tag an den Schreibtisch zwang, der aber, anders als Leo, trotz aller Widerstände und mühseliger Selbstüberwindung sich auf seine Leistungsfähigkeit verlassen durfte, während er an seinem vielfältigen, vielbändigen Œuvre arbeitete, nicht eine Zeile anders niederschreibend als mit der Hand, unermüdlich, wie es schien, als ob diese Hand keine Last zu tragen hätte und nie eine Arbeit zu verrichten, als ob aus dem Kopf, unmittelbar über Hand und Stift, Worte und Sinn aufs Papier gelangten. Ein wirklicher Dichter, stellte Leo sich vor, hielt die Feder leichter als er, so leicht, wie die Finger bei Sibylles Porträtkopf die weiße Blüte fassten – wie ohne Berührung und selber gewichtslos.

Viel Sorgfalt verwendete Leo darauf, Einzelheiten für die äußeren Fakten zu sammeln, die er dem Psychogramm seines weltfernen Helden unterlegen wollte. Mit der Theorie und der Praxis des Mordes setzte sich Leo schon seit Wochen auseinander, etliche Informationen hatte er zusammengetragen über Verfahren des Tötens wie des Ermittelns, der Tätersuche. Mehrmals am Tag holte er aus einem Schubfach seines Schreibtischs ein großes gelbes Kuvert mit einer Unzahl von Ausschnitten und Fotos aus dem Internet, aus Zeitungen, Zeitschriften und Broschüren. Tötungsdelikte dokumentierte all das: Fahndungsberichte und Gerichtsreportagen gaben Auskunft über Aussehen und Lebenslauf der Verdächtigen und Überführten,

Absätze mit persönlichen Stellungnahmen der Täter, Zeugen und Angehörigen hatte Leo farbig angestrichen.

Auf Frauenmorde hatte er sich, zugunsten seines Romans, spezialisiert. Auf etlichen Bildern waren die Opfer zu sehen, wie sie in ihrem Blut lagen, auf manchen ihre Gesichter, lächelnd wie aus einem Familienalbum, und daneben Beamte beim Abtransport der Leiche, auf wieder anderen grau und unbescholten dreinschauende Tathäuser oder auch, detailreicher, der Schauplatz eines Verbrechens, ein Wald- oder Wiesenstück zwischen den Absperrungen der Kripo oder ein Zimmer, auf dem Parkett oder Teppich die markierten Konturen der Toten und dunkle Blutflecke, oft dort, wo der Kopf gelegen hatte.

So sehr hatte Leos archivarischer Eifer den Umschlag anschwellen lassen, dass dessen Ecken und Kanten mit mehreren Lagen Klebestreifen hatten gestärkt werden müssen, um nicht auseinanderzuplatzen. Brigitte von seiner Kollektion zu berichten oder sie ihr gar vorzuführen, wagte er nicht: makaber und widerlich würde sie das Dossier finden und seine Notwendigkeit nicht einsehen wollen. Ihm aber half es dabei, vertraut zu werden mit einer solchen Tat und ihrem Gewicht, mit einem Täter und seinen Impulsen, sich bekannt zu machen mit der zentralen Figur seines ungeschriebenen Romans.

Immer wieder bediente er sich aus dem gelben Kuvert, zog einzelne Berichte heraus, legte sie auf wie einen Plan, eine Landkarte, ordnete sie neben-, über-, untereinander, ließ lesend und betrachtend die Augen verschiedene Richtungen und Wege darüber hingehen, fasste künstlich zusammen, was tatsächlich nichts miteinander zu tun hatte, und löste anderes aus den Sachverhalten, die es eigentlich bedingten. An der Schwelle zwischen Realität und Fiktion fühlte Leo sich angelangt, mit Lust stürzte er sich in das täglich neue, immer mehr sich ausweitende Spiel mit Fakten und Erfindungen. So unbeschränkt und allmächtig mit dem Material umzugehen, faszinierte ihn am meisten bei der Arbeit an seinem Buch, und am aufgeregtesten war er, wenn er spürte, wie er Vertrautes, Erlebtes, Eigenes wiedererkannte in den Bildscherben und -splittern, mit denen er jonglierte, wie Teile seiner selbst und seines Lebens hineingesogen wurden in das verwirrend unwirkliche Kaleidoskop aus Wirklichkeitsausschnitten.

In solchen Minuten oder Stunden konnte Leo alles Empfinden für Zeit und Ort verlieren, und sein Körper, das Zimmer, seine Aufgabe und selbst die Nähe von Brigitte, von Sibylle wurden ihm unbewusst. Der traurige Held seines Romans mischte sich in die Vision, und manchmal sogar nannte Leo den Täter mit seinem eigenen Namen, solange der wirre Rausch währte.

Wenn Leo wieder auftauchte, hielt sich für Minuten in ihm das bittere, peinigend unbestimmbare Gefühl eines tiefen Katzenjammers, der in die beunruhigende Enttäuschung mündete, dass vom eben Durchlebten kaum je etwas einen Platz in der Geschichte finden konnte, die er sich vorgenommen hatte. Denn die Zusammenhänge, Verbindungen und Gründe, die in der Illusion so fest und bindend ausgesehen hatten, sie verschwammen jetzt und fielen auseinander wie die Begebenheiten eines Traums, der im Augenblick des Erwachens noch bedrohlich wahr scheint und sich im nächsten schon als lächerliches Hirngespinst erweist.

Aber es blieb doch auch etwas zurück in Leo, wenn er, oft aufgeweckt vom halbstündlichen Schlag seiner Uhren, halb widerwillig von seinen fantastischen Ausflügen umkehrte und wieder zu sich kam. Ohne dass er genau darüber nachgedacht hätte, war ihm unter der Hand der Todesschütze seines Buches vom Mittzwanziger zu einem Mann im mittleren Alter geworden. Den Namen Klemens hatte er ihm gegeben: verheiratet, doch ohne Kinder und ein Einzelgänger, nach außen hin zufrieden. Aus ganz verschiedenen Anregungen, durch Zufall oft oder auch nur improvisierend war Leo auf manchen eigenartigen, bedeutungsvollen Wesenszug verfallen, der dabei half, diesem Klemens ein selbstständiges, einigermaßen glaubhaftes Leben zu schenken. Als Mann zwischen zwei Frauen dachte Leo sich Klemens, von ihm zur geliebten Schwester wie zur schwesterlichen Geliebten, seiner Frau, versuchte er psychologisch authentische Beziehungsfäden zu spannen, unentrinnbar sah er ihn gefangen im mythischen Gefühlsdreieck wie Jakob zwischen Lea und Rahel, wie Tannhäuser zwischen Venus und Elisabeth – wie sich selbst zwischen Brigitte und Sibylle. Und wie Leo, so suchte und sammelte auch der andere unzählige Berichte von Katastrophen, spektakulären Verbrechen, ausgefallenen Schicksalstragödien.

Einen merkwürdigen Magnetismus, gefährlich und verlockend, fühlte Leo, wenn er seine Kopfgeburt so nah an sich heran ließ. Überrascht entdeckte er an der Figur auch immer wieder Eigenschaften, die, beim Schreiben und ohne Vorsatz, vergleichbar geworden waren mit einigen seiner eigenen Züge und Erfahrungen, Ansichten und Redensarten. Dann wunderte er sich, halb belustigt, halb erschrocken, und bemühte sich für eine Weile, nicht zu viele Ähnlichkeiten kenntlich werden zu lassen. Aber wie ein Eingeweihter wusste er bald die Stellen zwischen den Zeilen, aus denen heraus der ausgedachte Mensch ihn ansah wie ein Spiegelbild und manchmal wie ein Zwilling, wissend wie Sibylle durch die Firnissprünge in ihren grünen Murmelaugen.

Penibel schob und schichtete Leo die Ausschnitte und Bilder in den gelben Umschlag, strich mit der Hand über die dicke Wölbung und verstaute ihn umsichtig in der Lade des Schreibtisches. Ein paar Minuten vor Mitternacht begann im Flur die erste seiner Uhren zu schlagen. Brigitte müsste nun längst eingeschlafen sein. Leo, für einen Moment an der Tür zögernd und mit einem Abschied nehmenden Blick zu Sibylles Gesicht, lauschte hinaus. Dann ging er, sich im Bad für die Nacht fertig zu machen.

Vom Gehsteig neben dem Haus fiel der grelle Schein einer Straßenlaterne durch die ein wenig geöffneten Fenster ins Dunkel des Schlafzimmers, wo er ein verzerrtes Lichtvieleck über Wand und Bett warf, kalt und weiß. Die Umrisse des Raumes und der Möbel schienen wie in eine Fläche zusammengeschoben: milchig, blass und grau oder schwarz, wie auf einer Fotografie. Als Leo die Tür geschlossen hatte und für ein paar Momente stehen blieb, um seine Augen an das eigenartige Hell und Dunkel zu gewöhnen, unterschied er Brigittes weich geschnittenes Profil auf dem Kissen ihres Bettes, ihr Haar, das sich unfreiwillig elegant über den Schneeglanz des Stoffes gelegt hatte, die Hebungen und Senkungen ihrer Brust unter der Decke. Leo stellte sich zwischen Fenster und Bett, rundete die Finger zu geöffneten Fäusten und fuhr mit beiden Händen ein paarmal durch den hereinfallenden Lichtschein, bis er ihren Schatten auf Laken, Decke und Kissen ganz nah an Brigittes Kopf gebracht hatte, an ihren Nacken. Als schnürten die Fingersilhouetten Brigittes Hals zu, legten sie sich, schmal und in die Länge gezogen, über ihre Haut, strichen am Ohr entlang, breiteten sich aus über Augen, Nase, Mund, verharrten so, leise zitternd wie unter straffer Anspannung, erstickend wie die Flügelflächen eines Vogels.

Endlich schloss Leo die Augen und ließ die Hände sinken – unfähig zu bestimmen, ob er nur Sekunden oder eine Minute so gestanden hatte, vertieft in das Bild seiner unter gefährlicher Drohung friedlich schlummernden Frau, versunken wie in ein Zeitungsfoto aus dem gelben Kuvert. Wenn Brigitte nun plötzlich erwachte und ihn so vor sich fände – makaber und widerlich würde sie nennen, was er da mit ihr tat, und sich seine Schattenspiele energisch verbitten. Leo lächelte und schüttelte den Kopf, über sie, über sich. Dann legte er sich hin.

Brigitte

Brigitte, ein wenig abgearbeitet, betrat das Café und suchte, langsam zwischen den Tischreihen auf und ab gehend, in den Gesichtern der Gäste. Dann nahm sie, abseits, am Fenster Platz.

Was darfs sein?, fragte die Bedienung.

Sie wolle noch auf eine Freundin warten, antwortete Brigitte. Nach einer Viertelstunde aber saß sie noch immer allein, und so ging sie doch an den Tresen, wählte ein großes Stück Kuchen aus und ließ es sich mit einem Kännchen Kaffee bringen. Sie würde, nahm sie sich vor, nicht Trübsal blasen, nur weil man sie versetzt hatte. Aber dann ärgerte sie sich doch. Aus ihrer Tasche suchte sie ein Heft mit Vorbereitungen für ihre Volkshochschulkurse hervor – einen in Englisch gab sie und, für Ausländer, zwei Deutschkurse, die sie weit mehr beanspruchten als der Unterricht in der fremden Sprache. Auch einen Bleistift nahm Brigitte zur Hand; doch sie schlug das Heft nicht auf.

Bald begann sie, sich zu langweilen. Aber wie aus Trotz beschloss sie, noch eine Weile sitzen zu bleiben. Das Kinn in die Hand gestützt, schaute sie ins trübe Nieselwetter hinaus, durch ihr eigenes beleidigtes Spiegelgesicht hindurch auf die Leute, die unter Schirmen und Kapuzen machten, dass sie ins Trockene kamen.

Gleich werde ein Kollege sie ablösen, sagte die Bedienung, die plötzlich neben Brigittes Tisch stand. Ob sie kassieren dürfe.

Auf der Straße erst fiel Brigitte auf, dass sie das Mädchen kein einziges Mal angesehen hatte; unmöglich hätte sie jetzt zu sagen vermocht, ob es groß oder klein gewachsen war, dunkles Haar hatte oder helles. Immer übler wurde ihre Stimmung. Wenigstens noch eine Stunde wollte sie allein bleiben; nun war es ihr angenehm, dass die Bekannte die Verabredung nicht eingehalten hatte. Nach Hause zog es Brigitte nicht, wenn sie an Leo dachte, der dort an seinem Schreibtisch saß und rasch ein paar Worte hinschreiben würde, sobald er sie die Haustür aufschließen hörte.

In den vergangenen Wochen hatten die Unterhaltungen mit ihm manchmal einen gespannten Ton angenommen, als hörte er weniger denn je auf das, was sie ihm sagte, als wartete er gar nicht mehr darauf, zu erfahren, was sie von seinen Ideen halte. Früher hatte Leo sie auf dem Laufenden gehalten, hatte sie das Manuskript für sein Jugendbuch Korrektur lesen lassen und ihr abends kapitelweise den Kathedralen-Roman vorgetragen. Jetzt schwieg er, aber nicht, wie sie wusste, um sie in Spannung zu halten. Manchmal, wenn sie überraschend in sein Zimmer trat, kam es ihr vor, als ertappte sie ihn bei einer Blöße, die er sich gab, und das Gesicht eines Schülers machte er dann, der aus heiterem Himmel von einer Prüfung überrumpelt wird. Allmählich, ohne dass sie es wollte, verlor sie das Vertrauen in seine Arbeit. Er tat ihr leid, weil er sich – sie machte sich nichts vor – ganz offensichtlich übernommen hatte, versteift auf ein Thema, das seines nicht sein konnte. Über nichts war Leo so umfassend unterrichtet wie über das europäische Mittelalter. Aber von nichts außer davon verstand er etwas.

Nein, nicht nach Hause zu Leo; später würde noch genug Zeit sein, sich zusammenzunehmen, zu lächeln, ihn mit Geduld und Vorsicht zu fragen und die eigenen Antworten sorgfältig abzuwägen. Jetzt dachte sie nach über einen Umweg, den sie gehen konnte bis zu ihm, einen, der ihr eine Stunde Frist gab, ganz für sich zu sein. Für den großen Bogen am Fluss entlang, durch den Stadtpark entschied sie sich, und dort, auf den schwammig-nassen, von Fahrradreifen und Kinderwagenrädern tief gekerbten Wegen, zwischen fast kahlen Bäumen und Büschen, wandelte sich Brigittes üble Laune in tiefe, aber ruhige und keineswegs lustlose

Melancholie. Die Fäuste in den Taschen des Mantels, sah sie durch den Dampf aus Mund und Nase auf die öde, graue, fast menschenleere Gartenlandschaft, ließ sich von einem streunenden Hund beschnüffeln, hörte auf das leise Schmatzen ihrer Schritte auf dem durchtränkten Boden und den aufgeweichten Herbstblättern. Kaum Mühe kostete es sie, für eine Weile nichts zu denken und zu planen, sich an nichts zu erinnern und sich nur mit ihren Augenblicksbeobachtungen abzugeben, die gut taten, weil sie beiläufig waren, bedeutungslos und ohne Folgen. Die Anspannung, die sich in Brigitte hielt, mal mehr, mal weniger heimlich, doch dauerhaft – ein wenig löste sie sich.

Schließlich aber war sie doch vor ihrem Haus angekommen. Eine Minute noch zögerte sie ihre Heimkehr hinaus und sah vier jungen Leuten zu: die luden vor einem der Nachbarhäuser aus einem Mietlastwagen Kartons und die Möbel eines kleinen Haushalts aus, eine Ersteinrichtung vielleicht – einen Tisch mit vier Klappstühlen hoben sie auf die Straße, als wollten sie hier, ohne Dach über dem Kopf, ein Zimmer einrichten, dann den Holzrahmen zu einem niedrigen Bett, einen alten Sessel und die Einzelteile eines Schreibtisches, Kühlschrank und Regalbretter. Der sich mit allem am besten auskannte, war leicht als der Neuzuzug auszumachen, und Brigitte sah ihm zu, wie er zupackte und gleichzeitig seine Helfer anwies. Das Tempo und die Lebendigkeit dieses Einzugs imponierten ihr. Als sie merkte, dass sie dem anderen aufgefallen war, nickte sie hin zu ihm, und er hob, zurückgrüßend, ein wenig die Hand.

Brigitte?,

rief Leo aus seinem Arbeitszimmer, als sie die Flurtür hinter sich zuzog.

Ich bins,

bestätigte sie. Kurz wartete sie, ob er zu ihr herauskäme. Dann sah sie sich um – und gemächlich, ohne den Mantel auszuziehen, ging sie durch die Räume. In den Zimmern standen etliche Möbel, die alt und wertvoll waren, Erbstücke, die meisten aus Leos Familie, wenige nur aus der ihren. Manche davon hatte sie mit Geschick und Hartnäckigkeit abgebeizt, ausgebessert, lackiert, ansehnlich gemacht. Ansehnlich – so war dieses Haus, schmuck wirkten alle Räume, dabei bewohnt und nirgends steril. Leos Räume; auch ihre, natürlich, aber mehr noch Leos Räume – gemeinsam mit ihm hatte sie vor ein paar Jahren das Haus gemietet und eingerichtet, und doch war es ihr manchmal, als wäre sie bei ihm eingezogen, aufgenommen von ihm.

Wenn sie sichs jetzt überlegte, hatte sich hier ein Gefühl von Selbstständigkeit nie bei ihr einstellen wollen. Damals, als sie mit dem Studium begann und ihr erstes Zimmer bezog, da hatte sie sich weit mehr wie in eigenen vier Wänden gefühlt, auf ihren paar Quadratmetern und inmitten des fremden, abgenutzten Mobiliars. Sie tat Leo Unrecht, das war ihr klar, weil ers ja gut meinte und ihr etwas bieten wollte. Er hatte – plötzlich herausgerissen aus seinem jahrelangen Alleinsein und nicht gleich gewöhnt an Beschränkungen und die dauernde Nähe eines anderen – schon nach wenigen Wochen für sie beide den Entschluss gefasst, aus seiner kleinen Wohnung in ein Haus zu wechseln. Die Mieteinnahmen aus zwei geerbten Eigentumswohnungen weit weg im Norden halfen, die höheren

Kosten zu decken; kein Grund also, sich Sorgen zu machen. Aber dass Leo und sie, zu zweit in diesem Haus, in viel zu breitem Rahmen lebten und dass sie, Brigitte selbst, zu wenig Anteil bekommen hatte an Leos vollständig eingerichtetem Dasein, das er sich hierher mitgenommen hatte – das ahnte sie zuweilen, wenn auch noch nie so stark wie heute, wo auf der Straße, ein paar Meter von ihr entfernt, die bescheidenen Siebensachen eines jungen Mannes sie mit ungekanntem Nachdruck daran erinnerten. Gern hätte sie jetzt selbst, auf eigene Verantwortung wie der neue Nachbar, eine Umgebung für ihr Leben geschaffen – die eigene, unverwechselbare Existenz, die ihr hier, in Leos Haus, genommen war, ohne dass Brigitte sie je wirklich besessen hätte.

Sie wusste, dass es nicht lange dauern konnte, bis sie den neuen Nachbarn kennenlernen würde, und tatsächlich ergab sich eine erste Begegnung schon kurz darauf, am Samstagmorgen, als Brigitte in der Bäckerei Brot und Gebäck fürs Frühstück kaufte. Als er den Laden betreten hatte, sah sie ihn freundlich an, bis er sie erkannte. Sie gaben einander die Hand, nannten ihre Namen und kamen gleich ins Gespräch. Zusammen gingen sie den Weg zurück. Rudolf hieß er, wie Brigitte erfuhr, seit Beginn des Schuljahres unterrichtete er in einem Gymnasium Physik und Chemie – seine ersten eigenen Klassen. Bei Freunden hatte er hausen müssen, zwei Monate lang, bis er endlich die Wohnung gefunden hatte, seine erste eigene Wohnung. Brigitte erzählte wenig von sich, ließ aber durchblicken, dass sie so etwas wie eine Kollegin sei.

Na, Sie wohnen nicht schlecht, sagte Rudolf, als Brigitte vor der Haustür stehen blieb. Er musterte das Haus von oben bis unten.

Kommen Sie uns mal besuchen, forderte sie ihn auf.

Gern. Montagnachmittag?

Da ist mein Mann unterwegs.

Dann also bis Montag.

Willst du deinen Termin nicht verschieben, fragte Brigitte, als sie Leo beim Frühstück von Rudolf und seinem angekündigten Besuch erzählt hatte.

Er überlegte eine Sekunde. Dann schüttelte er den Kopf: Es werde, meinte er, ja wohl noch andere Gelegenheiten geben, ihn kennenzulernen.

Bleib doch hier. Ist es denn so dringend?

Ich muss in den Verlag.

Ach so. Sie nickte.

Erinnerst du dich an die Ausstellung, die wir uns letzte Woche angesehen haben?, fügte er hinzu. Mit dem Künstler hab ich schon telefoniert, jetzt muss ich nur das Lektorat überzeugen, dass er wohl der Richtige wäre, den Umschlag für mein Buch zu zeichnen.

Sie sah ihn konsterniert an: Mein Gott, Leo, nun schreib es doch erst einmal, dein Buch.

Da stand er zornig auf und ging hinaus.

Solange Brigitte sich in der Küche um den Kaffee kümmerte, streifte Rudolf durch die Zimmer, deren Türen alle offen standen, und sah sich um, ohne Scheu.

Viel Platz haben Sie hier, rief er ihr zu. Sieht man dem Häuschen von außen gar nicht an.

Dann ging er hinüber in Leos Arbeitszimmer.

Fassen Sie bitte nichts an, rief Brigitte aus der Küchentür, mein Mann ist mit seinen Sachen sehr eigen.

Rudolf musterte das Bild des Florentinermädchens an der Wand. Was macht er?

Er schreibt, wollte sie antworten. Dann aber sagte sie lieber: Er unterrichtet an der Universität.

Den Kopf auf die linke Schulter gelegt, die Hände in die Seiten gestützt, schritt Rudolf die Bücherwände ab.

Alles da, sagte er und sah kurz auf Brigitte, die jetzt mit verschränkten Armen in der Tür lehnte. Alles, was Rang und Namen hat.

Der ganze internationale Kanon durch die Jahrhunderte. Sie lächelte. Leos Bücher. Zeitgenossen allerdings könnten ein paar mehr darunter sein.

Dann stellte sie in der Küche Tassen und Teller, Kaffee und Milch auf einem Tablett zusammen. Er kam zu ihr, in der Hand zwei Bände.

Von Ihrem Mann?, fragte er.

Sie sah kurz hin. Ja, sagte sie; und jetzt endlich: Er schreibt.

Rudolf blätterte in den Büchern. Historiker ist er also, sagte er nach einer Weile, als eine von Leos Uhren zu schlagen begann. Auf die schweigsame Standuhr im Gang sah er und dann auf seine Armbanduhr und fragte: Aber so recht klar ist ihm wohl noch nicht, worauf er hinaus will?

Da berichtete Brigitte zögernd: dass Leo versuche, sich als Autor zu etablieren, was eben nicht leicht sei, dass sie sich aber seiner großen Begabung sicher sei und ihm darum wenig in seine Arbeit hineinrede, was er natürlich manchmal für Desinteresse halten müsse.

Rudolf schwieg. Brigitte spürte, dass all das ihn, einen Fremden, im Grunde nichts anging; trotzdem meinte sie noch, dass Leo Ruhe brauche und Unterstützung, bis er sicher wisse, was er im Grunde sei, Wissenschaftler oder Schriftsteller, Autor oder Dichter –

– irgendein Versager oder mein Mann, dachte sie hinzu.

Auf der Straße begegneten sie einander fast täglich, ein paar Worte wechselten sie, Belangloses meist und doch schon in halb vertrautem Ton. Viel Zeit brauchte es nicht, bis Brigitte wusste, dass Rudolf sie wollte, und nicht viel länger, bis sie ihn, halb zögerlich noch, spüren ließ, dass sie zu einer Antwort bereit sein könnte. Seine umweglose Initiative machte ihr Spaß, für seine raschen und zielstrebigen Entschlüsse bewunderte sie ihn – und für seine Offenheit, denn sie hatte den beruhigenden Eindruck, er werde gar nicht erst versuchen, ihr vorzuspielen, dass er sie liebe.

Auch Leo lernte Rudolf kennen, eine knappe Viertelstunde lang, in der die beiden sich unterhielten, reserviert und, wie es Brigitte vorkam, lauernd auch, jeder ein Glas Schnaps in der Hand, aus dem er nicht trank.

Ein bisschen schnöselig, sagte Leo danach zu ihr, findest du nicht?

Nein, antwortete Brigitte sachlich. Ganz und gar nicht.

Er ruderte zurück. Natürlich, im Grunde sicher ein netter Kerl, lenkte er ein. Er wolle ihren Bekannten nicht heruntermachen.

Am liebsten war es Brigitte, wenn Rudolf und sie sich in seiner Wohnung trafen; klein war die und schlicht, aber jugendlich und mit praktischer Einfachheit ausgestattet. So selbstbewusst und eigenwillig, wie Brigitte es sich eingebildet hatte, war Rudolfs Quartier nicht ausgefallen, die meisten Möbel stammten aus der preiswerten Konfektion eines Großmarktes. Alles aber wirkte sinnvoll, überschaubar, bequem. Überflüssiges fehlte, erst recht Kostbares, und Brigitte vermisste nichts davon.

Weniger mochte sie seine Überraschungsbesuche. Dass er ausschließlich auftauchte, wenn Leo unterwegs war, konnte natürlich kein Zufall sein: sicher passte Rudolf ab, dass Leo das Haus verließ, um dann, kaum eine Minute später, zu läuten. Aber auch schmeicheln ließ sie sich von seinen Überfällen, weil sie ihr zeigten, dass es jetzt einen gab, der sie begehrte, der ganz auf sie aus war und sich von ihr etwas erhoffte, das er, vielleicht, im Augenblick von keiner anderen haben wollte.

Dann kam Rudolf einmal zu ihr, als Brigitte sich, anders als bisher, nach seiner Nähe gesehnt hatte. Am Abend davor hatte Leo, missmutig fast, jede Berührung und selbst kleine Zärtlichkeiten zurückgewiesen, und zum ersten Mal war es ihr schwer gefallen, Verständnis aufzubringen, sich in seine Lage zu versetzen und gerecht zu sein. Verstimmt hatte sie sich abgewendet, bis in die Morgenstunden hatte sie wach gelegen, und auch dann war ihr Schlaf nur obenhin gewesen und ihr Träumen wirr. Am Morgen hatten sie kaum miteinander gesprochen. Brigitte sah, wie Leo sich schämte, aber heute dachte sie, wie mit Vorsatz, an sich, an die Enttäuschung und leere Hoffnungslosigkeit, die bei jedem der vergeblichen Versuche zurückblieb auch in ihr. Als sie ein paar Besorgungen machte, ging sie, mit Rudolf rechnend, besonders langsam die Straße entlang, und wieder zu Hause, stellte sie sich oft hinter den Vorhang des Wohnzimmerfensters und sah hinaus: sie gestand sich ein, dass sie auf Rudolf wartete, dass sie mit ihrem ganzen Körper auf ihn hoffte. Erregende Anspannung machte sich Platz in ihr, als stünde schon fest, was heute geschehen sollte. So groß schließlich wurde ihre Verlangen, dass sie jeden Gedanken an Leo als nebensächlich abtun konnte und jeden Anflug eines schlechten Gewissens als lachhaft. Sie kannte sich selbst nicht in diesem Zustand und wusste doch, dass sie, seit Langem zum ersten Mal wieder, ganz die war, die sie sein wollte. Dann kam Rudolf wirklich, durchs Fenster hatte sie ihn ins Vorgärtchen treten sehen und war schon bei der Tür, noch ehe er läuten konnte. Sie grüßte ihn kurz, fahrig, nicht einmal die Hand gab sie ihm, und dabei wünschte sie sich seine Berührung wie noch nie, verlangte nach seiner Hand, die bei den vergangenen Begegnungen immer wieder einmal auf ihrem Arm gelegen hatte oder auf ihrer Schulter und der sie sich jedes Mal mit kleiner Bewegung entzogen hatte. Jetzt wünschte Brigitte sich nichts so sehr, als dass Rudolf sie anfasse, leicht und langsam, und so machte sies ihm nicht schwer, ihren Zustand zu erraten. Ohne Worte ließ sie sich von ihm umarmen, streicheln, küssen, ließ sich, halb mit geschlossenen Augen, hinüberdrängen zur Couch.

Sacht biss er sie ins Ohrläppchen: Liebst du mich? Du liebst mich.

Und sie, wie im Feuer, flüsterte unhörbar, den Mund in ein rotes Seidenkissen vergraben:

Nein nein nein,

als er sich über sie hob.

Rote Seide

Das kam Leo ohne großes Nachdenken in den Sinn, dass er zu Brigitte, die beim Frühstück viel vom neuen Nachbarn erzählte, die Bemerkung machte:

Du scheinst ja glänzend informiert zu sein.

Nicht dass ihm an ihren Berichten etwas Besonderes aufgefallen wäre. Stutzig machte ihn, erst jetzt, ihre Reaktion auf seinen gleichgültigen Einwurf: eine Weile schwieg sie, verwirrt, und vermied es, ihn anzusehen.

Was meinst du damit?,

fragte sie endlich, unangebracht nüchtern und hart, wie ihm vorkam.

Nichts nichts, sagte er und tat, als überflöge er die Titelseite der Zeitung.

Du machst dich zum Narren, rief sie, plötzlich ausbrechend, und warf ihre Serviette auf den Tisch, dass das Milchkännchen kippte. Erschrocken hingreifend dann und sichtlich um Fassung bemüht, sagte sie: Entschuldige, und machte sich ungeschickt am bespritzten Geschirr zu schaffen.

Da spürte Leo, wie sich, eisig und heimtückisch, ein banger Gedanke in ihm breitmachte, der ihm bislang noch nie gekommen war; spürte, wie sich Indizien und Verdächtigungen, über Wochen hin unbewusst aufgelesen, jetzt plötzlich zu Beweisen verdichteten, wie mit einem Mal alles nach lange geheimer, nun offenkundig gewordener Logik zu tun hatte miteinander: der Druck, unter dem er litt, die allmorgendliche Furcht vor dem Schreibtisch, die Stunden und Tage, die ihm durch die Finger glitten, die Nächte, in denen er sich seine Schwäche eingestehen musste, Brigitte, die all das scheinbar mit kameradschaftlicher Kraft ertrug, der Nachbar mit seinen freundschaftlichen Gesprächen und Ratschlägen für die angebliche Kollegin.

Gleichviel schien es ihm, ob er Brigitte schon verloren hatte oder erst noch verlieren würde. Nichts fiel ihm ein, das nun zu tun sei, und am wenigsten wollte er von den üblichen Rezepten für derlei Situationen wissen. Er stritt nicht, verhörte nicht, unterließ jedes scharfe oder zweideutige Wort. Aber er fürchtete sich auch davor, sich um neue Vertrautheit zu bemühen, das einstige Einverständnis wiederzubeleben. Ohne Notwendigkeit verließ er das Haus, nur um in ihr nicht den Eindruck zu erwecken, er kontrolliere sie, und oft kam er erst spät wieder, später meist als verabredet, damit sie nicht glauben solle, er spioniere sie aus.

Die Arbeit an seinem Manuskript blieb liegen; kaum, dass noch eine Seite zu den anderen kam. Halbe Stunden saß er reglos in seinem Zimmer ab, die Augen starr vor sich auf die Platte des Schreibtischs gerichtet, wo ein Bleistift in seiner Hand Kreise und Vielecke auf einem Zettelchen schraffierte. Immer frecher zogen seine Uhren die Serie ihrer Signale in die Länge – aber für einen neuen Versuch, ihre Rhythmen zu koordinieren, fehlte ihm jetzt aller Sinn.

Nach und nach jedoch kam er dahinter, dass es nicht so sehr ihr Vertrauensbruch war, der ihn derart lähmte. Was ihn zwang, sich den Kopf zu zermartern und jeden anderen Gedanken auszuschalten, war noch mehr der Umstand, dass ein Betrug, nüchtern von außen betrachtet, auch weiterhin nur eine Möglichkeit war, nichts als seine Vermutung, so gesichert sie für ihn auch sein mochte. Mehr als den einen unkontrollierten Ausfall Brigittes gab es nicht, und nie mehr fiel darüber ein Wort; Leo also wusste von nichts. Aber weniger denn je vermochte er sich hinter Brigittes Stirn und in ihren Kopf zu denken; nur dass es ihm war, als verschlösse sie sich nun mit allem Vorbedacht, als setzte sie alles dran, ihn unauffällig wieder in Sicherheit zu wiegen und nur ja kein verräterisches Wort mehr zu äußern.

Fünf oder sechs Tage brauchte Leo, bis er sich vor ihr und vor sich selbst wieder soweit im Griff hatte, dass ihm wenigstens ein, zwei Stunden zielstrebiger Arbeit gelangen.

An einem Nachmittag kehrte er erst mit letzter Dämmerung aus der Stadt zurück. Von draußen sah er Licht im Fenster des Wohnzimmers: Brigitte war längst zu Hause; aber er wollte ihr nicht begegnen. Leise schloss er die Haustür auf, fast wie ein Eindringling schlich er sich in sein Haus, durch den Flur, in sein Zimmer. Wie manchmal in den vergangenen Tagen holte er eine Flasche Grappa und ein Glas aus einem Schränkchen. Aber er stellte beides hin, zunächst – zu denen, die ihr Heil im Schnaps suchten, wollte er denn doch nicht gehören. Nicht aus Kummer trank er ja, wenn er trank, sondern, im Gegenteil, um in gespannter Stimmung seinen Verstand zu schärfen. Als Student, erinnerte er sich, war er oft am schnellsten vorwärtsgekommen und hatte am originellsten geschrieben, wenn er ein, zwei Glas Bier getrunken hatte oder zwei Doppelte. Kaum je hatte er mit Alkohol oder Drogen nennenswerte Erfahrungen gemacht; in Diskussionen aber verbreitete er das Wort vom sich erweiternden Bewusstsein fast wie ein Evangelium, epochale Köpfe führte er als Zeugen an, Charles Baudelaire oder Edgar Allan Poe oder Thomas De Quincey, und ausführlich zitierte er die Wollust ihrer Albträume herbei, die künstlichen Paradiese weitab jeder Bürgermoral, ihre Rauschvisionen, in denen sie sogar den Mord als schöne Kunst betrachten konnten, als jene Kunst, die sie am besten verstanden.

Leo goss sich ein. Vor Sibylles Bild hob er das Glas, eng hielt er es zwischen sein Gesicht und das ihre und fixierte aus seinem rechten Auge ihr linkes, dessen Murmelgrün sich hinter dem sacht bewegten, gelbstichigen Grappa vergoldete. Wie unter einem verzerrenden Vergrößerungsglas schienen sich die Sprünge in Sibylles Pupille zu öffnen und wieder zu schließen, je nach der Richtung, in der er das Glas hin und her führte. Unter dem fremden Glanz schien ihr Blick dem Glas und Leos Auge zu folgen, einen kaum sichtbaren, belebenden Schatten legte das vom Branntwein gebrochene Zimmerlicht auf Sibylles Lider, die sich um eine Spur zu senken schienen, als täten sies unter einem leichten Gewicht; und fast so, als ob er sich von Sibylle beobachtet fühlte, ließ Leo, jetzt trinkend und dann das Glas zur Seite stellend, sich hinter seinem Schreibtisch nieder, um das gelbe Kuvert aus der Lade zu nehmen.

Wahllos erst legte er Bilder und Artikel auf, sah aber kaum über sie hin, denn fast aufdringlich schoss ihm die Erinnerung an eine Aufnahme in den Sinn, die Kopf und Oberkörper eines gerade zwanzigjährigen

Mädchens zeigte: das Gesicht nicht voll vom Schrecken einer Überfallenen wie auf vielen der anderen Fotos, sondern ohne einen einzigen unnatürlichen Zug wie das einer tief Schlafenden. Eine unheimliche Wirkung hatte dies auf dunkelroten Blutgrund gebettete Frauenprofil auf Leo, weil die Illustriertenreportage dazu eine auffallend kaltblütige und sinnlose Tat beschrieb. Leo lehnte sich in seinem Sessel zurück, seitlich nach hinten, als wollte er Sibylle die Sicht auf die entspannte Katastrophe des Bildes erleichtern; er selbst brauchte es seit Langem schon nicht mehr anzusehen: die mysteriöse Schönheit der Szene stand vor ihm, wann immer ers wollte.

Die Augen längst geschlossen, verglich er: der Tod – kein anderes Thema war den Dichtern solche Versenkung wert, solche Selbstaufgabe und auch Mühe. *Dann lag auf Kissen dunklen Bluts gebettet / der blonde Nacken einer weißen Frau* – Gottfried Benn, sezierender Arzt noch in seinen Gedichten: *Sie aber lag und schlief wie eine Braut: / Am Saume ihres Glücks. / Bis man ihr das Messer in die weiße Kehle senkte.* So tiefes Verständnis für das namenlose Grauen – wunderte sich Leo – und die erschreckende Kraft für die stimmige Poesie dafür.

Ohne die Augen zu öffnen, tastete er mit der Hand nach dem Glas, nahm einen Schluck. *Monsieur Flaubert, Sohn und Bruder ausgezeichneter Ärzte, führt die Feder wie andere das Skalpell* – auch dieser Satz fiel ihm dazu ein; Sainte-Beuve hatte ihn geschrieben, als er die MADAME BOVARY besprach, dieses unerreichte Meisterstück um weiblichen Ehebruch und Selbstmord. Leo atmete tief. Einer banalen Zeitungsnotiz verdankte Flaubert seinen Stoff, auch er; viele Jahre hatte er sich Zeit genommen, ihn zu gestalten. Leo stand auf, um das Buch herauszusuchen; er schlug nach. Welche detailbesessene Vertrautheit mit dem Sterben war bei Emmas Gifttod zu spüren – ein entsetzlicher, ekelerregender Kampf. ... *das Betttuch, in das sich ihre Finger krampfhaft einkrallten. Ihr unregelmäßiger Pulsschlag war kaum noch fühlbar. Kalte Schweißtropfen rannen über ihr bläulich gewordenes Gesicht; etwas wie metallischer Ausschlag lag über ihren erstarrten Zügen ...* Leo lächelte und schüttelte bewundernd den Kopf: da vermochte einer aus dem Ton klinischer Berichte jene Lyrik zu formen, die allein taugt für solch abstoßendes Lebensfinale. *Sie brach alsbald Blut aus. Sie zog die Gliedmaßen ein. Ihr Körper war bedeckt mit braunen Flecken, und ihr Puls glitt unter ihren Fingern hin wie ein dünnes Fädchen, das jeden Augenblick zu zerreißen droht.* Nichts von Strafe und Sühne. Nur ein Tod.

Er las sich fest; der durchsichtigen, unsichtbar gelenkten Sprache des Buches verfiel er vollständig wie einem tiefen Traum. Immer weiter tauchte er ein in seine Vorstellungen, bis er sich für Augenblicke fast wie ein Akteur in den verhängnisvollen Episoden fühlte; und solange die Illusion währte, konnte es ihm sogar selbstverständlich scheinen, dass Emmas einander ablösende Liebhaber seinen und des neuen Nachbarn Namen trugen – Léon und Rodolphe.

Dann aber kehrte das Gefühl dafür zurück, wie albern und überzogen der Vergleich war. Als ob er aufwachte, sah er verwirrt um sich, fand neben seiner Hand das Glas mit einem Grappa-Rest darin und trank es leer. Nun fragte er sich doch, wie lange schon von Brigitte kein Laut zu hören war. Durch den dunklen Flur ging er, öffnete vorsichtig die Tür des Wohnzimmers,

Brigitte?

fragte er, flüsternd fast, den Kopf in den matt erleuchteten Raum streckend. Dann erst wagte er sich ein paar Schritte hinein, wachsam suchend, als ob er fürchten müsste, Schreckliches zu entdecken.

Reglos zwar, doch sichtlich atmend schlief sie auf der Couch, die Beine angezogen; der Kopf, das Gesicht mit dem ein wenig geöffneten Mund halb in den weichen Wulst eines bordeauxfarbenen Seidenkissens gesunken. So schwerelos wirkte die Unschuld dieser Ruhe, dass Leo noch einmal hoffte, hinter der Stirn der Schlafenden könne sich doch nichts verborgen halten, das dieser Mund nicht ohne Weiteres aussprechen und eingestehen dürfte. Aber Brigitte, das stand ja fest, sie war die Frau zwischen zwei Männern, ihr Schlaf war die Sorglosigkeit der Effi Briest zwischen Innstetten und Crampas; oder nein: Brigittes Profil, so reglos ins blutdunkle Kissen getaucht, es gehörte Marie, nachdem ihr Woyzeck, gedemütigt und getreten, die Kehle zerschnitten hatte: schwer und feucht wie zähe Flüssigkeit glänzte das Rot der Seide, das Gesicht schien darauf zu schwimmen, entspannt und ohne Schrecken wie das des Mädchens auf dem Mordfoto.

Und nicht weniger makellos als Sibylles blasses Porträt in ihrem Rahmen, vor den gewichtigen Falten der roten Tapisserie. Stumm und kühl sah sie auf Leo, als er kurz sein Zimmer betrat, um die lange Papierschere aus der Lade zu nehmen, mit der er die Fotos und Berichte aus den Zeitungen schnitt. Zu Brigitte zurückgekehrt, die noch immer bewegungslos schlief, trennte er aus ihrem Haar behutsam eine Strähne, die er sorgfältig faltete und in die Tasche steckte.

Da endlich rührte sie sich, von Leos geheimen Bewegungen geweckt; erst machte ihre Hand eine leere Geste, dann drehte Brigitte sich auf den Rücken, öffnete die Augen und sah nach oben, bis sie Leos Blick auffing, der mit einem Mal traurig und nachsichtig geworden war und von nichts anderem wissen wollte als von ihr. Sie lächelte ihn an. Und er verkroch sich, als sie ihre Arme zu ihm ausstreckte, an ihre weiche und warme Brust.

Sie, auf der Couch liegend, strich ihm durchs Haar. Das braucht für dich wirklich kein Problem zu sein, sagte sie.

Und er, vor ihr auf dem Boden hockend: Ich weiß.

Wirklich nicht.

Du meinst es gut.

Jetzt bist du wieder niedergeschlagen.

Na, kein Wunder, brummte er finster. Es war eine tolle Leistung.

Es geht vorüber, Leo, da hab ich keinen Zweifel.

Unsinn.

Du brauchst Zeit. Dann leiser, beinah wie für sich: Wir brauchen Zeit, fügte sie hinzu, als dächte sies nur.

Sehr sanft, teilnahmsvoll kam sie ihm vor, mütterlich fast war ihre Sorge, das machte ihm den Trost, der unzweifelhaft ehrlich gemeint war, so unerträglich. Dass sie es so leicht nahm und ihm immer wieder eine Frist einräumte – an Rudolf lag das wohl, bei dem sie von dem, was hier nicht zu haben war, nehmen konnte, so viel sie mochte. Leo spürte, wie sich Wut in seine Bitterkeit mischte, und für eine kurze Weile war er fast entschlossen, Brigitte zu überrumpeln, zur Rede zu stellen und ein Geständnis zu erpressen. Aber ihre Finger fuhren wieder in sein Haar, und er wusste: wenn es überhaupt eine Schuld gab an all dem, so lag sie bei ihr nicht allein. Er schwieg; so hartnäckig verschloss er sich, dass sie es spüren musste. Tatsächlich hielt sie ihre Hand jetzt ruhig zwischen Schulter und Nacken und forderte ihn mitleidig auf:

Sag was zu mir, Leo.

Was gäb es noch zu besprechen. Er stand auf.

Du hast recht, gab sie zu. Dann bleib wenigstens bei mir.

Aber er war schon in der Tür.

Du brauchst nur Zeit, versuchte sie es noch einmal.

Ich weiß. Er wandte ihr sein Gesicht nicht zu. Du meinst es gut.

Zeit, sagte er und sah Sibylle in die Augen. Die Hände hielt er, zu Fäusten geballt, in den Hosentaschen; erst als er die Finger wieder öffnete, spürte er Brigittes Haarsträhne, die er mit der Rechten umfasst hatte. Geschmeidig und warm rührte das Haar jetzt an Leos Fingerspitzen, aber es war die Wärme seines eigenen Körpers, die es ihm zurückgab. Er zog die Strähne hervor, strich sie glatt, beobachtete, wie die elektrische Aufladung die feinen Fäden auseinandertrieb. Dann schob er die Haare in einen Briefumschlag und den in das gelbe Kuvert, das noch immer offen auf dem Schreibtisch lag.

Aus einem Regalfach griff er sich eine der Illustrierten und begann gleichgültig zu blättern. Aber wo er sonst nur Augen hatte für brauchbares Material zu seiner Sammlung, da fielen ihm nun die Fotoserien mit gut gebauten, barbusigen Mädchen auf, die Annoncen für ausgefallene Nachtwäsche und für aphrodisierende Präparate, die Männer kräftig und Frauen gefügig zu machen versprachen. Mit der flachen Hand schlug Leo auf das Heft, als wären die Redakteure ausschließlich ihm auf die Schliche gekommen. Zu Sibylle sah er hin, auf deren besonnenen Gleichmut Verlass war – aber auch sie schien nun erst einmal abwarten zu wollen, ihr feiner Mund, sonst friedlich und schweigsam, lächelte ihn an mit einer Spur von spöttischem Hochmut. Dafür hatte die Lieblingsuhr neben ihr, wie die anderen von Leo seit Tagen vernachlässigt, den regelmäßigen Ausschlag ihres Pendels aufgegeben: der ließ sich hilflos hängen, und die gespreizten Schenkel der Zeiger erinnerten an irgendeine entfernte, starre Stunde.

Da wühlten sich Leos Hände, vor Wut zitternd, in die nachgebenden, aufreißenden Blätter des Magazins, fassten sie absichtlich roh in ein zerfledderndes Knäuel zusammen und schleuderten es mit Gewalt gegen die Uhr, die, getroffen, für eine Sekunde zurückwich an die Wand, wo ihr Glassturz sprang, bevor sie sich ohne zu zögern in die Tiefe stürzte und am Boden in Stücke ging mit lautem Geräusch und dem letzten Schlag ihres Werks.

Leo atmete aus wie ein Tier.

Leo?, rief Brigitte von drüben. Ist dir was passiert?

Nichts, sagte er leise, und dann noch einmal, so, dass sies hören konnte:

Nichts.

Von da an ging er ihr aus dem Weg, wo er konnte, und zog sich, ohne noch irgendetwas zu tun, in sein Zimmer zurück, wie wenn er sich darin verstecken wollte. Wenn Brigitte doch einmal zu ihm hereinkam oder ihn irgendwo mit einer Frage abfing, gab Leo kurz Auskunft, mit kühler, unbestimmter Freundlichkeit; von selbst aber richtete er nicht ein Wort mehr an sie. Ihre Sorge um ihn war unübersehbar, er spürte, wie in ihr aus der Angst vor seinen Ahnungen ein Schuldgefühl wuchs und arbeitete, aber auch wenn ers nicht darauf anlegte, tat er doch nichts dagegen. Zu den Mahlzeiten verließ er das Haus, versorgte sich in der Stadt mit einem schlechten Imbiss und blieb immer länger aus, langsam und richtungslos durch die Straßen streunend, ohne Gedanken, taub und blind für alles und alle. Wahrscheinlich weil Brigitte meinte, derart schweigend wolle er ihr einen Ausbruch ersparen, gab sie nach zwei Tagen ihre Versuche auf, ihn zu einer Aussprache zu bewegen, was Leo fast dankbar vermerkte. Dennoch war er tagsüber immer länger unterwegs, und zu Hause fühlte er sich nur sicher, wenn er sie bei ihren Kursen wusste oder schlafend in ihrem Bett. Nächtelang blieb er wach, mit leerem Kopf, leeren Händen und Augen sitzend oder, plötzlich aufgeschreckt, sein Zimmer in weiten Schritten ausmessend.

Ein eisiger, allzu unnachgiebiger Regen trieb ihn eines Abends dann doch früher heim, als ers wollte. Dass er das Haus dunkel fand, beruhigte ihn, schnell trat er ein und hatte es eilig, ins Schlafzimmer zu kommen, um seine klammen und kalten Kleider zu wechseln. Leo öffnete die Tür – und wusste im ersten Moment, dass er hier jetzt nichts zu suchen hatte. Anders als sonst empfing ihn der Raum, dunkel, denn das

173

Fenster, fast das ganze Jahr hindurch wenigstens einen Spalt breit offen, war jetzt ganz geschlossen und der Vorhang zugezogen, sodass sich das Licht der Straßenlampe in ihm fing und kaum etwas davon einzudringen vermochte. Warm roch die Luft, die Leo atmete, dumpf und fremd.

Dann machte er Licht. Vor ihm lagen Brigitte und Rudolf, nackt beide und wie vor Erschöpfung ohnmächtig. Wohl in der Aufregung der Lust hatten ihre Füße die Decke am Fußende des Bettes zusammengeschoben. Tief war Brigitte in Rudolfs Achsel gegraben; seine linke Hand lag an ihrer Hüfte, die andere hatte sich in Brigittes Finger verschränkt. Leo löschte das Licht wieder, deckte mit Dunkelheit beider befriedigte Blöße zu, die lieb gewonnene seiner Frau, vertraut und begehrt, und die ungekannte, Neid erweckende ihres Liebhabers.

Schnell und geräuschlos verließ Leo Zimmer und Haus und schlich sich hinaus in Nacht und Nieselregen, beschämt, als hätte er sich in der Tür geirrt.

Sibylle

Was ihm all die Zeit hindurch am empfindlichsten zugesetzt und ihn so düster und kraftlos gemacht hatte, der wider alle Vernunft wache Wunsch, sein Verdacht möge doch ungerechtfertigt sein und sich in Nichts auflösen – nun quälte er ihn nicht mehr, und fast wie eine Erlösung nahm Leo die Gewissheit hin. Am Tag danach saß er schon frühmorgens am Schreibtisch, fast betrunken vor Ungeduld überflog er sein Manuskript, blätterte sich durch Notizen und Zettel.

Rasch schaffte er jetzt Ordnung, wo er sich wochenlang keinen Rat gewusst hatte, im Text strich er energisch, sobald ihm ein Satz, eine Szenerie, ein Dialog nicht zu stimmen schien, erfand spielerisch hinzu, wonach er bislang umsonst gesucht hatte, baute aus, dachte weiter. Wie von anderswoher kamen Ideen und Episoden in seinen Kopf, Leo spürte, wie Gleichgewicht in seine Geschichte einkehrte, und zum Greifen nah endlich sah er vor sich einen Schluss, in dem all das verzweigt Vorausgegangene berechnet war bis zum Resultat und auflief wie zu einer Summe.

Fast rücksichtslos griff er in die Lade und nach dem gelben Kuvert, leerte es mit heftiger Bewegung vor sich aus, schob derb den Großteil der Ausschnitte auseinander und zur Seite und wühlte zielstrebig hervor, worauf er es abgesehen hatte. Den Rest stopfte er in den Papierkorb: nicht mehr als vier oder fünf Berichte mit Bildern behielt er bei sich; dazu den Umschlag mit der Strähne aus Brigittes Haar, den er, bei der Erinnerung sekundenlang stockend, wiedergefunden hatte. Zu einem kleinen Stapel sortierte er das Wenige, und obenauf legte er, wie ein Titelbild, die Aufnahme der schönen Zwanzigjährigen, die so federleicht in ihrem Blut ruhte; zuvor jedoch hielt er das Foto hoch, zeigte mit dem Finger darauf und ließ Sibylle sehen, wie er sich entschieden hatte: die den bleichen Kopf so schwebend hielt über den roten Urgrund und vor ihn, sie würde Hauptfigur und Opfer sein in seinem Buch.

Endlich war er sich seiner ganz sicher bei seiner Arbeit, wenn er auch einsah, dass fast alles von dem, was er jetzt entwarf und hinschrieb, jedem anderen noch ganz unverständlich sein oder sogar wie Unsinn erscheinen musste. Er aber wusste nun vollends Bescheid über sich und über das, was er sich vorgenommen hatte, und angesichts der Wucht seines Durchbruchs überwältigte ihn das gleiche Glücksgefühl, das ihn einst eine Nacht lang wach hielt, als er das „Ende" unter seinen Kathedralen-Roman gesetzt hatte. Er zwang seine Hand, langsamer zu schreiben, sorgfältiger, so sehr fürchtete er, die fliehenden Zeilen auf den Papieren später nicht mehr entziffern zu können.

Keinen anderen Tag in seinem Leben hatte er unter solchem Fieber verbracht, und nie hätte ers für möglich gehalten, dass er solche Begeisterung über so viele Stunden hin würde ertragen können. Bis in den Abend hinein schrieb er, probierte aus, verwarf hastig, kam dann doch zu einer Lösung, schrieb weiter. Ein paarmal, als sich Hunger einstellte, trank er ein paar Gläser Grappa, ärgerlich darüber, aufgehalten worden zu sein, kaum seiner Bewegungen bewusst und ohne die Schärfe des Schnapses zu schmecken. Er schrieb, bis seine Augen im Dunkeln kaum mehr zu unterscheiden vermochten zwischen den Blättern und dem Tisch, auf dem sie lagen; und selbst die kurze Unterbrechung, während der er im Zimmer die Lampen einschaltete, störte ihn peinigend. Die Zahl der Stunden, die er so durchhetzte, wollte er nicht wissen. Zeit war ihm kein Maß.

Brigitte hatte irgendwann vom Flur aus durch seine verriegelte Tür gerufen:

Gute Nacht, Leo.

Er erinnerte sich nicht, ob er geantwortet hatte. Endlich aber, als irgendwo im Haus eine Uhr einsam und bedeutungslos Mitternacht schlug, warf er doch

den Federhalter vor sich hin und lehnte seinen glühenden Körper im Stuhl zurück,

gut,

murmelte er, beschwichtigend, wie um sich selbst
zu zähmen und zur Ruhe zu bringen. Die Hände
schlug er vors Gesicht und nickte mit dem Kopf:

Gut gut gut.

Im Schlafzimmer, nachdem er sich beim flauen Licht
der Straßenlampe umgezogen hatte, stand er noch eine
Zeitlang neben Brigittes Bett. In ihrem Gesicht suchte
er nach Spuren, die ihr Schlaf vielleicht darauf zurückließ; aber er fand keine, nicht einmal die Lider zuckten
über den traumlosen Augen. Ein wenig bewegte sich
Leo und schob seinen Schatten schützend und bede-
ckend über sie, die vor ihm lag, als hätte sie sich aufgegeben. Im eigenen Leib konnte er spüren, wie das
dunkle Abbild seiner Brust ihren Kopf in sich aufnahm
wie durch einen verschlingenden, verschließenden
Kuss.

Als er dann in seinem Bett lag, für kurze Zeit noch
mit geöffneten Augen, lächelnd, streckte er den Arm
aus nach Brigitte und legte die Hand auf ihr Haar.

Aber dann war es doch Sibylle, deren Kopf sich unter
seiner Hand regte und in deren schleierfeinen Locken
seine Finger spielten. Sie schlug die Augen auf, und
wie aus ihren Augen sah Leo nun sich selbst hinter
dem Rahmen des Bildes in ihrem Zimmer. Das hatte
keine feste Stätte und keine Grenzen und war nur
Raum. Sie hatte Platz darin, Sibylle, das weiße Mäd-

chen: vor der dämmerdunklen Weinfarbe des Wand-
vorhangs hielt sie den bleichen Kopf, als schwebte er
ohne Gewicht, leicht wie die Luft, die durchs Fenster
hereindrang, um sich unsichtbar um ihn zu legen. Nun
war die Hand, mit der sie die weiße Blume fasste, ganz
bei ihr, mit der Blüte fuhr sie über seine Wange und zu
seinem Kinn hinunter. Dabei schwieg sie, kein Geräusch war zu hören und keine Stimme, und doch verstand Leo wie selbstverständlich jedes Wort, so wie es
gemeint war, ohne dass es hätte gesagt werden müssen. Durch eine der dünnen, sich windenden Strähnen
fuhr seine Hand, langsam; wie die Haarfäden vonein-
anderwichen, beobachtete er, wie sie knisterten und
die Spitzen seiner Finger kitzelten, die er jetzt sacht an
ihre Wange legte, bis Sibylle den Kopf in seine sich
öffnende Hand schmiegte, den Mund in den Winkeln
unmerklich zum Lächeln bereit, jetzt ohne den gerings-
ten Spott. Hungrig öffnete sich, dicht bei ihm mit einem Mal, der Mund zum Kuss, der ihn ganz einatmete
und in den Leo sich fallen ließ, gierig wie ein Süchtiger
in die Täuschung seines Rausches, blind hinter geschlossenen, von gelähmten Lidern versperrten Augen,
die, ohne zu sehen, doch erkennen konnten: wie Sibylle, unerklärlich berührungslos, mit ihm durch den
Rahmen des Fensters entwich und hinaus in die Landschaft drängte, wie sie beide das Zimmer hinter sich
ließen, ohne dass es zurückblieb irgendwo. Nackt
wusste Leo sich und sie, als wären es beide von Beginn
an gewesen, wie Schnee war die Gaze von ihrem Körper geschmolzen. Sein Leib legte sich an ihren, der
glatt und kühl war, weich und weiß, seine Finger gruben sich ein in sie, aber dann war es doch Sand, der
ihm durch die Fingerspalten der Fäuste quoll, der Sand

des Ufers, das nun unter ihnen war, hinter den unruhig sich herdrängenden Ausläufern eines unbestimmbaren Meeres und zwischen schrundig rohen Klippenkegeln. Das unbescheidene Geschlecht Rudolfs erkannte er an sich und spürte, wie es sich stattlich Platz machte und sich an Sibylles schmale Hüfte presste, rücksichtslos, während sie den Kopf zur Seite warf auf dem von der untergehenden Sonne seidig in schimmerndes Rot getauchten Sand wie auf einem glitzernden Polster. Das bauschte sich um die Kontur ihres Profils mit den leicht geöffneten Lippen, die jetzt, lautlos, seinen Namen preisgaben: Klemens, immer wieder: Klemens. Die weiße Blume aus ihrer Hand lag nun, matt durchleuchtet, zwischen ihren kleinen Brüsten, die sich steil wie Bälle aufblähten. Über sie, auf sie legte er sein Gesicht, sodass die Blume sein Kinn streichelte und die Brüste seine Augenhöhlen füllten, bis er, sich aufbäumend, sie in seinen runden Händen verbarg wie Früchte unter einer Schale. Noch eine Weile besänftigten die Wellen, die wie Zungen leckten, die heißen, begehrlichen Körper der beiden, endlich aber spie das Wasser Schaum aus, als sei es rings um das sich pressende und reibende Fleisch ins Sieden geraten. Vor ihm ausgedehnt lag sie, einladend, nötigend und weit wie ein Tor ins Dunkle und Vertraute. Da fügte er sich fest in sie, dass sie ihn empfing und einschloss wie eine Mauer den letzten Stein, der ihr noch fehlt. Er mischte sich ein und löste sich in ihr wie eine Flüssigkeit untrennbar in der anderen, und nach einer winzigen Pause ohne Atem, ohne Empfindung war ihm endlich, als ob Stamm und Krone eines Baumes aus ihm hervorschössen, als ob sein ganzer Körper sich erbräche und aufrisse vom Hals an bis in die Schenkel.

Den Kopf krümmte er in den Nacken, packte schonungslos, was er von Sibylle zu fassen bekam, die sich jetzt hochwölbte unter ihm, und goss sie ganz aus mit dem Unaufhaltsamen, nicht zu Messenden, das er endlos verströmte.

Die einzige Uhr im Haus, deren Werk noch nicht abgelaufen war, schlug willkürlich eine Stunde. Da war er in einem Moment hellwach, riss die Augen auf und starrte durch die Dunkelheit des Zimmers auf das von draußen beschienene Fenster. Seine Haut brannte, getränkt von Schweiß, und in den Ohren paukte der Puls. Mit einer nachdrücklichen Bewegung setzte er sich auf, die Hände an die Bettkante geklammert. Vom Flur her hallte der Stundenschlag nach. Da stand er auf, die Luft genießend, die seinen feuchten Körper kühlte, und ging schnell hinaus.

Aufgeregt durchquerte er die Räume; in jedem machte er Licht. Ruhiger schritt er dann zielstrebig seine Uhren ab wie Stationen, als gäbe er einer lieben Gewohnheit nach. Mit tiefem Einverständnis betrachtete er sie, lächelte begütigend, wie wenn er sich für seine wochenlange Saumseligkeit entschuldigen wollte. Jede von ihnen öffnete er, zog, behutsam aus Erfahrung, die Gewichte in millimetergenaue Positionen oder senkte die Schlüssel in die Zifferblätter, sanft und gleichmäßig drehend. Stunde und Minute, die er die Zeiger angeben ließ, las er von der ersten Uhr ab, die er sich vornahm, und stellte nach ihr alle übrigen. Mit ein paar Handgriffen machte er sich am Werk oder Pendel jeder einzelnen zu schaffen, und ohne den Deut eines Zweifels war er gewiss, mit solchen Korrekturen ihren Gleichgang jetzt endlich genau zu regeln und die eine mit der nächsten abzustimmen. Kaum dass er die letzte versorgt hatte, begannen die Uhren, die volle Stunde zu schlagen, zu fünft tatsächlich fast im selben Augenblick. Da rann ihm, heiß wie nach einem Sieg, die Genugtuung vollkommener Überlegenheit über Scheitel und Rücken.

Zuletzt öffnete er die Tür in sein Arbeitszimmer, schaltete auch hier die Deckenlampen ein – dann aber blieb er ein paar heftige Herzschläge lang schaudernd stehen, bis er langsam eintrat, sich zögernd besinnend: das feinste Teil seiner Sammlung stand ja nicht mehr auf der geschnitzten Konsole neben Sibylle – die jetzt beruhigt wie eh und je aus ihrem Rahmen zu ihm schaute –; und noch eine kleine Weile brauchte er, bis er wieder von jenem wütenden Wurf wusste, mit dem er das müßig vor sich hin dämmernde Lieblingsstück hingerichtet hatte. Er trat vor das Möbel und strich mit der Hand drüber hin, streichelnd fast und traurig. Da stach ein scharfer, reißender Schmerz in einen Finger, und als er hinsah, trat ein dicker Tropfen Blut aus; mit den Lippen sog er ihn ab. Ein Splitter des zerschmetterten Glassturzes war wohl verborgen übrig geblieben.

Das Licht des Flurs ließ er hinter sich, öffnete lautlos die Tür, um Brigitte nicht zu wecken, und wartete drinnen ab, bis sich seine Augen an die halbe Nacht gewöhnt hatten. In einer Hand hielt er, nach unten gerichtet, die lange Papierschere, die Scherenblätter weit gespreizt, als ob sie Auskunft gäben wie die Zeiger einer Uhr. Zwischen Fenster und Bett stellte er sich und beugte sich allmählich zu der Schlafenden hinunter, beobachtend, wie, je näher er kam, sein Schatten über Brigittes Kissen und Kopf enger und enger wurde, aber auch dunkler und dichter, bis er schwarz auf dem Gesicht lag wie eine Maske.

Mit den Fingerspitzen suchte er nach Brigittes Kehle, und als er sie schonungsvoll tastend gefunden hatte, legte er die Spitze der Schere daran, verstärkte den Druck, nur ein wenig aber, nur so, dass die warmgeschlafene Haut eine Spur nachgab. Endlich aber schob er doch mit einer einzigen hartnäckigen, runden Bewegung die Schere in ihren Hals, der noch eine Sekunde widerstand wie dünner Karton, bevor er den Weg freigab.

Sein Oberkörper legte sich über ihren Kopf, seine Hände hielten ihre Arme, ihre wenigen, wenn auch verzweifelten Gebärden lang; bis Brigitte sich plötzlich erschöpfte, erschlafft wie unter dem Eindruck einer ungeheuren Enttäuschung. Heiß und unaufhaltsam spürte er ihr Blut an seiner Brust.

Er richtete sich auf, und sein Schatten, der allmählich wieder größer wurde und blasser, gab den Blick auf sie frei: im fremden, fernen Licht der Straßenlampe das ruhende Bild ihres blassen, fast milchigen Profils, die Lippen leicht geöffnet, wie tonlos flüsternd, das Haar ein wenig ungeordnet nach hinten gelegt, ein Fächer über dem Kissen, das sich unter dem Gesicht mit einem Schwarz getränkt hatte, das schweres Rot ahnen ließ.

Eine aberwitzige Trunkenheit trieb dröhnende Schläge durch sein Gehirn. Sein Blut, durch die Adern rasend, tobte ihm in den Ohren, und die Augen drohten, dunkel zu werden unter dem strengen Druck, der sie aus den Höhlen drängte. Aber als er meinte, das Bewusstsein zu verlieren, zwang und fasste er sich. Vor Brigitte kniete er jetzt, eine Hand strich liebkosend über die Decke und den Körper darunter, die andere fuhr zärtlich über ihre Stirn. Er schloss die Augen. Sein Mund lag an ihrem kaum befleckten Ohr, und werbend, fast stumm geworden vor der Gewalt seiner Liebe, buchstabierte er Brigittes Namen: ließ seinen Mund das S summen und lächeln im I; sacht nahm er den Rand ihres Ohrs zwischen die Lippen für das B, betonte kaum spürbar das Ypsilon, stieß mit der Zungenspitze leicht gegen ihre Wange, knapp verweilend im doppelten L, ließ seinen Atem ausgehen mit dem E – ein ums andere Mal:

Sibylle.

Man las von ihm in beinah allen Zeitungen der Republik, wenn auch nicht arg ausführlich und nur an einem Tag.

RENAISSANCE

Ein Nachtstück

1

Zu jener Zeit lag unweit der reichen Lagunenstadt V. das Schloss der Grafen G. Sebastiano, Giuseppes Vater, hatte es von wohlbeleumundeten Baumeistern entwerfen, aus erlesenen Steinen aufrichten und fürstlich ausstatten lassen und konnte dennoch, als er bald starb, seinem jungen Sohn ein märchenhaftes Vermögen hinterlassen. Allerdings, er starb nicht leichten Herzens: denn Giuseppe war haltlos und sorglos, verbrachte manche Nacht in V.s anrüchigsten Spelunken und Spielhöhlen und ließ das Geld unbekümmert durch die Finger rinnen. Darum wies der Graf, als er seine letzte Stunde nahen fühlte, den Verwalter seiner Güter an, Giuseppe auf Fahrten mit einem seiner Schiffe zu schicken und ihn dadurch, indem er ihn mit der Abwicklung auswärtiger Geschäfte betraute, Verantwortungsgefühl und Stärke zu lehren. So kam es, dass der junge Graf G. das Reisen lieb gewann, dabei innerlich fester und zum Mann wurde, besonnen seine Besitztümer mehrend und dennoch darauf bedacht, die Welt kennenzulernen. Bald war in jedem namhaften Hafen der erreichbaren Meere ein Kontor gegründet. Hatte er aber dort, ohne sich ablenken zu lassen, sein Tagwerk vollendet, wusste er überall ein Mädchen, das gern bereit war, die verbleibenden Stunden des Abends und wohl auch die Nacht mit ihm zu verbringen.

So ging sein Leben mehr als dreißig Jahre hin, ohne dass die Lust zu reisen nachließ. Die Sommer über war er unter seinen Segeln unterwegs, die Winter verbrachte er in den Hauptstädten des Kontinents. Stets aber verstand ers, neben seinen verschwenderischen Ausschweifungen Geschäfte anzuknüpfen und so seinen Wohlstand zu sichern. Die Heimat lockte ihn wenig, und Schloss und Stadthaus ließ er von seinen Kastellanen beaufsichtigen.

So viele Frauen er besessen hatte – nie hatte er, bis in sein Alter, eine geliebt. Schließlich kehrte er von seiner letzten Reise heim – und war mit der Französischen Krankheit behaftet. Schon war ihr Verlauf allzu weit fortgeschritten, als dass die Ärzte, die er aus V. nach seinem Schloss rief, ihm noch hätten helfen können. So sah er sein Schicksal vorgezeichnet. Da es ihm aber an Einsicht und Reife nicht fehlte, nahm er das künftige Leiden als Ausgleich für seinen lasterhaften Lebenswandel an und zog sich, fort von den Städten, ganz auf das Schloss und seine Güter zurück. Wenn er sich bei Kräften fühlte und die Witterung es zuließ, ritt er gern zu den Gehöften, besah sich die Felder und Ställe, gab Anweisungen und versuchte, die Pferdezucht auf der größten Domäne zu veredeln. Und als er spürte, wie sich sein Leiden auf die Augen schlug und er erblinden werde, begann er, die einsamen Abende der ihm bleibenden Frist darauf zu verwenden, seine mannigfaltigen Erlebnisse und umfänglichen Kenntnisse über fremde Länder und Leute niederzuschreiben.

Bei den Visitationen seines Gestüts war ihm ein etwa sechzehnjähriges Mädchen aufgefallen, das, gesund gewachsen und schon mit den Formen einer ansehnlichen Frau, mutig mit den Knechten raufte, in den Ställen unermüdlich bei der Arbeit war und wild zu Pferd über die Fluren sprengte. Er fand Freude daran, sie lachen zu hören oder ihre schönen, geschmeidig-festen Hände über das Fell eines Tieres streichen zu sehen, und so ließ er sie, als sie außer Atem, schweißfeucht und noch voll unbeherrschter Begeisterung vom sattellosen Rücken eines Pferdes glitt, zu sich führen. Da erkannte er, dass ihr Gesicht schön war wie ihr Körper, und betrachtete lange ihre grün blitzenden Augen und rot leuchtenden Wangen. Wie sie heiße, erkundigte er sich, und sie gab artig an, Valentina, die Tochter des Verwalters, zu sein. Er strich ihr übers dunkle, tropfende Haar und hieß sie dann das erschöpfte Tier versorgen. Fortan kam er häufiger heraus und sprach über Valentina oft mit dem Verwalter, der, als der Graf es endlich vorschlug, gern einwilligte, ihm seine Tochter zur Frau zu geben.

2

Leicht ließ sich Valentina begeistern für ein Leben in Reichtum auf dem wohlausgestatteten Schloss. Der Graf verschwieg ihr sein Übel nicht, weil aber sein Gesicht noch keine argen Entstellungen zeigte, machte sie sich keine Vorstellungen davon. Freilich verbot ihm das Leiden innige Zärtlichkeiten gegen seine junge Frau, er aber ließ es sich geduldig genügen, sie anzusehen und ihr zuzuhören, wenn sie sprach. Er trachtete ihr so viele Annehmlichkeiten und Abwechslungen wie möglich zu schaffen, und sie schien mit ihrem Dasein zufrieden, ja sogar dankbar zu sein. Oft allerdings erzählte sie von ihrem Zuhause, von ihrer Kindheit, dem Treiben auf dem Lande: dann fühlte der Graf, dass sie jenes geliebte, abgelegte Leben noch nicht verwunden hatte.

Mit den Monaten weitete sich die Krankheit mehr und mehr aus und befiel im vollen Ausmaß das Gesicht, so dass der Graf sein Zimmer nur mehr verließ, indem er die befallenen Stellen der Haut hinter hohen Kragen und weit vorgezogenen Halstüchern verbarg. Schließlich erlosch sein Augenlicht. Da verkehrte sich seine ergebene Haltung in eine glühende Angst, der Tod könne ihn ereilen, ohne dass er seine Lebensbeschreibung abgeschlossen habe. So stellte er einen Sekretär an, zog sich mit ihm, den er zu strengem Stillschweigen verpflichtete, tagelang in sein Zimmer zurück und verließ es schließlich nicht einmal mehr, um mit seiner jungen Frau, die er vergessen zu haben schien, die Mahlzeiten einzunehmen.

Für Valentina begannen die Tage lang und einförmig zu werden, und endlich verfluchte sie ihr Schicksal, das sie fort von dem Zuhause ihrer Kinderzeit in die goldene Abgeschiedenheit dieses reichen, aber öden und trostlosen Hauses verschlagen hatte. Ihre Freude kannte darum keine Grenzen, als der Graf auf ihr Bitten hin zuließ, dass sie mit dem Kastellan, der in Gelddingen bei den Banken, für die V. geschätzt war, zu schaffen hatte, in die Stadt reiste und dort auf ein paar Tage blieb. Margareta, Valentinas alte Zofe, sollte sie begleiten und, wie sie angewiesen wurde, achtsam ein Auge auf sie haben. Denn es war die Zeit des Karnevals, und eine junge, schöne Dame, so fürchtete der Graf nicht ohne Grund, könne sich leicht allerlei Unbilden ausgesetzt sehen.

V. stand damals noch, wenngleich schon schwankend, auf dem goldüberglänzten Gipfel blühenden Wohlstands. Mit vielerlei Ländern und Küsten stand es in Handelsbeziehung. Die Schiffe seiner vermögenden Kaufleute kreuzten die Meere, und auch auf den Landwegen erreichten die kostbarsten und seltensten Waren die Stadt. Mächtige Familien beherrschten sie und ihre Bewohner und bestimmten über Wohl und Wehe ihrer Vasallen; sie vermählten ihre Töchter mit den Großen benachbarter Reiche und schickten mehr als einen ihrer Söhne nach Rom als Papst auf den Heiligen Stuhl.

In jedem Jahr aber kam die Seuche des Karnevals wie ein Pesthauch über die Stadt, und die Menschen vergaßen sich in lärmender Zügellosigkeit und schamlosen Exzessen. Dann mussten sich die Ernsten verspotten und die Vernünftigen narren lassen, und wer dennoch auf Würde und gewissen Regeln bestand, dem wurde am übelsten mitgespielt. Begierig überließ sich Valentina dem tollen Tumult. Sie genoss die ausgelassenen Tänze und übermütigen Maskeraden auf den Redouten und begeisterte sich in den Theatern. Mit durstigen Blicken und glühenden Wangen verfolgte sie das schäumende, unüberschaubare Leben auf den lichten Plätzen und breiten Straßen und belauschte das lüsterne Getändel in schattigen Gassen. Die unbequeme Eintönigkeit des Schlosses schien sie abgestreift und vergessen zu haben. Fort auch war die quälende, wehmütige Erinnerung an die einfachen Vergnügungen ihrer Kindheit. Für sie gab es nur heiteren Zeitvertreib, verspielte Geselligkeit, Zerstreuung, Kurzweil, Gelächter.

Indes war wie nach einem Rausch ihr Elend namenlos, als sie wieder in die einschläfernde Traurigkeit des Schlosses zurückkehren musste. Wie verstört saß sie jetzt stundenlang reglos, gedankenlos in einem Sessel oder lag auf ihrem Bett, nur mehr den ungreifbaren Abglanz der bunten Bilder vor Augen, in den Ohren die verschwimmenden Nachklänge der Musik und des lauten Wirrwarrs. Zunächst versuchte sie noch, die heiße Sehnsucht nach der Unbändigkeit V.s aus ihren Gedanken zu drängen; bald aber meinte sie, nur in ihr Ablenkung von der Freudlosigkeit finden zu können, die sie mit jedem Tag mehr in Besitz nahm.

So vertraute sie sich eines Morgens Margareta an. Jeder Tag auf dem Schloss sei ihr fast unerträglich, gestand sie der Zofe, und bisweilen scheine der Tod ihr beinahe süß und verführerisch genug, um sich durch ihn von aller Entbehrung erlösen zu lassen. Entsetzt wehrte Margareta ab, gemahnte Valentina an ihre Jugend und die Gebote der Religion, warnte sie davor, den Gedanken an Todsünde in ihr Herz einzulassen, und versprach zugleich, der Glaube werde sie trösten.

Kurze Zeit später ließ der Graf Valentina zu sich bitten. Er spüre, dass es bald ein Ende mit ihm haben werde, von Tag zu Tag schwäche ihn die Krankheit mehr, und das unentwegte Diktieren seiner Erinnerungen entkräfte ihn vollends. Solange er sich noch rüstig genug fühle, so eröffnete er der Gemahlin, wolle er darum für einen Stammhalter sorgen, und er hoffe zu Gott, dass ihm wirklich ein Sohn geschenkt werden möge.

Valentina erschrak bis in ihr Innerstes, und Abscheu erfüllte sie beim bloßen Gedanken an eine Berührung durch den mit Geschwüren bedeckten Mann. Sie wusste sich keinen Rat, und weil die Ausweglosigkeit sie nicht mehr schlafen ließ, wandte sie sich wiederum an Margareta, die diesmal gedankenvoll den Kopf wiegte. Auch sie nannte die unerwartete Wendung bedenklich. Um jeden Preis gelte es zu verhindern, dass Valentina mit der Seuche des Lasters angesteckt werde. Wirklich wisse sie einen Ausweg, gab Margareta zu, doch fordere der Mut und Geld. – Was ist es?, rief Valentina voll Hoffnung. – Ich kenne den Namen und die Wohnung eines Arztes, erwiderte die Zofe, von dem die Leute sagen, er wisse Mittel, sich vor allen Gebrechen und vor jeder Art Ansteckung zu schützen. Manche sagen ihm nach, er bereite auch Gifte, die spurlos töteten, fügte Margareta Silbe für Silbe hinzu, aber das ist wohl verleumderisches Geschwätz, denn nie gelang es, ihm dergleichen nachzuweisen. Valentina solle sich also nicht davor fürchten, ihn aufzusuchen. Der Name des Arztes laute Luminioni. Und sie gab ihr sein Haus an, soweit sie es zu beschreiben wusste.

In derselben Nacht noch zog Valentina ihre alten Kleider an, dass sie wieder das Aussehen eines Landmädchens annahm, führte ein Pferd, dem sie nur Zaumzeug, keinen Sattel anlegte, heimlich aus dem Stall und ritt eilends der Stadt zu. Der Zofe hatte sie weisgemacht, sich eine jener vorbeugenden Arzneien verschaffen zu wollen; in Wirklichkeit aber war sie entschlossen, sich mit einem der Gifte zu versorgen, von denen Margareta, als glaubte sie selbst nicht daran, ihr berichtet hatte. Anfangs machte ihr Vorhaben ihr selber noch bang, als aber die kalte Luft der Winternacht, die Valentina reitend durchschnitt, ihr Haar auseinanderwarf und ihre Wangen rötete, als sie spürte, mit welch festem Willen ihre festen Hände die Zügel hielten, glaubte sie sich bei denen, die ein Recht auf ein freies Leben haben, und beschwichtigte ihr Gewissen damit, dem todkranken, blinden Grafen seine unausweichlichen Qualen abzukürzen. In der Stadt angelangt, führte sie das Pferd durch die dunklen Gassen; doch sogar in der Stille fern dem Tag fühlte sie, dass in den Häusern das Leben nur schlafe und zum Greifen nah bloß darauf warte, das ihre, immer wache ebenbürtig in sich aufzunehmen.

Margareta hatte gut beschrieben. Fast ohne Fehlgänge fand Valentina das Haus des Arztes. Hinter einem Fenster brannte flackernd ein Licht. Da überwand sie rasch ihre Scheu und ließ den Türklopfer schwer gegen das Holz an der Pforte fallen. Ein hagerer, doch stattlicher, schwarz gekleideter Mann öffnete bald. Seine kleinen Augen, im Schatten unter der vorragenden Stirn, musterten Valentina geschwind von oben nach unten. Ihr wollt zu mir?, fragte der Mann mit weicher, freundlicher Stimme. Valentina aber stand eine Weile sprachlos und würgte an den Worten. Ihr seid hier schon recht, ich bin Doktor Luminioni, fuhr er freundlich fort, nahm Valentina leicht am Arm und führte sie über die Schwelle, durch Einlass und Flur in ein karges Gelass, darin nichts stand als ein Schreibpult mit einer Kerze vor dem Fenster und, kaum sichtbar in der Lichtlosigkeit, ein dunkler, schwerer Schrank.

Ihr war, als erwartete der Arzt sie und kennte sie längst schon und auch ihr Geschick. Unter aufmunternden Blicken Luminionis, der sich wie ein Magister hinter dem Pult postiert hatte, löste sich Valentinas Erstarrung. Ihre Herrin habe sie, als ihre Magd, hierher gesandt, da sie gehört habe, dass er sich auf die Zubereitung verschieden wirksamer Mixturen verstehe. – Sie sah ihm einen bangen Moment lang in sein Gesicht, doch hatte sich seine Miene, während sie gesprochen hatte, in keinem Zug verändert. – Kurz und gut, schloss Valentina bündig, dort, woher sie komme, wisse man gewiss, dass er auch spurlos wirkende Gifte zu mischen verstehe, und sie sei beauftragt, ein solches gegen eine hohe Summe sich von ihm geben zu lassen.

Noch immer hatte der Blick Luminionis sich nicht verwandelt. Tief sah er Valentina ins Gesicht, die sich nicht einschüchtern lassen wollte und ihm keck zurück ins Auge sah. – Gesetz, all dem wäre so: wie kann ich sichergehen, fragte er dann langsam, indes gelassen, dass Ihr Euch in Wahrheit nicht verstellt, um als Spionin mich an die Obrigkeit zu verraten? – Valentina, betreten, wusste keine Antwort. – Nun, sprach er leichthin, ich kann Euch versichern: ich weiß es aus unzweifelhafter Quelle. Viel weiß ich; auch viel von dem, das Ihr mir so ungeschickt zu verbergen sucht. – Valentina senkte den Kopf und meinte bei sich, dass der Arzt sie durchschaut habe, noch bevor sie an seine Tür gepocht hatte. Er aber lächelte ihr einverständig zu, trat an den Schrank auf der anderen, dunklen Seite des Zimmers, öffnete ihn (ohne dass Valentina beobachten konnte, wie) und entnahm einem der Fächer (Valentina erkannte nicht, welchem) eine Phiole, die er ihr übergab. Aufmerksam und mit heimlicher Gier betrachtete sies: Das violette Fläschchen enthielt ein

Pulver, so fein, dass es sich beinah wie eine Flüssigkeit wirbelnd bewegte, wenn sie es schüttelte.

Lasst Vorsicht und Sparsamkeit walten, wenn Ihr es verwendet, riet Luminioni mit kundigem Blick.

Da griff nach Valentina eiskaltes Grauen. Bebend langte sie aus der Tasche ihres Rocks eine Börse hervor, warf sie, dass die Münzen schwer darin klirrten, aufs Pult, und stürzte, als verfolgten sie Scharen von geisterhaften Spießgesellen des finstern Arztes, aus dem Haus, hastete wenige Gassen entlang zu ihrem Pferd, das sie an einem Brunnengitter angebunden hatte, und wagte während des ganzen Ritts heimwärts nicht, hinter sich zu sehen.

3

Das Gift verfehlte seine Wirkung nicht. Valentina hatte den Diener, der dem Grafen sein karges Mahl vorsetzen sollte, für wenige Minuten mit einem Auftrag fortgeschickt und dann unbemerkt die Substanz unter die Speisen gemengt. Den Grafen verließ daraufhin im Lauf weniger Stunden alle Kraft, er legte sich nieder, sprach bald nicht mehr und gab noch in derselben Nacht den Geist auf. Die herbeigerufenen Ärzte erschienen zu spät; sie untersuchten den Leichnam, fanden aber keinerlei Anhaltspunkte für irgendeinen schlimmen Verdacht und folgerten, das Herz des Kranken habe versagt, durch den immer rascheren Fortschritt des Übels beständig überfordert.

Valentina vermochte kaum zu verbergen, wie sehr der Umstand, erlöst zu sein, sie plötzlich entflammte. Kaum dass der Tote mit diskretem Pomp in die Gruft gesenkt war, ließ sie das Gesinde den nötigen Hausrat zum Umzug ins glanzvolle Stadthaus rüsten, das sie sogleich der jungen feinen Welt und der Ungezwungenheit liebenswürdiger, begüterter, müßiger Menschen öffnete. Zwar flüsterten sich die Damen der wohlhabenden Familien manches Gerücht und manches zweifelnde, voreingenommene Wort zu: und spintisierten darüber, warum wohl die schöne, jugendliche Witwe nicht einmal ein Viertel des Trauerjahrs habe hingehen lassen, bis sie sich, wenn auch mit Geschmack, ihrer Vergnügungssucht hingebe. Dafür waren die Männer, junge wie reife, ihrer fabelhaften Schönheit und ihrem gewandten, wiewohl nicht beugbaren Wesen völlig ergeben. Bald wurde ihr Palazzo zum Sammelpunkt der fähigsten Künstler und freigiebigsten Mäzene; bald auch gewann Valentina, stets gefolgt von einer weiten Korona verliebter Verehrer, Einlass in die Häuser der geachtetsten und einflussreichsten Familien. Kaum ein Abend sah sie nicht im Theater, und hinterher tanzte sie bis in den Morgen auf den elegantesten Bällen, oder sie lud ihrerseits zu prächtigen Gesellschaften ein, die nicht selten zum Stadtgespräch auf V.s Straßen und Plätzen, ja auf den Märkten taugten. Große Summen verwandte sie auf teure Kleider aus schweren, erlesenen Tuchen, und manche Stunde war Valentina beschäftigt, durch Waschungen mit Eselsmilch und Anwendung morgenländischer Salben ihre Schönheit zu erhalten und zu vermehren; denn sie wusste wohl, wie verführerisch ihre unvergleichlichen weißweichen Hände, ihr reines, von blassem Glutrot durchlohtes Gesicht auf jeden Herrn, der sie nur kurz ansah, wirkte.

Doch sie erbleichte in jähem Schrecken, als sie eines Morgens kleine Fältchen um Augen und Mund ihres Spiegelbilds gewahrte. Ängstlich versuchte sie, durch vermehrtes Aufbringen von Pudern und anderen Pflegemitteln ihrer Haut den glatten Anschein zurückzuerstatten. Doch mit jedem Tag, ja jedem Blick in den Spiegel musste sie vermerken, wie sich die erst kaum auffindbaren Schatten tiefer und tiefer eingruben. Hatte sie womöglich beim Umgang mit Luminionis Gift unbemerkt ein Quäntchen in sich selbst aufgenommen? Endlich kerbten sich am Hals und an den herrlichen Händen immer tiefere Runzeln ein, und Valentina, die der zunehmenden Entstellung ihres Körpers hilflos zusehen musste, fand verzweifelt keinen anderen Ausweg, als sich schließlich von allem gesellschaftlichen Treiben zurückzuziehen und sich vor den Menschen zu verbergen. Noch nicht einmal der Zofe, Margareta, gestattete sies, ihr beim Baden oder Ankleiden aufzuwarten, denn selbst vor ihr wollte sie die abscheuliche Verwandlung verbergen. Als am ganzen Leib die Haut vollends schlaff und farblos, die Wangen grau und hohl, die Hände mager und schrundig geworden waren, schloss sie sich gänzlich in ihr Zimmer ein, damit niemand, schon gar nicht die Dienstboten, sie mehr sahen.

Nachts aber fieberte sie oft vor heißer Sehnsucht, die Straßen der Stadt zu durchstreifen und über die Plätze zu wandeln. Dann verhüllte sie sich in dichten Gewändern, zog Handschuhe über und verschleierte ihr Gesicht mit einem schwarzen, kaum durchsichtigen Tuch, rief Margareta und verließ, scheu um sich blickend, das Haus. In heimlicher Eile, eng an die Mauern gedrückt, durchschlich sie stundenlang die nächtliche

Stadt, beständig in der Angst, entdeckt, gestellt, erkannt zu werden. Noch mehr wuchs ihre Furcht, als sie, bald nach den ersten Steifzügen, jedes Mal, wenn sie erschöpft heimkehrte, ihrem Hause gegenüber die hohe, vermummte Gestalt eines Mannes erspähte, die unbeweglich zu ihr hinzustarren schien. Margareta, verängstigt befragt, ob sie wohl wisse, was es mit der Erscheinung auf sich habe, behauptete ausweichend, sie könne keine Auskunft geben.

4

Eines Nachts aber, als Valentina, von einer ihrer endlosen Wanderungen mit der Zofe heimkehrend, wieder die schattenhafte Gestalt wahrnahm, glaubte sie, im unvermittelt aufblendenden Schein des durch die Wolken brechenden Mondlichts das Gesicht Luminionis zu erkennen. Schnell schickte sie Margareta ins Haus, fasste Mut und trat zu dem Arzt. Ohne zu zögern, fragte sie streng, warum er ihr allnächtlich erscheine. Er gab, kalt lächelnd, zurück, er behalte sie seit ihrer Ankunft in V. schon im Auge, denn bei ihrem ersten Zusammentreffen habe er in ihren Blicken den Tod gesehen und gleich erfasst, wer sie sei. So wollt Ihr Geld von mir erpressen?, herrschte Valentina den Arzt an und blickte ihm voll wilden Zorns ins Gesicht. Ich weiß, Ihr seid krank, erwiderte Luminioni, und wenn ich von Euch Geld annehme, so nur, falls Ihr mir gestattet, Euch mit meiner allerdings unbezahlbaren Kunst beizustehen. Sie aber leugnete und hieß ihn sich zum Teufel scheren – bis er, mit einer einzigen kleinen Bewegung der Hand, den Schleier von ihrem Gesicht wischte und, ohne den galanten Blick zu verändern, ihre greisenhaften Züge durchmusterte. Da schwieg sie, gelähmt vor Schmerz und Scham. Dann aber folgte sie ihm wortlos zu seiner Wohnung.

Dort eröffnete er ihr: er wolle eine neuartige Operation an ihr vornehmen, an deren Gelingen er viele Jahre hindurch gearbeitet habe; durch eine seiner Drogen werde er sie für etliche Stunden in einen tiefen, schmerzlosen Schlaf versetzen; sodann, für sie unspürbar, das Gesicht von der Haut befreien; alles Fleisch von Stirn, Wangen und Kinn abtragen und nur die unentbehrlichsten Muskeln und Bänder, namentlich jene, die den Kiefer bewegten, verschonen; schließlich eine Maske aus tönerner, weiß glasierter Substanz, die all ihre Gesichtszüge, zu unirdischem Liebreiz gesteigert, trage, über Schädel und Halsausschnitt decken und unmerklich mit dem Ansatz des Haares verbinden. Aber achtet darauf, so ermahnte er sie zum Schluss, dass die Maske den Rest Eures Lebens erhalten bleiben muss. Zerbricht sie, gibt es kein Mittel, eine zweite auf dem Schädel zu fixieren.

Valentina war, solange der Arzt sprach, von Schaudern ergriffen und zögerte, die Prozedur über sich ergehen zu lassen. Bedenkt auch, dass ich eine volle Börse von Euch fordern werde, fügte Luminioni hinzu. An Geld freilich fehlte es nicht. Also überwandt sich Valentina endlich und stimmte zu.

Der Arzt führte sie hinab in die tiefsten Keller des Hauses, wo in einem von zahllosen Kerzen und Blendlaternen hell erleuchteten Gewölbe sein Laboratorium gelegen war. In einer Nische hieß er Valentina hinter einem Vorhang sich entkleiden und reichte ihr, die sich schamhaft Arme und Hände vor ihre Blößen hielt, einen kurzen, leinenen Überwurf, sich damit zu bedecken. Dann deutete er auf einen mächtigen, von reinen Tüchern bedeckten Tisch und half ihr, sich darauf zu legen. Valentina spürte jeden Stoß ihrer hämmernden Pulse, als schlüge einer in ihr auf eine Trommel, und die Furcht vor dem ihr unabsehbaren Erfolg der Behandlung raubte beinah die Sinne. Doch sie verstand, dass sie wohl nichts als ihr Leben mehr zu verlieren habe, nahm den mit einem Betäubungsmittel gefüllten Becher aus der Hand Luminionis und leerte ihn in einem Zug.

Als sie zu sich kam, fand sie sich, gestützt von dem Arzt, aufrecht sitzend vor einem Spiegel. Ein matt glänzendes Gesicht sah sie an, das ihr fremd schien und doch vertraut, mehr noch, verwandt: denn ihre eigenen Züge trug es, verbrämt indes mit einer Anmut, wie sie ihnen zuvor nie zu eigen gewesen war, klar die schimmernde Stirn und der Mund voll taktvollen Entgegenkommens, wie geschaffen für gescheite Worte und noblen Genuss. Luminioni war noch damit beschäftigt, den Wangen mit feiner Salbe hauchzarte Röte aufzutragen.

Gefallt Ihr Euch?, fragte der Arzt. Valentina aber war vor ihrem eigenen Zauber sprachlos geworden. Sorgt nun, riet Luminioni und übergab ihr etliche Döschen und Büchsen, Eurem Gesicht durch maßvolles Auftragen dieser Schminkfarben ein natürliches Aussehen zu verleihen, und hütet Euch vor Stürzen und Stößen.

Noch eine kleine Stunde abschließender Zurichtungen, und Valentina verließ das Haus des Arztes, als draußen die Stadt schon im hellen, warmen Mittag lag, und sie genoss es, wenn ihr junge Galane lang nachsahen.

5

Nicht lange danach öffnete Valentina die lange verriegelten Portale ihres Palazzos mit einem Ball, der an Pracht alles Gekannte zu überbieten suchte. Sofort galt sie als das einnehmendste und begeisterndste, wenn auch unantastbarste Geschöpf, das je in V.s Sälen getanzt hatte. In einem hochgeschlossenen Kleid delikatester Machart, mit weißseidenen, spitzenbesetzten Handschuhen hatte sie sich ihren Gästen gezeigt, doch so, dass keine Stelle ihres Körpers unbedeckt blieb außer dem Gesicht. Ihren Gästen, die kaum anderes vermochten, als sie hingerissen anzuhimmeln, erklärte sie, lange sei sie krank gelegen und habe, in ihr Geschick sich ergebend, alle Besucher von ihrer Pforte abweisen lassen; nun aber fühle sie sich völlig genesen und wiederhergestellt. In den folgenden Tagen sprach die Stadt über wenig sonst als über die aufsehenerregende Herrlichkeit der jungen Gräfin G. Den Damen zwar fiel es nicht immer leicht, ihren Neid angesichts solchen Ebenmaßes zu unterdrücken, und sie meinten, etwas Kaltes, Starres, Puppenhaftes auf Valentinas Teint zu entdecken; die Herren aber wollten sich vom Anblick der außerordentlichen Süße und Holdseligkeit in ihrem Gesicht nicht losreißen. Auf jedes Bankett, zu jeder Festlichkeit begleiteten sie Scharen von Anbetern, und es fanden sich in dem Schwarm überspannte Knaben so gut wie Greise, die nicht anstanden, sich ihr zuliebe zum Narren zu machen. Und allerdings legten

199

ihr zugleich Männer von Stand und Stolz ihre Huldigungen und ihre Schätze zu Füßen. Sie aber blieb allzu offener Zudringlichkeit gegenüber kühl und höflich abweisend, erwarb sich bald den Ruf einer unentrinnbaren Sirene, die mit ihren Kavalieren nicht selten gefühllos, ja grausam spiele und doch keinen von ihnen erhören wolle. Wirklich durfte nicht einer sich rühmen, er habe ihr Gesicht je liebkost oder auch nur berührt.

Nach einem durchfeierten Winter griff neuerlich die Lustseuche des Karnevals um sich mit unwiderstehlicher, die Sinne peitschender, die Vernunft abwürgender Hand, und Valentina warf sich mit nicht zu stillender Gier und lodernder Leidenschaft ins überschäumende Treiben. Kein Maskenball, keine Redoute, auf der sie sich nicht sehen ließ. Durch Nächte und Tage tanzte sie und sog, als wärs ihre Luft zum Atmen, Beifall und Bewunderung in sich ein. Auf dem üppigen Fest eines goldschweren Aristokraten ließ sich ihr ein junger Kaufmannssohn, Andrea mit Namen, vorstellen, und sie überraschte sich selbst dadurch, dass er ihr vom ersten Anblick an in einem Maße gefiel, das sie taumeln ließ. Sogleich trachtete sie, ihrer sichtlichen Erregung Herr zu werden, rief sich zur Ruhe und zog ihn in eine charmante Unterhaltung, die viele Stunden lang anhielt. Auch er räumte rühmend ein, von ihrem unvergleichlichen Anblick verzaubert zu sein; anders aber als den anderen falle es ihm nicht schwer, sie ohne Begehren zu betrachten, denn er sei verständig genug, sich keinerlei Hoffnung darauf zu machen, eine einzigartige, heiß umworbene Frau wie Valentina je für sich gewinnen zu können. Folglich wisse er sich für jetzt und immer frei von einem Kummer, wie Sehnsucht nach ihr ihn zwangsläufig bereiten müsse.

Der ungewohnt freimütige, zugleich beherrschte Ton, in dem der junge Mann mit ihr und über sie sprach, zog Valentina eigentümlich an, denn Andrea verzichtete auf jede Schmeichelei und gestand ohne Scheu, was er im Innern meinte. Schon glaubte sie, eine Ahnung von Liebe zu ihm zu verspüren. Darum schlug sie ihm vor, sich mit ihr auf eine weitere Stunde aus dem Lärm des Palasts in den weitläufigen Garten zurückzuziehen, zu dessen sacht durchschienenem Nachtgrau eine von Fackeln erhellte Freitreppe die leicht zur querende Barriere bildete; weit ungestörter lasse sich dort in der Unterhaltung fortfahren. Andrea, freudig erstaunt über so viel unvermutete Zuwendung, stimmte freudig zu, und Valentina lud ihn ein, sie in wenigen Augenblicken an einem Brunnen des Parks zu erwarten; sie wolle sich nur kurz noch entfernen, um ihre Toilette zu ordnen.

Ungeduldig eilte sie aus dem Saal, suchte sich durch Gänge und Flure, bis sie einen menschenleeren Winkel und dort einen Spiegel fand, und sah um sich: niemand beobachtete sie. Hastig streifte sie die Handschuhe von den klauenartigen Händen, betupfte Stirn und Kinn mit Puder und rötete Lippen und Wangen mit der Schminkfarbe, die Luminioni ihr ausgehändigt hatte. Und kaum, dass sie noch wenige widerstrebende Strähnen ihres kunstvoll getürmten Haars zurückgesteckt hatte, flog sie schon wieder die Korridore zurück, durch den Saal, vorbei an den Tanzenden und über die flackernden Licht- und Schattenspiele der Treppe in den bergenden Schummer des Gartens. Andrea erwartete sie bebend am vereinbarten Ort. Valentina hielt ihm die Hand hin, er beugte sich, um sie zu küssen – und stieß sie mit einem Aufschrei des Ekels zurück. Denn im Licht des Mondes erkannte er die knorrig verdorrten, aufs Skelett abgemagerten Totenhände Valentinas, die, nachdem sie sich geputzt und im Spiegel gemustert, vergessen hatte, die Handschuhe wieder überzustreifen. Am ganzen Körper zitterte Andrea, als er, der binnen Augenblicken die Zusammenhänge durchschaute, mit abscheulich verzerrtem Gesicht seine Hand hob, sie zögernd Valentinas Gesicht näherte und ihre steinkalte Wange berührte. Dann sah er auf die rote Farbe, von der an den Spitzen seiner Finger geblieben war. Die Mienen voll heilloser Bestürzung, wich er von Valentina zurück, die schreckstarr und stumm alles hatte geschehen lassen, und mit dem plötzlichen Schrei eines Irrsinnigen floh er durch den Park, als hetzten ihn Dämonen, bis er im Schwarz zwischen Bäumen und Hecken verschwand.

Jetzt erst löste sich Valentinas Betäubung. Mit bitteren Tränen in den Augen stürzte sie durch den Garten, auf das Schloss zu, erreichte es, drängte sich unter den erstaunten Blicken der Tanzenden durch den Ballsaal; verließ den Palast, duckte sich durch die Straßen und Gassen und erreichte endlich, mit wirren Haaren und aufgelösten Kleidern, ihr Haus. Als sie die schwere Tür hinter sich zuschlagen hörte, stolperte sie, endlich laut aufschluchzend, die Stufen der Treppe hinauf und in ihr Schlafgemach. Dort ließ sie sich auf den Sessel vor dem Frisiertisch fallen und starrte ins Spiegelglas vor sich. Ihr Bild lächelte ihr entgegen, vertraut, mehr noch, verwandt, aber fremd, während sie zusah, wie Tränen aus den Augen sich über das kalte Gesicht ergossen und das sorgfältig aufgelegte Wangenrot verwischten, bis es in nassen Bändern über das Kinn wie Blut in ihren Schoß troff. Sie sah auf die sorglose Glätte der Stirn und die geistvolle Noblesse ihres Munds und erkannte, dass nichts davon sie selbst war. Ihr Spiegelbild sah ihrem immer heftiger werdenden Weinen zu, wie ein vollkommen unbeteiligter Zwilling, der keinen Trost spenden mag. Das Entsetzen überwältigte Valentina, und da eine Onyxschale, die, mit kleinen Schmucksachen gefüllt, auf dem Tisch vor ihr stand, das Erste war, was ihre alte Hand tastend erreichte, so schmetterte sie diese zwei-, dreimal gegen die gefühllose Maske, bis deren Trümmer auf die Tischplatte und den Fußboden klirrten. Wie aus kurzer Ohnmacht erwachend, hob Valentina den Blick und sah sich im Spiegel den Knochen ihres grauenhaft zerfressenen Schädels gegenüber, in dessen schwarzen Höhlen die Augenkugeln vor Raserei rollten.

Sie brach zusammen und blieb auf dem Boden liegen. Margareta und Luminioni, seit Langem miteinander im Bund, fanden sie und entsetzten sich nicht. Drei Tage noch lebte Valentina, von starkem Fieber aufs Bett geworfen, wie blind unter einem Tuch, das die Zofe ihr über den Kopf gelegt hatte, und sah keine Zukunft mehr für sich. Dann erbarmte sich Margareta und gab ihr ausreichend von dem Gift des Arztes, dass sie dankbar, schnell und ohne viel Schmerzen zu spüren verendete.

TUN UND LASSEN

Gib dir keine Mühe. Wir haben dich. Du gehörst auch zu ihnen.

Nein.

Aber einer wiederholte: Du gehörst zu ihnen. Du warst auch im Moor.

Sie brauchen mich nur anzusehen, um es zu wissen, dachte er.

Sehen Sie sich nur an.

Sie müssen mich für einen von ihnen halten, dachte er. Er strich sich durch das schmutzige, klebrige Haar, das ihm lang ins Gesicht hing, fasste an die feuchtkalte Stirn, rieb in den krustigen Augenwinkeln.

Glauben Sie mir, sagte er kraftlos.

Sie gehören dazu. Alles spricht gegen Sie, sagte einer von ihnen laut.

Es waren merkwürdige Menschen: zwei Männer und eine Frau. Sie war nicht mehr jung, aber schön, und die dick gerahmte Brille passte seltsamerweise zu ihrem feinen Gesicht. Das Haar trug sie straff nach hinten gekämmt, aber es hatte sich aus den Kämmen gelöst, mit denen es festgesteckt gewesen war, und nun standen über den kleinen Ohren buschige Locken vom Kopf ab.

Hören Sie uns zu!, schrie ihn der eine an.

Entschuldigen Sie, sagte er zerstreut. Er verstand sich ja selbst nicht, dass er es jetzt, in seiner Lage, fertigbrachte, eine Frau zu begutachten. Wie ein Ort zum Ausruhen schien sie ihm. Bisher hatte sie noch nichts gesagt. Aber er sah: sie verfolgte das Verhör ganz genau, oft musterte sie ihn, manchmal starrte sie ihm in die Augen, dass er gezwungen war, den Blick zu senken. Das war bisher nicht vielen gelungen.

Du leugnest natürlich, schnarrte der andere. Aber du wirst alles sagen, alles. Verlass dich drauf.

Die Männer kamen ihm ununterscheidbar vor. Dabei war der eine groß und untersetzt, der andere kleiner, dünner, der eine trug einen Kinnbart, der andere hatte ein glattes Gesicht – aber er, er unterschied sie kaum. Es fiel ihm schwer, auseinanderzuhalten, wer welche Frage gestellt hatte.

Sie sollen uns gefälligst zuhören, schrie der eine.

Und der andere: Du hattest dich im Moor versteckt, so viel ist sicher. Sieh dich nur an. Wer war noch dabei?

Antworte!

Wer?

Der eine duzte ihn. Das war das Einzige, worauf er seine Aufmerksamkeit lenken konnte: einer, der, der ihn duzte, sprach leiser, der andere schrie, redete ihn aber mit Herr und Sie an. Er sah auf die Frau, und ihre großen runden Augen hielten ihn wieder fest und waren ganz nah. Er schämte sich dafür, dass er so dastand, die Hose völlig verdreckt und an beiden Knien zerfetzt; einen Schuh hatte er verloren, seine Zehen sahen durch weite Löcher in dem verfilzten Wollstrumpf.

So hat das keinen Sinn, sagte der eine Mann zum andern und setzte sich, lehnte sich zurück und sah wie von fern geringschätzig auf ihn. Lass uns mit ihm in den Keller gehen.

Wir machen Sie mürbe, auch Sie, drohte der andere. Sie werden sich wundern. Sie ahnen gar nicht, was Sie sich ersparen können. Jetzt noch.

Wenn du erst einmal unten im Keller bist …, fügte der erste leise hinzu.

So kriegt ihr mich nicht, dachte er. Schon viele wollten mir drohen. Er hatte schon in vielen Kellern gesessen. Schon viele hatten ihn geschlagen und manche gemartert. Noch immer war er entkommen. Er hatte immer überlebt.

Einer drückte einen Klingelknopf. Die Flügeltür des kahlen Raumes öffnete sich. Zwei andere Männer gingen auf ihn zu, nahmen ihn an den Armen, fast sanft, so wollte ihm vorkommen, und zogen ihn vom Stuhl hoch.

Draußen könnte ich vielleicht … , dachte er. Vielleicht, dass es mir gelingt, einen der beiden … ? Damals war es nur einer gewesen. Der hatte zwar ein Messer getragen. Das war aber kein Problem gewesen. Und jetzt? Den einen zu Boden werfen? Die Überraschung ausnützen? Ihm die Waffe aus der Hand reißen? Und der andere? Ihn mit der Waffe in Schach halten?

In der Tür sah er sich um, mühsam über die Schulter, denn die beiden zogen ihn rasch mit sich in den dämmrigen Gang. Die Männer hinter dem Tisch hatten die Köpfe zusammengesteckt und sprachen. Die Frau stand am Fenster, schaute hinaus und zog ein wenig am Saum ihres Jacketts. Dann plötzlich sah sie noch einmal hin zu ihm.

Lächelt sie etwa?, fragte er sich. Aber er musste sich irren. Warum sollte sie ihm zulächeln? Sie gehörte zu ihnen. Als er sie jetzt noch einmal sah, für ein, zwei Sekunden, bevor der eine von den beiden, die ihn fortführten, mit dem Stiefelabsatz der Tür einen Stoß gab, dass sie krachend ins Schloss fiel – als er sie da noch einmal sah, dachte er: Nie werde ich hier herauskommen. Sie werden mich töten.

Im Gang war es kühl. Während der vergangenen Tage hatte er erbärmlich gefroren, in seinem zerrissenen Hemd und mit der dünnen Jacke darüber. Die hatten sie ihm bei der Durchsuchung auch noch ausgezogen und nicht wieder zurückgegeben. In dem kahlen Raum, den er gerade verlassen hatte, sorgte ein eiserner Ofen für Wärme; fast als angenehm hatte er darum das Verhör empfunden, wie schon das zuvor, und manchmal schien es ihm, als müsste er sich zwingen, sich daran zu erinnern, dass es dabei wohl um sein Leben ging.

Wo bringen sie mich hin?, überlegte er.

Sie führten ihn die Treppe hinunter, eine breite Treppe mit schmalem eisernem Geländer. Jetzt mit ganzer Kraft nach links stoßen und versuchen, den einen von den beiden aus dem Gleichgewicht … ? Zu riskant? Nichts hatte er zu verlieren. Aber er überlegte noch und wusste doch schon, dass er es nicht versuchen würde. Er überlegte, bis sie zu dritt gemeinsam, fast einträchtig nebeneinander hergehend, den Treppenabsatz erreicht hatten. Einer zeigte denen, die hier Wache hielten, einen Zettel, dann gingen sie weiter, einen kurzen Gang entlang, dessen hohe Fensterbogen auf einen weiten, kargen Hof sahen. Hier ließ der eine seinen Arm los, ging noch ein paar Schritte und bog um ein Mauereck; später schlug eine Tür zu. Der andere drängte ihn an die Wand, lehnte sich bequem hin und begann, eine Zigarette zu drehen. Jetzt vielleicht? Sein Bewacher war groß und trug eine Lederjacke, die zusätzlich die ohnehin mächtigen Schultern betonte. Gelassen hob er den Arm, um sich die Zigarette anzuzünden.

Wie kann er einfach so dastehen, immerhin drei Meter entfernt von mir? Wenn ich jetzt losliefe?

Der andere sah ihn an, ausdruckslos, keinesfalls zornig oder gewaltbereit.

Wie kann er so dastehen? Vielleicht wartet er nur darauf, dass ich zu fliehen versuche. Natürlich: es wäre für sie das Einfachste. In der Lederjacke war die Pistole.

Er stand auf und wollte sich umdrehen.

Sitzen bleiben, brummte der andere mit nur halb geöffneten Lippen. Die Zigarette schwankte. Etwas Asche schneite herab.

Ich will nur aus dem Fenster …

Sitzen bleiben.

Er ließ sich wieder auf den Heizkörper nieder.

Der andere hatte nicht einmal das Standbein gewechselt und lehnte weiter lax gegen die Wand, die Daumen unter den Hosenbund geschoben. In der Jacke war die Pistole. Er drehte den Kopf über die Schulter und schielte aus dem Fenster. Da gab es nichts zu sehen: der Hof draußen und die vier festen Gebäude, die ihn lückenlos umschlossen. Dem Fenster gegenüber war die Einfahrt, gut bewacht. Zwei Posten standen da und unterhielten sich mit einer alten Frau. An manchen Stellen war das Pflaster aufgebrochen, und ihm fiel auf, dass es in der Mitte des Hofes besonders

schadhaft war. Hier hatte, in einer erdigen Ausspa-
rung, einmal ein Baum gestanden, das erkannte er,
und er strengte seine Augen noch mehr an; die Wur-
zeln hatten die Steine wohl hochgestemmt. Milchig-
weiß über allem der Himmel: eine unterschiedslose,
einförmige Masse. Seit Tagen sah er so aus; manchmal
hatte es geregnet, dünn und kalt, dann hatte er seine
Jacke über den Kopf gezogen, wenigstens ein paar
Minuten länger war er so trocken geblieben, bis die
Nässe den Stoff durchdrungen hatte und ihm durchs
lange, strähnige Haar troff. Aber noch tiefer ins Ge-
strüpp? Die Dornen waren zu scharf gewesen, und
außerdem musste er ja weiter nach allen Seiten Ausschau halten können ...

Er gab sich einen Ruck, um die Erinnerungen abzuschütteln. Je weniger ich daran denke, desto weniger
wahrscheinlich ist es, dass ich mich und die andern
verrate. Warum gibt er mir nicht auch eine Zigarette?

Er drehte seinen Kopf wieder nach vorn. In der
Schulter machte sich kurz ein ziehender Schmerz breit,
und die Augen taten ihm weh vom angestrengten
Nach-hinten-Schielen.

Ich möchte ein bisschen auf und ab gehen, sagte er,
ohne sich zu rühren.

Würds nicht versuchen. Die Zigarette zappelte, und
ein Ascheflöckchen schwebte zu Boden.

Mich friert.

Nicht mein Problem.

Die Fliesen sind eisig. Ich hab einen Schuh verloren.
Meine Füße sind kalt. Das sagte er nur, um überhaupt
etwas zu sagen.

Der andere dachte schon nicht mehr daran, ihm zu
antworten, und schaute unerschütterlich auf ihn.

Irgendwo wurde eine Tür geöffnet und wieder geschlossen, eine Stimme sagte:

Verstanden,

und der andere von den beiden kehrte ohne Eile zurück, trat zum ersten und flüsterte ihm ein paar Worte zu. Der ließ die Zigarette aus dem Mundwinkel fallen, trat sie aus, winkte mit dem Kopf und sagte harmlos:

Komm.

Wohin?

Komm.

Ihn fröstelte. Zu dritt gingen sie den kurzen Gang zurück, den sie gekommen waren. Er genoss die Bewegung, aber er stellte sich vor, wie er dabei wohl aussah: humpelnd mit nur einem Schuh, in weiten Schritten daherstolpernd zwischen den beiden, die ihn an den Armen hielten, mit lockeren Griffen, die allerdings spüren ließen, dass sie jederzeit bereit waren, beim leisesten verdächtigen Zucken unbarmherzig zuzupacken.

Als sie an der schweren Tür ankamen, die zum Hof führte, ließen sie die Frau an sich vorbei, die ihn im Verhörzimmer so eindringlich gemustert hatte. Zügig kam sie die Treppe herunter, mit strengem Gesicht, festem Schritt und in angespannter Geradheit, als beträte sie bei einem offiziellen Anlass die Tribüne, um zu einer Versammlung zu sprechen. Sie gab sich den Anschein, die Männer nicht zu bemerken, mit leichter Drehung des Körpers schob sie sich an den dreien vorbei und lief dann rasch über die Stufen ins Freie.

Wer ist sie?, fragte er.

Komm.

Sie brachten ihn in eines der Seitengebäude, zogen ihn die Treppe in den Keller hinunter, einen langen, schmalen Gang entlang, der von ein paar nackten Glühbirnen beleuchtet war. Frostig überlief es ihn, und er versuchte, sich zu erinnern, ob das Furcht war. Vielleicht auch wars nur die klamme Luft. Mit dem bloßen Fuß trat er patschend in eine Wasserlache, und mit dem Kopf stieß er hart gegen ein niedriges Rohr unter dem brüchigen Putz der Decke. Plötzlich hielten die beiden an, einer öffnete eine niedrige Tür und stieß ihn hindurch.

Er stürzte. Seine Hände griffen in schmierigen Schmutz, sein Kopf schlug auf Holz. Er erkannte nichts. Es war fast dunkel, und seine Augen gewöhnten sich nur langsam. Der Schreck hatte ihn starr gemacht, er blieb liegen in misstrauischer Erwartung. Ein Ort zum Ausruhen. Es roch nach Urin. Er tastete um sich. Der Boden war aus Stein oder Beton, rau, feucht. Seine Füße berührten die Tür, und wenn er die Arme ausstreckte, erreichte er mit den Fingerspitzen die gegenüberliegende, roh verputzte und abblätternde Wand. Seine Finger zerkrümelten lockeren Kalk. Sein Herz schlug hart gegen den Boden, auf dem er wie gelähmt lag, und weil er durch den Mund atmete, sah er Dampf vor sich aufnebeln in dem blauen, dumpfblassen Licht, das von irgendwoher einfiel.

Er riss sich zusammen. Mit den Knien auf den Boden gehockt; sammeln, was an Erinnerungen da war an Gefängnisse und Gefangenschaften. Keine zwei Meter über ihm ein niedriger, vergitterter Fensterschlitz, der draußen wohl unmittelbar aus der Erde sah. Aufstehen. Umsehen, katalogisieren, was zu erkennen war. Die Zelle etwa zwei Meter hoch, von quadratischem Grundriss. Jetzt Geduld aufbringen, bis sich die Augen ganz an die Dämmerung gewöhnt hatten. Unter dem Fenster ein schmaler, lehnenloser Hocker auf drei niedrigen Beinen. Ein Blecheimer in der Ecke neben der Tür. Den Raum durchmessen: mit nicht einmal drei Schritten. Was noch erkunden? Wie spät? Er streckte sich und spähte aus dem Lichtschlitz: über dem Hof dämmerte es; das hieß im November: spätestens halbfünf. In weit weniger als einer Stunde würde es draußen vollends dunkel sein. Und drinnen? Er sah zur Decke: die Zelle hatte keine Lampe. Drinnen auch.

Das war, was ihn umgab. Nichts gab es nun noch auszukundschaften. Jetzt befand er sich in jenem Keller, vor dem der Bärtige ihn gewarnt hatte. Oder war es der andere gewesen? Und er wusste, dass dies hier nur der erste von vielen Räumen war, ein leerer, stiller Raum, und dass in den anderen Räumen Torturen und furchtbarer Schmerz auf ihn warteten. Er legte die Hände an die Wand, stemmte sich dagegen und spannte die Muskeln. Er rieb die Hände und das Gesicht. Er sprang, um sich zu lockern und überhaupt zu fühlen, von einem Fuß auf den andern. Ihm war kalt, als hätte er in Eiswasser gelegen, und Frostschauer liefen wie Fieberwellen über seinen Leib. Mit einem Fuß rückte er den Schemel zurecht, stellte sich darauf und sah aus dem Fensterschlitz. Die zwei Polizisten an der Hofeinfahrt standen nun an den Seiten des Tores.

Was für ein Anwesen war das nur? Kein Gefängnis, das stand für ihn fest. Er sah über den Hof, soweit ihm das gelang. Vor das niedrige Fenster, aus dem er spähte, waren Gitter montiert, die aber wohl nicht schon immer da waren, und auch ein paar ähnliche Fenster an den anderen Gebäuden waren vergittert. Jeweils im Hochparterre und in den übrigen Stockwerken waren die Fenster nur schwarz, hinter manchen hingen einfache Gardinen, oder es waren Jalousien heruntergelassen. Um ein ehemaliges Sanatorium könnte sichs handeln, oder um ein aufgelassenes Internat. Er legte die Hände um die Stäbe und zog und schob. Das Gitter bewegte sich ein wenig. Offenbar waren die Stäbe einfach in den Verputz eingelassen. Er könnte versuchen, das Gitter aus der schwachen Verankerung zu stemmen. Aber war die Öffnung weit genug, um sich anschließend hindurchzuschieben? Wenn er stecken blieb? Wenn die Posten ihn bemerkten? Und trotzdem: was hinderte ihn, es einfach zu versuchen? Er hatte nichts zu verlieren. Womit war zu rechnen, wenn er blieb?

Sie würden wiederkommen. Neues Verhör, diesmal aber eines von anderer Art. Vielleicht kämen die beiden von vorhin, und der mit der Zigarette würde

Komm

sagen, wie vorhin. Würden Sie ihn zum dritten Mal die Treppen hinauf führen, in den Raum mit dem Ofen und mit den zwei Männern und mit der Frau? Dann würde ihn die Wärme freundlich wie einen Bekannten empfangen wie schon das letzte Mal, seine Hände würden allerdings zu kribbeln und zu jucken beginnen, und er, der sich doch vor nichts geschämt hatte, würde sich wahrscheinlich nun endlich schämen, weil die Frau wieder auf seinen durchlöcherten Strumpf sehen würde und auf die schmutzige Hose. Aber viel wahrscheinlicher war doch, dass sie ihn in einen der anderen Räume hier unten im Keller brachten, ihn auf einem Stuhl oder Tisch festbanden, dass sie die Nadeln, Klingen und Zangen ... und die Drähte und die elektrischen Batterien ...

Er ließ das Gitter los, was zunächst kaum gelingen wollte, denn seine Hände umklammerten die Stäbe wie während eines Krampfs. Mit dem Fuß stieß er nach dem Schemel, dass er in einen Winkel krachte. Auch in den Hosentaschen wollten die Hände nicht warm werden und nicht zu zittern aufhörte. Er stand. Der Abend kam.

Er stand und wagte kaum, sich zu bewegen. Manchmal rieb er den Fuß, dessen Schuh verloren gegangen war, am Hosenstoff über der Wade des anderen Beins, aber er wurde nicht warm. Den Kopf hatte er zwischen die Schultern gezogen, er wollte nichts sehen und wusste nicht einmal, ob er die Augen geöffnet hatte oder geschlossen. Es war dunkel, erst recht in seinem schmerzenden Kopf. Krampfhaft zog sich sein Magen zusammen. Vierundzwanzig Stunden ohne etwas zu essen. Oder wars länger? Er nahm eine Hand aus der Tasche und tastete nach der Wand. Mit kleinen Schritten suchte er nach einer Ecke, lehnte sich hinein und ließ sich den schrundigen Putz entlang langsam zu Boden gleiten. Warum hatte er nicht gleich gegen die Tür getreten, als sie ihn eingeschlossen hatten? Warum hatte er sich nicht dagegen geworfen und mit Fäusten darauf geschlagen? Warum hatte er nicht geschrien, wie Gefangene zu tun pflegten, wie man es von seinesgleichen erwartete? Warum schrien andere nicht. Konnten sies, zurückgebracht aus den anderen Räumen, denen mit den Messern, Zangen und Drähten, nicht mehr? Oder war er allein hier im Keller? Wie viele waren sie? In der Zelle neben der seinen: war da noch eine? Und war da noch einer?

Über den Hof liefen Schritte, ein paar Rufe drangen bis zu ihm hinunter. Aber er machte sich nicht die

Mühe, sie verstehen zu wollen. Rasch kam das mürrische Pulsen eines schweren Motors näher, ein Lastwagen bog in den Hof ein, die Kegel seiner Lichter fuhren blitzartig durchs Gitter, und Streifen aus Licht und aus Schatten flitzten über die Wand. Ein Getriebe krachte. Dann verstummte der Motor.

Er dachte: Ich werds nicht versuchen. Müde war er, einfach zu müde, und der bloße Gedanke, die Gitter herausbrechen zu sollen, sich in die Öffnung zu zwängen, sich an den Mauern blutig aufzuschürfen, war ihm zuwider. Wenn es nur wärmer wäre. Licht schien ihm weniger wichtig. Er dachte: Wenns nur ein wenig wärmer wär. Nacht war es, er wusste nicht, wie spät, und er wollte an die Frau im strengen Jackett denken und darüber einschlafen. Er musste schlafen, unbedingt, und die Frau sollte ihm dabei helfen. Schon oft hatte er es in aussichtslosen Situationen über sich gebracht, einfach wegzudämmern. Er hatte Angst, wirklich schreckliche Angst, das konnte er nicht länger leugnen, und wie jedes Mal, wenn es ihm so erging, fürchtete er, dass die Angst ihn nicht würde einschlafen lassen. Die Frau musste helfen. Die Knie zog er ganz nah an den Körper, legte die Arme um die Unterschenkel und ließ den Kopf auf die Knie sinken. Hart drückten sie an seine Stirn, und er nahm wahr, wie schlecht er roch. Seit wie vielen Tagen war er nicht aus den Kleidern gekommen? In welchem Schmutz hatte er mit ihnen schon gelegen? Er spürte, dass er vor Dreck starrte. Wie sollte sie ihn erkennen, ihn, in diesen Lumpen, mit getrockneter Erde und Öl im Haar, dem im Straßenschlamm braun geriebenen Gesicht, mit den zerschundenen Nägeln an den Fingern?

Ein paar Mal wachte er auf, weil ihn fror und weil die Glieder schmerzten. Die Luft war feucht und modrig wie ein Lappen. Dann dachte er wie von selbst:

… du musst hier fort du wirst das Gitter herausbrechen du überwältigst den Posten du hast in vielen Kellern gesessen immer bist du entkommen du hast immer überlebt …

Aber das waren nur noch die Formeln einer stummen Litanei, die er selbst nicht mehr hörte.

Er schreckte auf, kurz bevor sie ihn holten. Er hob den Kopf, zwang sich, die verklebten Augen zu öffnen, und versuchte, sich zu rühren. Nicht gleich wollte das gelingen. Die Gelenke widerstanden knackend. Er saß eine Weile, schwerfällig, wie an den Boden gebannt, ohne Orientierung, dann spuckte er aus neben sich.

Dann klatschte der Riegel, und sein Bewacher von gestern trat in die Tür, sagte:

Komm,

mit wippender Zigarette, und wartete, bis er sich hochgedrückt hatte. Draußen stand der andere. Sie nahmen ihn zwischen sich, die Hände leicht um seine Arme gelegt, und zogen ihn mit sich, mit Schritten, die zu groß für ihn waren, den Kellergang entlang, aber nicht zu den Klingen, Zangen und Drähten, sondern die Treppe hinauf.

Wohin …

Warts ab.

Er dachte: vielleicht zum Verhör? Und er spürte schon die Wärme des Ofens, der Frau. Durch die hohen Fensterbögen im Gang nahm er wahr, dass es draußen zögerlich hell wurde. Das hieß im November: vielleicht sieben. Seine Glieder waren steif gefroren. Er stolperte. Auch die Bewegung machte sie nicht wärmer. In den Hof, dachte er; vielleicht führen sie mich in den Hof, ins Freie. Ein Wort, das leichtsinnig nach Freiheit klang. Vielleicht ist das die letzte Gelegenheit. Tatsächlich gings durch die Tür hinaus und die Stufen hinunter aufs Pflaster. Einmal strauchelte er: hart griffen die Hände der anderen in seine schlaffen Arme, beider Schritt stockte für eine Sekunde.

Gehts?, fragte der mit der Zigarette.

Im Tor stand ein niedriger Lastwagen mit Kofferaufbau. Da hinein stießen sie ihn und kletterten dann hinterher. Er erkannte noch, dass die Tür des Gebäudeflügels, aus dem sie gerade gekommen waren, offen stand. War sie da nicht irgendwo? Sie? Sah vielleicht aus dem Fenster? Und lächelte nicht gar? Ein Unsichtbarer schlug von außen die Wagentüren zu. Drinnen kam es ihm vor wie in der Zelle: klamm, kalt und düster. Über seiner Schulter und ihm gegenüber waren Lichtschlitze in den Wänden. Der Motor sprang an. Der Wagen ruckte. Und fuhr.

Ein paar Mal versuchte er, aus den Schlitzen hinauszuspähen. Alles war grau draußen, weiß fast, und dünnflüssige Wolken nebelten zwischen ein paar laublosen Bäumen. Aber sie fuhren nicht lang. Beim Moor hielten sie an. Der eine schob sich eine Zigarette zwischen die Lippen. Dann wurde die Tür von außen geöffnet, die beiden sprangen hinaus, und der mit der Zigarette streckte den Arm nach ihm aus, sagte sein

Komm

und bewegte fordernd die Finger. Da sprang auch er hinunter. Frost lief über seinen Rücken.

Lauf jetzt. Eine Ascheflocke schneite von der Zigarette.

Erst zögerte er noch. Dann lief er ein Stück nach vorn. Und hielt inne. Lauf! Und lief weiter, müde. Und blieb stehen. Lauf! Und stolperte vorwärts. Die Gelenke taten sehr weh. Lauf! Er war, für zwei, drei Sekunden, im Freien. Ein Ort zum Ausruhen. Du läufst, dachte er, du läufst wirklich. Und es nahm einfach kein Ende. Erst als ein Schuss fiel, dachte er:

Jetzt haben sie dich.

DER GEMACHTE MANN

Geschichte von einem,
der mit niemandem mehr sprechen konnte

IM AUTO HIELT ER DAS STEUER FEST, und wenn er hoch beschleunigt hatte, ließ er nur noch wenige Gründe dafür
gelten, herunterzuschalten. Er überholte gern und
machte auch auf langen Strecken wenig Pausen. Für
die Landschaft um sich hatte er kaum einen Blick.
Wenn seine Frau ihn auf etwas Schönes hinweisen
wollte, sagte er ihr, er müsse sich auf die Straße konzentrieren. Er fuhr meist nur große Wagen und wechselte in den Marken gerne ab. Meist leaste er die Autos,
wobei er es verstand, durch lange und ermüdende
Verhandlungen die Gebühren kräftig zu drücken. Das
verbuchte er wie einen Triumph. Seine Frau stand bei
solchen Gelegenheiten meist abseits irgendwo in den
Händlerbüros, blätterte in den verschiedenen Autoatlanten und Straßenkarten, fuhr mit dem Finger über
die Broschüren mit Werbung für Navigationsgeräte
oder Tipps zur Pannenselbsthilfe und machte sich,
wenn das Feilschen gar kein Ende nehmen wollte,
langsam daran, nach der Toilette zu suchen.

*SEINE MUTTER SEI SCHMAL UND SCHMÄCHTIG GEWESEN, und er
wisse nicht, wie sie ihn so überhaupt habe gebären können. Und sein Vater sei allen durch seine Wortfaulheit*

aufgefallen und habe schlampig gesprochen. Er hingegen,
das dürfe er wohl selbst von sich sagen, sei mitunter er-
staunt über seine Eloquenz und Ausdrucksgenauigkeit
und könne darum nicht verstehen, wie jemand wie sein
Erzeuger auch nur im Mindesten dafür mitverantwort-
lich sein solle.

KURZ BEVOR SIE DIE AUTOBAHNAUSFAHRT ERREICHTEN, führte er ihr
breit aus, wie er sich seine neue Tätigkeit als Kulturre-
ferent vorstelle. Dazu holte er weit aus und berichtete
von grundsätzlichen Zielen und Aufgaben, von den
mancherlei Verpflichtungen bei allen möglichen offiziellen Gelegenheiten, hob aber auch persönliche Möglichkeiten, private Vorteile für sich und sie hervor, die
mit der prestigeträchtigen Anstellung verbunden sei-
en. Konzeptionell denke er an viel Innovatives, an
zugkräftige Events und ganze Veranstaltungsreihen,
förmlich an eine Gliederung des Jahrs mittels kulturel-
ler Rahmenprogramme. Sein vornehmliches Anliegen
sei die Auswahl einiger, vielleicht gar nur weniger
befähigter Mitarbeiter, die ihm auch persönlich nahe-
stehen könnten; was besonders darum notwendig sei,
weil er unbedingte Loyalität seinen Vorstellungen und
Methoden gegenüber für eine Voraussetzung erfolg-
reichen Arbeitens halte.

DAS SEIEN NUR SO DAHINGESAGTE PHRASEN: auf die Menschen
zugehen, mit Leuten auskommen. Schlichtweg die Un-
wahrheit sage, wer behaupte, es gebe Leute, mit denen
man einfach nicht reden könne. Nicht das Sprechen-
Können, das Sprechen-Müssen halte er für das Merkmal,

das den Menschen über alle belebte Natur hinaushebe. Der Begriff der Sprachlosigkeit: auch nicht mehr als ein Gemeinplatz, eine Formel für einen Inhalt, den es nicht gebe. Sprachlos sei nicht der Einzelne, der nichts zu sagen wisse; sprachlos könnten immer nur – und stets nur vorübergehend – mehrere gemeinsam sein: zwei zum Beispiel, die einander, jeder der Sprache des andern nur unzureichend mächtig, nicht verstünden. Landläufig bestehe die Ansicht, er wisse das, solche Missverhältnisse kämen häufig vor. In Wirklichkeit seien sie kaum vorstellbar; denn stets stelle sich zwischen zwei Menschen eine Art unmittelbarer Auseinandersetzung ein: immer kommunikativer, wenn auch seltener argumentativer Natur.

BIS IHRE WOHNUNG BEREIT STAND, mussten sie eine Woche lang in einem Hotel unterkommen. Er nannte es kleinstädtisch wie die ganze Atmosphäre des Orts. Sie bezogen ein großes, behagliches Zimmer, fast eine Suite, aber den ersten Nachmittag über, als sie das Notwendige aus den Koffern ausgepackt hatten, wussten sie nicht recht, was sie mit der Zeit anfangen sollten. Er nahm einige Bücher zur Hand und sah kurz hinein, aber er las nicht. Seine Ruhe, hinter der sie Gereiztheit wusste, beängstigte sie ein wenig. Sie schlug ihm einen Spaziergang in die Innenstadt vor, um die neue Umgebung kennenzulernen, er aber lehnte ab, indem er angab, es könne jeden Augenblick zu regnen beginnen. Sie hatte allerdings den Eindruck, der Himmel sehe recht freundlich aus; aber sie widersprach nicht. Dann redeten sie nur noch sehr wenig miteinander. Als sie einmal hinausging, bat er sie, in der Halle eine Flasche

Bier für ihn zu bestellen. Bis der Abend kam, das fiel ihr auf, wandte er kaum einmal den Blick nach ihr, und als es ganz dunkel wurde, er aber nicht danach zu verlangen schien, zum Essen ins Restaurant zu gehen, bemerkte sie, dass es ihm manchmal genügte, sich unter Menschen zu wissen, indem er bei Dämmerung aus dem Fenster sah und beobachtete, wie nach und nach in den Nachbarhäusern die Lichter angingen.

FÜR GRENZEN HABE ER KEIN GEFÜHL, er spüre sofort, wenn er an irgendeinem Ziel angekommen sei, sehe aber keinen Grund, nicht immer noch weiter zu wollen. Glück als einen Endzweck für sich ansehen und anstreben zu sollen, falle ihm darum nicht ein. Jeder derartige Zustand sei nur ein kleines Beispiel, kaum ein Fragment von dem, was ihm das Leben insgesamt heiße, nur ein kleiner Platz auf dem Ganzen, keineswegs etwas Vollständiges, nicht bleibend, nicht absolut. Sich Glück zu schaffen: im Schaffen liege der Wert solchen Glücks, nicht in diesem selbst.

DAS ERSTE GESPRÄCH MIT DEM BÜRGERMEISTER verlief überraschend kühl, zumindest neutral, fürs Erste nicht fruchtlos, indes auch nicht vielversprechend – eher: glimpflich. So jedenfalls sagte er es ihr. Sie spürte, dass ihn solcher Einstand nicht zufriedenstellen konnte. Sie aber beschied sich damit, wenigstens endlich zu wissen, wo und mit wem und an welcher Aufgabe er zu arbeiten anfange und dass sie demnächst in ihre Wohnung würden wechseln können. Als er lange vor den Koffern stand und die Hemden, die Anzüge und Krawatten prüfte, fasste sie sogar wieder Hoffnung. Aber eine Verdrossenheit spürte sie in ihm, nach deren Ursache sie sich lange nicht zu fragen getraute. Als sie vor dem Zubettgehen noch etwas trinken gingen, berichtete er ihr, man habe ihm zwei Herren vorgestellt, die ihm künftig zur Hand gehen sollten. Er schätze derlei vollendete Tatsachen nicht, monierte er, denn er habe sein eigenes System, über die Eignung eines Mitarbeiters Bescheid zu bekommen, er kontrolliere lieber rechtzeitig und selbst. Später, als sie die Betten aufschüttelten, musste sie lächeln: sogar sein Gurgeln im Bad hatte energisch geklungen, weil er sich geärgert hatte.

ZWISCHEN BLOSSEM WUNSCH, *ernstem Bestreben und endlich der Tat bestünden jeweils große Unterschiede, und es gehöre mehr dazu als Sammlung und Willenskraft allein, die Vorstellungen, die man von sich hege, Wirklichkeit werden zu lassen. Dazu bedürfe es eines Vermögens im doppelten Sinn des Begriffs: ein Vermögen wie einen Vorrat, wie ein Guthaben an Möglichkeiten und den Überblick über sie; und ein Können, die Fähigkeit, aus jenem Reichtum immer besonnen, doch stetig zu investieren in die Gelegenheiten, die sich einem böten.*

MITUNTER SAH SIE UNGLÜCKLICH DREIN, und irgendwann nahm er es wahr und sagte, er könne das gar nicht ertragen. Er sehe keine Ursache, sich über irgendetwas ernstlich Sorgen zu machen. Sie antwortete, sie sei nicht gekränkt, fühle sich nur oft allein, Bekannte fehlten ihr, Freunde wie die früheren, die zu Besuch kämen und die man besuchen könne. Indem er ihr die Hand auf die Schulter legte und in ihre Augen sah, sagte er, sie müsse warten können, das komme, noch seien sie nicht lange genug in der Stadt. Die offiziellen Anlässe, die sie ja immer wieder aufsuchen müssten, würden ihnen, sie werde schon sehen, reichlich Gelegenheit geben, Persönlichkeiten kennenzulernen, mit denen regelmäßig zu verkehren sich später lohnen könne. Wochenlang aber saß sie tatenlos in der Wohnung, deren Einrichtung sie sich, der Zerstreuung wegen, bis zur Pedanterie angelegen sein ließ, ersehnte schon am Vormittag die Stunde, da sie sich in der Küche an die Zubereitung der gemeinsamen Mahlzeiten machen konnte, und hatte gleichzeitig Angst vor der Öde des Nachmittags. Eine Arbeitsstelle für sie zu finden, die ihnen beiden angemessen erschien, wollte nicht gelingen. Sie wusste, dass er sich nicht in ihre Lage versetzen konnte: er hatte seinen Job, und sie sah, wie er geradezu krampfhaft täglich mehr in ihm aufzugehen versuchte. Oft blieb er bis in den Abend hinein in seinem Büro in der Stadt und hatte wohl auch wirklich zu tun. Aber von Tag zu Tag weniger beneidete sie ihn darum. Im Gegenteil: immer stärker wurde ihr Mitleid. Sie hätte es ihm gegönnt, wenn er seine ehrgeizigen Ideen hätte verwirklichen können, aber immer wieder – sie saßen nie zu Tisch, ohne dass er ihr davon berichtete – mahnte man ihn, die Begrenztheit der Mittel, der finanziellen vor allem, auch das Fehlen geeigneter Räumlichkeiten für seine teils monumental veranschlagten Projekte nicht zu vergessen. Sie fühlte, dass es ihm nicht genügte, was man ihm zu organisieren anbot. Immer häufiger geschah es, dass er mürrisch wurde und blieb, böse Worte sagte und bekrittelte, was ihm bisher Freude gemacht hatte.

EIN PROBLEM KENNE ER NICHT. *Er wisse nur von dem Problem: vom grundsätzlichen Stellenwert des Schwierigen, des Hindernisses im Dasein überhaupt. Verzweiflung vermeiden zu können, gehöre zu seinen vornehmsten Eigenschaften. Manchmal über den Dingen zu stehen und manchmal zumindest neben ihnen, gelte es zu erlernen: den Blick immer aufs Weitere gerichtet zu halten, eine Episode des Lebens nie als Ergebnis einer vorangegangenen zu begreifen, sondern stets als Voraussetzung für eine nächste.*

AUCH SIE BLÜHTE AUF, als er mit einer seit Langem nicht an ihm gekannten Freude daran ging, das Stück eines von ihm für hochtalentiert gehaltenen ortsansässigen Autors zu produzieren, wofür ihm eine Theatergruppe begabter Laien, die er darum nach Kräften unterstützte, geeignet erschien. Er nahm sie jetzt wieder öfter mit, wenn er jemanden aufsuchte, den er für die Organisation brauchte, und sie hatte den Eindruck, er urteile nicht mehr so hart über Menschen und Dinge, die er nicht kannte. Sein Aussehen frischte sich auf, die Mundwinkel gruben sich weniger tief ein, und das, was sie lange Zeit an Sturheit von seiner Seite erduldet hatte, schien sich zu Stolz und Stärke mildern zu wollen. Einige Tage vor der Premiere wurden seine Bewegungen hektisch, er redete wieder unbeherrschter mit ihr, und in den Nächten warf er sich halbschlafend im Bett herum, als ob er schlecht träumte. Die Aufführung geriet zur peinlichen Blamage: nach etwa einer Stunde begann das Publikum, unruhig zu werden, immer mehr Zuschauer fingen an, sich in Zimmerlautstärke auszutauschen, und auch ihm fiel auf – erst jetzt, und er wunderte sich darüber –, dass das Stück viel zu lang und im Grunde banal war. Der Applaus schließlich fiel mager aus, viele machten, dass sie hinauskamen, kaum dass es im Saal hell geworden war, und etliche von denen, die blieben, hatten ihren Spaß daran, so laut wie möglich zu pfeifen und Buh zu rufen. Am Tag darauf warf ihm der Bürgermeister vor, an einer Stadt wie dieser denkbar weit vorbeigearbeitet zu haben. Wenn er klug sei, solle er auf eine Wiederholung der Aufführung verzichten und sich nächstens enger mit ihm und dem Stadtrat absprechen.

DAS SCHÖNE SEI DIE LÜGE DER WELT. *Mit dem Schönen schmeichle sie dem Menschen, um sich ihm erträglich und, wenn irgend möglich, unentbehrlich zu machen. Es erwecke den Anspruch auf harmonische Ausgewogenheit. Er aber wisse sehr wohl, dass vermeintlicher Sinn und scheinbares Gleichmaß nur die Wiege künftigen Chaos seien. Aufgabe des Menschen sei es darum, sich durch das sogenannte Schöne nicht über den grundsätzlichen Makel an allem Bestehenden täuschen und davon abhalten zu lassen, alles an sich zu versuchen, um sich vom Mangelhaften zu unterscheiden.*

IN DER ERSTEN ZEIT hatte sie noch ein Vergnügen daran gefunden, gemeinsam mit ihm Empfänge, Bälle und andere Geselligkeiten zu besuchen. Immer öfter aber wurde ihr bald eine Qual daraus, denn von Mal zu Mal fiel ihr mehr auf, dass – während sie meist sogleich

Gelegenheit fand, sich mit irgendjemandem angeregt zu unterhalten – dort, wo er auftauchte, die Sprechenden einander kurz und erschrocken ansahen und das Gespräch ins Unverfängliche umschlug.

ER HÖRE DIE VORWÜRFE WOHL, *die gegen ihn – wie sollte es auch anders sein – erhoben würden. Sie kämen von Leuten aus ihm ganz fernen Sphären, keineswegs, und darauf lege er Wert, aus den Reihen der Stadtverwaltung, der wirklich Verantwortlichen und der Intelligenz. Die stillen Teilhaber, die selbstgenügsamen Beobachter an dem, was andere zustande brächten, seien ihm seit jeher zuwider. Die beschauliche Ruhe, die philiströse Ausgeglichenheit, die sich solcherlei an allen Entscheidungen Unbeteiligte erschaffen hätten, erwachse in den meisten Fällen aus sublimiertem Neid, der sich dann offen zu erkennen gebe, wenn sich besagte Menschen in gieriger Schadenfreude auf einen stürzten, der sich einmal einen Fehler erlaubt habe. Kunst und Publikum, der begabte Einzelne und die Öffentlichkeit – das sei ein paradoxer Gegensatz: jeder Teil auf den je anderen angewiesen und doch bis aufs Blut mit ihm verfeindet; eine Symbiose, die sich nur durch gegenseitige Duldung erhalte.*

WENN SEINE MITARBEITER zu ihnen in die Wohnung kamen, mussten sie oft lange bleiben und seinen ausgedehnten Stellungnahmen über den fatalen Zustand der sogenannten Zivilisation, den oft so faulen Zauber des Fortschritts, den Zusammenhang zwischen der Degeneration der Moral und der Orientierungslosigkeit der Kultur folgen. Einmal belauschte sie die beiden jungen

Männer, als sie sich unbeobachtet fühlten, und hörte, wie der eine zum anderen sagte, es sei wie immer nichts herausgekommen. Schonungsvoll verschwieg sie es ihm. Seine Mitarbeiter waren ihr sympathisch, besonders der eine, der sehr jungenhaft aussah und volles Kraushaar hatte, fiel ihr auf, weil er nie so blasiert neunmalklug sprach, wie es der andere manchmal für angebracht hielt. Sie suchte nach Gelegenheiten, mit ihm ins Gespräch zu kommen, und nach einigen Wochen spürte sie, dass sie ihm nicht ganz gleichgültig war. Einmal kam er, um Unterlagen zu bringen, und traf sie allein in der Wohnung an. Sie lud ihn zum Kaffee ein und bat ihn, es sich gemütlich zu machen, denn ihr Mann habe für einige Stunden das Haus verlassen. Sie unterhielten sich lange und schon nach wenigen Sätzen mit einer Vertrautheit, die ihr später – wenn sie daran zurückdachte, was sie gern tat – fast fahrlässig schien. Sie klagte nicht, aber sie ließ durchblicken, dass das Leben für sie nicht immer einfach sei. Ihr Mann habe seine festen Vorstellungen, und wenn sie sich einmal aussprechen wolle – worüber auch immer –, gebe er ihr nur selten Gelegenheit dazu, als ob er fürchtete, aus dem Plaudern in eine mühsame Debatte zu geraten. Da gestand auch der junge Mann, dass man dabei zusehen könne, wie während der oft umfassenden und gründlichen Vorträge ihres Gatten die Gesichter der Zuhörer eins ums andere sich nach und nach verschlössen und wie nach innen wegwendeten.

ER WUNDERE SICH: *offensichtlich brauche er nur dann keine Ausrufungszeichen, wenn er mit sich selber spreche. Er wisse sehr gut, dass er einigen in der Stadt unerträglich sei. Mit sich selber auszukommen: das sei das Ziel, das der Mensch mit einiger Anstrengung im Laufe des Lebens zu erreichen in der Lage sei. Ja, er scheue sich nicht zu sagen – auch auf die Gefahr hin, böswillig missverstanden zu werden –: sich selbst zu mögen, hoch zu schätzen. Freiheiten habe der Mensch ja kaum sich selbst gegenüber, das beginne mit der Geburt und höre im Alter nicht auf. Stets habe irgendwer die Hände auf einem, immer trage man die Vorwürfe Fremder auf den Schultern oder die Sorge, die ein anderer sich um einen mache. Zugriff von außen gebe es nur nicht – und auch dies gelte nur bei steter und genauester Umsicht – auf das wahrhaft Innere, auf das, was die Vorväter Seele genannt hätten: die gelte es darum als Kunstwerk zu gestalten, täglich neu zu schaffen und als einzig Eigenes in sich zu wissen.*

SIE VERSTEHE IHN NUR ZU GUT, bekannte sie ihm. Sie sei sich schon lang im Klaren darüber, dass seine Arbeit ihm nicht die Erfüllung verschaffe, die er sich am Anfang von ihr erhofft habe. Sie könne ohne Weiteres nachvollziehen, dass er sich verändern wolle. Wenn er sich aber wirklich entschließe, aufzugeben und die Stadt zu verlassen, wisse sie nicht, ob sie mit ihm komme. Also blieben sie. Nach ein paar Jahren sagte er einmal zu ihr,

ER KOMME SICH VOR wie ein Lohnschreiber ohne Lohn, wie ein anonymer Autor, der sich einen Namen gemacht habe.

DAS ENDE IST ALLES

Meine Gedanken waren ohne Bitterkeit
und ohne Ironie; mir erschien es nur tö-
richt, wegen so eines Lebens eine derartige Todesangst auszustehen.

Knut Hamsun,
EIN LEBENSFRAGMENT

Man lässt ihm keine Freiheit, weil er sich
erlaubt hat, früher anders gewesen zu
sein. Er wird sich nie und nirgends mehr
befreien können, von vorn beginnen können. So nicht. Er wartet ab.

Ingeborg Bachmann,
DAS DREISSIGSTE JAHR

Sind Sie verletzt?, fragt besorgt der junge Arzt im weißen Kittel und mustert ungläubig Philipps Körper,
vom Kopf bis zu den Füßen, sehr langsam, scharfäugig
forschend, aber ungläubig. Philipp steht unbeweglich,
fest, etliche Meter weit entfernt von den verbogenen
und qualmenden Trümmern des geborstenen Wracks.
Aus eigener Kraft ist er hierher gekommen, wo er jetzt
steht, so viel fällt ihm ein, wenn er genau überlegt.
Philipp sieht selbst an sich hinunter, das Kinn drückt
er aufs Schlüsselbein, um die Brust abzuforschen und
Bauch, Unterleib und Beine. Nach einer schmerzenden
Stelle sucht er so, nach einer, aus der Blut fließt, nach

einer Wunde, die das Ergebnis des eben Erlebten wäre. Aber da ist nichts von alledem. Zerrissen immerhin ist die Kleidung, zerfetzt, unbrauchbar, auch voll von grobem Schmutz, übersät von Ölflecken und den Krusten irgendeiner hellen, pulvrigen Substanz, von den Spuren verrotteten Straßendrecks. Und Philipp, immer noch stumm, schließt daraus, dass er aus dem Bus auf die Straße geschleudert worden sein muss, in hohem Bogen sogar, was ganz offenkundig sein Glück war; Zufall, dass er unversehrt blieb dabei. Sind Sie verletzt? Nein, eine Blessur ist nicht zu entdecken, der Körper lässt sich in all seinen Teilen fühlen wie immer. Philipp hebt den Arm, eine Bewegung wie tausend gleiche an jedem Tag, aber sehr bewusst ist sie ihm in diesem Moment, er besinnt sich ganz auf die winzige Anstrengung, die sie ihn kostet, auf den Befehl seines Gehirns, auf die Spannung in den Muskeln, auf das Tempo, mit dem alles geschieht. Und wirklich hebt sich die Hand: Glassplitter lassen sich mit ihr abklopfen von der hoffnungslos zerschlitzten Jacke, winzige Krümel, die in der schon tief stehenden Sonne des Nachmittags glitzern und funkeln wie kostbarer, durchsichtiger Staub. Sind Sie verletzt?, fragt der junge Arzt im weißen Kittel und lässt dabei das Blut unter Philipps Handgelenk gegen seine fühlenden Finger pulsen. Legen Sie sich hier hin. Die Füße hoch. Philipp will fragen: Warum? Doch er lässt es bleiben, weil er weiß, dass dergleichen zu geschehen hat in Situationen wie dieser, dass so etwas gesagt werden muss, wenn geschieht, wozu es eben gekommen ist. Liegend blinzelt Philipp nach oben, in den gemusterten Himmel, der eingefärbt ist in Blau und Rot und Gelb. Der Arzt hat sich in einen anderen verwandelt, eine Uniform trägt er jetzt, Krawatte, Dienstabzeichen, auf dem Kopf eine Schirmmütze. Auch die Stimme ist anders, die eines Polizisten: Sind Sie verletzt?, fragt der Polizist und schaut aus seinem schnauzbärtigen Gesicht vor dem bunten Himmel hinunter zum blinzelnden Philipp. Nach Philipps Namen erkundigt er sich und danach, was er beobachtet habe. Beobachtet? Nichts. Nein, nichts. Halb schlafend im Bus gestanden wie immer nach der Arbeit, mit ein paar unwiederbringlich verlorenen Gedanken beschäftigt. Aus dem Fenster gesehen. Ja, aus dem Fenster. Doch, vergegenwärtigt er sich unsicher und unzufrieden, der Zug, er habe ihn kommen sehen, für ein, zwei Sekunden. Vielleicht sich noch gewundert darüber, dass der Bus weiterfuhr, statt stehen zu bleiben. Nein, an den Aufprall erinnere er sich nicht, auch nicht an das Krachen und Bersten des tödlich getroffenen Busses, das doch furchtbar gewesen sein muss. Aber, vielleicht, an die Panik unter den Fahrgästen, an ein paar verzerrte Gesichter, Stimmen, wenn das weiterhelfe? Sinnlose Antworten, so kommt es Philipp vor, Antworten, nach denen er gar nicht gefragt worden ist. Lächerlich die Angaben über Heimadresse und Anschrift des Arbeitgebers, die eigene Telefonnummer, das Geburtsdatum; unpassend, weil dergleichen nichts zu bedeuten hat vor einer Kulisse wie dieser, wenige Meter weg von einem Trümmerfeld, von zerquetschten und zerfleischten Menschenleibern, von Verletzten, die vor Schmerzen schreien oder, wenn sie Glück haben, bewusstlos daliegen, von Feuerwehr und Rotem Kreuz und Technischem Hilfswerk mit ihren Fahrzeugen und den blitzenden und rotierenden Lichtern in Rot, Gelb, Blau. Und er spürt, als der Polizist gegangen ist und der junge Arzt auf sich warten lässt, dass von diesem Augenblick an alles nichts mehr zu bedeuten hat; oder etwas ganz anderes, weit weniger Wichtiges als bisher. Wie wenn ihn einer über den Kopf geschlagen hätte, so fühlt sich Philipp, als er mühsam aufsteht und langsam Schritt vor Schritt setzt, wie einer, der sich damit abgefunden hat, keinen Rat zu wissen; wie einer, dessen Platz nicht länger hier ist. Wie ein unbeteiligter Passant verlässt er das Inferno, und als er sich noch einmal umwendet, ist es, als ob der Ort von ihm zurückgewichen wäre und nichts zu tun haben wollte mit ihm. Zwei eifrige Zeitungsfotografen sind mit Aufnahmen des Wracks, der Toten, der Verletzten beschäftigt und beachten ihn so wenig, wies die fieberhaft tätigen Helfer tun. Philipp entfernt sich. Philipp hat überlebt.

Trotz des kalten Wassers auf dem Gesicht, trotz der beiden Klaren, die er kippt, um sie gleich wieder herauszuwürgen – Philipps Benommenheit weicht nicht, sie verstärkt sich noch. In seinen Kleidern, verwüstet und vom Schmutz der Katastrophe befleckt, legt er sich aufs Bett. Aber die Augen weigern sich, geschlossen zu bleiben, zurück weichen die Lider, wie wenn sie sich ins Innere des müden, bis zur Leere ausgeschöpften Kopfes wenden wollten. Überwach hat Philipp sich hingelegt, und wach bleibt er. Wie viel von seiner Zeit dabei vergeht, wird ihm nicht bewusst, obwohl er es beobachtet, ein paar Stunden lang, am aufenthaltslos vorwärtszuckenden Sekundenzeiger auf dem Zifferblatt des Weckers und an den bescheideneren Sprüngen der Minuten unter Glas. Immerhin ahnt er, dass sein flacher, regelmäßiger Atem nicht weniger mit der

Zeit zu tun hat als die zuckenden und springenden Hinweise der Zeiger, dass sein Atem sie nicht viel anders einteilt, unterbricht, zerschneidet. Aus seiner Kindheit ist ihm noch in guter Erinnerung, dass Zeit wie etwas unmessbar Endloses erscheinen konnte. Sechs Wochen Sommerferien waren, wenn sie begannen, eine nicht abzuschätzende Spanne und schier unerschöpflich in den unbekannten Möglichkeiten, mit denen sie lockten. Ein einziges Jahr zwischen Winter und Winter, zwischen Weihnachten und Weihnachten bot Platz genug für eine Fülle von grundlegenden Veränderungen, Entfremdungen und neuen Vertrautheiten. Fremd waren ihm seine Eltern, die von Tag zu Tag ihr immer gleiches Leben führten und es wie eine Kette nebensächlicher Abläufe dauernd wiederholten. Ihn als Kind konnte das nicht schrecken; denn zu weit entfernt dafür war ihm so ein Erwachsenen-Dasein; zu viel Unerlebtes noch war an jedem Tag, und so verspürte er keine Lust, sich vorzustellen, dass er sich vielleicht einst selbst derart imitieren könnte von Tag zu Tag, von Jahr zu Jahr, wie Vater und Mutter, für die er, ohne es recht zu wissen, ein ernstes Mitleid hatte.

Was ihm zuerst auffällt am Morgen, der endlich kommt, ist das seit Jahren Unauffällige seiner Umgebung – ist, dass sich in diesen zwei kleinen Zimmern nichts verändert zu haben scheint, nicht in den vergangenen Monaten und erst recht nicht in den letzten, mühsam durchwachten und durchschlafenen Stunden: da sind wieder die rauen Wände mit den grauen Staubschatten in den Winkeln und Ecken, die Bilder, die angeschlagenen Möbel, die Unordnung auf dem

Tisch. Alles, was sich auf jenen paar Quadratmetern aufzuhalten hat, ist da, nichts zeigt sich heute von einer anderen Seite als gestern. Die Tasse, aus der er allmorgendlich seinen Kaffee trinkt, ohne sie je gründlich auszuwaschen, klebt auf einem dunklen, eingetrockneten Ring, der Löffelstiel ragt heraus und lehnt sich gegen ihren Rand, und auf ihrem Grund sammelt sich hauchdünn brauner Bodensatz. Philipp gießt frisch gebrühten Kaffee auf die Reste des alten und beginnt – zwischen vorsichtig-gierigen Schlucken –, sich auszuziehen. Da erst wird er erinnert an die Veränderung: seine zerrissenen Kleider sind als Reste übrig geblieben von einem barbarischen Angriff, der sich weit entfernt zugetragen hat, der Philipp nichts hat anhaben können und doch mit ihm zu tun hat in dem Augenblick. Über einen Stuhl breitet er die Kleider, achtsam, und setzt sich im Bademantel auf einen anderen, ihnen gegenüber. Trinkt. Später – wenig später vielleicht, er kann es nicht sagen – sieht er sich selber über die Zeitung gebeugt, scheinbar ziellos blätternd, blind hinwegsehend über Nachrichten, Kommentare, Korrespondentenberichte. In großer Aufmachung und reich illustriert wird von seiner blutigen Stunde berichtet. Wort für Wort nimmt Philipp die Zeilen der ausführlichen Erzählung in sich auf, ohne dass sein Verstand an irgendeiner Formulierung hängen bliebe. Der Text: handelt von Zeit, Ort und Ursache des furchtbaren Unfalls; zählt die Toten; führt auf, in welche Krankenhäuser die Verletzten gebracht wurden; listet die Standorte von Spezialkliniken für Schädel-Hirn-, Rücken-, Gesichts- und Handverletzte auf. Einen Leichtverletzten lässt der gründliche Reporter als Augenzeugen Auskunft geben, schmerzverzerrt, und Eindruck macht weit weniger die authentische Beobachtung als die verworrene Dramatik der Schilderung. Kein Wort aber über die Unverletzten. Den Zeitungsspalten, die sich vor Philipp schmal und hoch türmen, sieht er an, dass sie über ihn berichten, über sein Leben und über das, was darüber entschieden hat; und doch erwähnen sie nirgends auch nur seine bloße Existenz. Unsichtbar, unahnbar bleibt Philipp für die zahllosen Menschen, die heute, jetzt seine Geschichte erfahren. Er legt die Seiten der Zeitung zusammen. Dass ihm etwas Ungeheures erspart geblieben sei, empfindet er, und er fühlt, dass es seine Pflicht sei, dankbar dafür zu sein. Aber er weiß nicht: wohin ihn richten, den Dank? Nicht an sich, der sich so wenig wie die Toten und Verletzten zu helfen wusste und Opfer war wie sie; aber auch an die Retter und Helfer nicht, denn er, unversehrt, hatte Hilfe nicht nötig. An den Zufall also oder das Schicksal oder an Gott? Vor vielen Jahren hatten Eltern, Lehrer und Geistliche ihm Religion vorgeführt, halbherzig die einen, die anderen pflichtschuldig, nichts aber hat sich davon erhalten, und die bloße Erinnerung daran vermag ihm keinen Rat zu geben, wie mit dem Tod umzugehen sei, den er überstanden hat. Dabei spürt Philipp: er hat ihn erkannt, gestern, den Tod; aber kein Schöpfer war zu sehen, niemand, der mit ihm für die kleinen Fehler seines Lebens und für die paar großen in ein gnädiges Gericht gegangen wäre. Sondern: *er ist sein eigener Herr, seit gestern Nachmittag erst ganz*. Ohne Weiteres wäre er bereit, sich unterzuordnen, fiel es ihm doch noch nie schwer, jemanden oder etwas zu dulden, das über ihm stand. Es ist aber niemand über ihm.

In der Werkstatt sprechen Philipps Kollegen über das Unglück. Nicht einer von ihnen ahnt, dass Philipp ein Überlebender ist, einer jener wenigen, von denen die Zeitung kein Wort verloren hat. Nichts also, dass es zu berichten gäbe; keine von den neugierig-munteren Fragen, vor deren bedrängendem Ton sich Philipp auf dem Weg zur Arbeit gefürchtet hat und auf die er keine Antwort wüsste. Und keinen Grund sieht er, selbst davon anzufangen wie mit einer Anekdote: keinen Grund, damit zu prahlen, davongekommen zu sein. Er spürt ja, dass sich aus diesem Ende, dem er unwillkürlich ausgewichen ist, viel mehr ergibt als nur eine Episode, empfindet, dass es jetzt und immer das Einzige sein wird, was Bedeutung haben soll in seinem Leben. In diesem Leben, von dem er bisher nicht wusste, wie lange es noch dauern würde; und von dem ihm nun nicht einleuchten will, dass es überhaupt noch enden soll, irgendwann. In ihm hält sich eine Gewissheit, dass es Grenzen für ihn nicht mehr gebe; nichts, das ihn noch belasten, ihm Sorge bereiten könnte. Mit souveräner Gleichgültigkeit schiebt sich Philipp am Schichtleiter vorbei, einem Menschen, der ihm seit Jahren übel will, lässt sich von seinem Blick treffen, spürt darin einen ununterbrochenen Groll, alt, wenn auch die meiste Zeit über verheimlicht. Zu denen gehört der Schichtleiter, vor denen Philipp sich in Acht zu nehmen gelernt hat: weil sie wetterwendisch sind und zugleich ungerecht. Auch heute erkennt Philipp, wie geduldig dieser Mann auf ihn wartet: um ihm heimzuzahlen. Nicht zum ersten Mal. Schon lange liegt zurück, wofür der Schichtleiter sich revanchiert, über ein Jahr ist vergangen seit dem nebensächlichen Vorkommnis. Damals hat sich Philipp, Mitglied des Betriebsrats, an die Geschäftsleitung gewandt, weil der Schichtleiter zwei ungeschickte Lehrlinge geohrfeigt hatte. Heute ist Philipp kein Betriebsrat mehr, aber noch ist die Wut des Schichtleiters nicht ausgebrannt. Plötzlich jedoch scheint ihr alles Beunruhigende zu fehlen, dieser Wut, von heute an, alles, was Philipp seither wachsam sein und möglichst jeden Fehler vermeiden ließ. Über seinem Kopf und seine arbeitenden Hände haben Maßregelungen und Nörgeleien keine Macht mehr, so wenig wie die Umstrukturierungen, die den Arbeitern in Kürze drohen. Über eine Welle von Entlassungen gehen Gerüchte, seit Wochen schon; in Fernost, so wollen manche wissen, hat das Unternehmen hochmoderne Maschinensysteme aufgebaut, Fabrikationsstraßen, die zwar viel neuen Platz brauchen, aber keine Menschen, von ein paar Ingenieuren abgesehen, die sie am Laufen halten. Die Stimmung unter der Belegschaft ist gespannt, explosiv sogar heute morgen; denn für den Vormittag ist endlich eine längst geforderte Betriebsversammlung angesetzt. Beruhigung erhofft sich keiner, Klarheit immerhin soll es geben. Philipp, trotz der um ihn herrschenden Aufregung, fühlt sich ohne Druck, zum ersten Mal seit Tagen; kaum dass er Antwort gibt auf Bemerkungen von Kollegen, auf die Fragen, was denn er sich erwarte von der heutigen Ansprache des Vorstandschefs. Niemand würde ihn verstehen, wenn er ihnen die Wahrheit sagte: dass er nichts befürchte, nichts erhoffe, nichts erwarte. In der Halle, wo sie später alle zusammenströmen, hält er sich abseits von den sich drängenden Gruppen, entfernt sich von den Gesprächen, in denen sich die Erwägungen und Argumente der vergangenen Tage und Wochen wiederholen, unverändert beinah, jetzt nur viel lauter, aggressiver. Die Arme hält Philipp vor der Brust verschränkt, immer steht er im Weg, immer wieder wird er angerempelt und gestoßen von eiligen Männern und Frauen, die sich nach vorn arbeiten zu einem rasch aufgeschlagenen Podium, möglichst nah an den langen Tisch mit dem Mikrofon, an dem sich gleich die Firmenleitung versammeln wird. Fremd, ja rätselhaft bleibt Philipp die Erregung, die unter den Leuten herrscht. Womit denn ist zu rechnen? Mit der Bekanntgabe erleichternder Sensationen etwa? Mit Gründen für das große Aufatmen? Philipp, die Arme noch immer vor der Brust, hat den Verdacht, als Einziger sei er in der Lage, die Lächerlichkeit des Vorgangs zu begreifen, der doch noch nicht einmal begonnen hat. Dass er hier nichts zu suchen habe, denkt Philipp, dass er überzählig sei bei dem demütigenden Spektakel, das seinen Anfang nimmt, als sich jetzt das Podium mit ernst, aber entschlossen blickenden Herren füllt. Einer von ihnen, klein und eher unauffällig, korrekt, aber nicht streng gekleidet, stellt sich vors Mikrofon; und nicht aus ihm, sondern aus zwei Lautsprechern links und rechts neben dem Podium kommen die guten Nachrichten, die er, die Nummer eins, zu verkünden hat: Dank der Betriebsleitung an jedes einzelne Mitglied des Personals; Lob, weil alle wissen, an welchen Platz sie gehören, damit das große Ganze reibungslos seinen Zweck erfüllt; die Belohnung dafür, die Bilanz des Unternehmens nämlich, die im laufenden Geschäftsjahr so günstig zu schließen verspricht wie selten zuvor. Unwiederbringlich schwirren eilige Umsatzzahlen durch die Halle. Weit weniger detailliert fallen die Andeutungen darüber aus, dass sich aufgrund solcher gesunder Gesamtverfassung des

Betriebs endlich Konzepte werden realisieren lassen, die vor ein, zwei Jahren noch als Luftschlösser gegolten und wie Zukunftsmusik geklungen haben, Pläne, die dem immer rationeller wirtschaftenden Unternehmen den Weg in eine hochtechnologische Zukunft weisen. Grund zum Stolz für uns alle, hört Philipp noch, als er sich langsam durch die Menschen nach hinten schiebt, dem Ausgang zu, und er weiß, dass von Entlassungen hier nicht mehr gesprochen, dass auf Fragen aus der verunsicherten Belegschaft mit ausweichendem Optimismus geantwortet werden wird. Philipp lässt das Spiel hinter sich, schließt leise das Tor der Halle und holt draußen Luft, so tief, als hätte er drinnen kein einziges Mal geatmet. Nach einem Schmähwort sucht er für all das, aber nicht einmal eine Anklage kann er unter seinen Gedanken finden und erst recht kein Aufbegehren, keinen Unmut. Was ihm vor Tagen noch vollkommene Ursache gewesen wäre für eine tagelange Lust zu kämpfen, lässt ihn jetzt wie eine Nichtigkeit kalt, nur in unbestimmbarer Ferne vermag er es zu erblicken, und winzig ist es dadurch geworden. Er raucht; bis sich das Tor öffnet und die Menschen aus der Halle strömen, langsam und in raschen Gesprächen, ohne auf den Weg zu achten und darum immer wieder einander anstoßend und voneinander abprallend. Dass er angeredet wird, hört Philipp, aber es kommt ihm vor, als sei er selbst sich als Einziger bekannt in der wie ein Gewässer bewegten und zerfließenden Menge. Belanglose Antworten gibt er, ohne nachher zu wissen, wie oft er sich wiederholt hat während des pausenlosen Wasmeinstdu; leichthin und inhaltslos entgegnet er, hochmütig dann und kurz, schließlich nur mit ein paar gereizten Worten:

Man solle ihn mit all dem in Ruhe lassen. Mitten unter den anderen, zieht er sich zurück, vorwärtsgeschoben von ihnen; lässt allein, die um ihn sind; und nimmt kaum mehr wahr, wie etliche hinter vorgehaltener Hand, doch provozierend deutlich vermuten, da sei wohl einer umgekippt, habe wohl die Fronten gewechselt und bringe nun seine Schäfchen ins Trockene, um rechtzeitig bei den Auserwählten zu sein, die im Betrieb überleben.

Vor Philipps Wohnungstür liegt ein Päckchen, als er abends nach Hause kommt; darin ein Buch und eine Geburtstagskarte zum Dreißigsten. Ein gleichaltriger Freund, anhänglich seit den schon fernen Schultagen, hat ihm, wie jedes Jahr, einen Band geschickt, ein gutes Buch, wie er von Mal zu Mal in seinen Briefen zu versichern pflegt; und wie jedes Jahr hat sich der treue Klasskamerad um ein, zwei Wochen verspätet mit seinen Glückwünschen. Umso herzlicher dafür formuliert er sie. Er lobt Philipp, weil der es verstanden habe, sein Leben einzurichten, allein und selbstbewusst, er freut sich für Philipp, der ohne Sorgen sein dürfe und frei, und er rät ihm, vorsichtig umzugehen mit seiner zu bedenklichen Grübeleien neigenden Wesensart, empfiehlt ihm, sich zu öffnen, nach Menschen zu suchen, nach einer Lebensgefährtin vielleicht. Wie sich die Briefe ähneln von Jahr zu Jahr, so unvermittelt sie auch immer wieder klingen, denkt Philipp lächelnd. Im Buch blättert er dann, spät erst besieht er den Einband mit dem Titel, fast gleichgültig, eine schmale Reihe kurzer Wörter, die ihm nichts verraten. Aber an das Buchgeschenk des vergangenen Jahres erinnert er sich, an die Gabe zum Neunundzwanzigsten – ein schmales Bändchen mit einer befremdlichen, schwierigen Geschichte: DAS DREISSIGSTE JAHR hieß sie und Bachmann die Autorin. Ein wenig erschrickt Philipp: dreißig Jahre, denkt er, und er denkt zurück. Das vergangene Jahrzehnt, in dem sich so viel gewandelt, begradigt oder seine Richtung aufgenommen hat: vier unabsehbare Jahre bei der Bundeswehr gingen zu Ende, in jämmerlicher Eintönigkeit hingebracht auf Befehl, entmündigt bis zur Willenlosigkeit, abhängig von anderen, auf die man sich verlassen musste; dann die Ausbildung unter einem schwachen, aber strengen Werkstattmeister; später die Fortbildung und die Abendschule, in der er sein Abitur nachzumachen versuchte und die er abbrechen musste, weil er sich abends um die kränkelnde Mutter zu kümmern hatte; und die kurze, schöne Freundschaft mit einem Mädchen, mit dem er vielleicht jetzt noch zusammen wäre, hätte sie sich nicht anders entschieden, für einen, der – wie Philipp sich einredet – besser verdient als er, obwohl er heimlich weiß: sie ist gegangen, weil ihr der andere, ein Ingenieur im Kraftwerkebau, Abwechslung bot und sie alle paar Monate in ein anderes Ausland mitnahm, von Australien nach Norwegen nach Israel ...; schließlich die kurze Frist der Arbeitslosigkeit mit ihrer überflüssigen, nach ausfüllender Gestaltung drängenden Freizeit, die er doch als wichtige Erfahrung zu verbuchen lernte; und die Stellung im Betrieb, die Leichtigkeit, mit der er, ohne es besonders darauf anzulegen, anerkannt wurde und immer beliebter unter den Kollegen wie bei manchen seiner Vorgesetzten. Dreißig Jahre, denkt Philipp, und wenn er ausschaut, hinein in seine Zukunft, von der er nichts wissen darf und die jetzt wie eine dauernde, unveränderbare Fortsetzung der Gegenwart droht, dann überzeugt ihn wieder der Verdacht, die Jahre, die noch kommen sollen, seien ein Guthaben, von dem es immer nur abzuheben gelte, ohne es auch vermehren zu können. Eine Selbstverständlichkeit, die einen erschrecken müsste, denkt er: leben heißt vom Kapital leben; noch dazu von einem unberechenbaren, weil nie offenkundig wird, wie lang es noch reicht. Kann da überhaupt ein Plan etwas anderes sein als Glücksspiel oder Spekulation? Kann einer da anders als sich verschätzen, falsch disponieren und bei ungeeigneter Gelegenheit investieren? Steht nicht immer am Ende zwingend der Bankrott? Und sollte sich das Kapital als üppig erweisen und lange vorhalten: machen sie einem nicht allerorten Angst, die leibhaftigen Zeugnisse solch schmerzlichen Zuviels, die mit ärztlicher Kunst erhaltenen Beispiele dafür, wohin solcher Reichtum führt, die Beweise, dass er Verfall bedeutet und Verlust und die Selbstaufgabe schließlich, die gnadenlos lange quälen kann? Die Furcht vor dem Altern stellt sich vor Philipp, deutlich und streng, heute zum ersten Mal. Aber in derselben Sekunde, da er sich so herausgefordert sieht, weiß er auch, dass diese Furcht ihm schon seit Jahren in den Knochen steckt, als nie eingestandener und stets rasch abgedrängter Schrecken, der in ihm aufzuckt, wenn er hilflose Greise beobachtet, die keinen Rat wissen, wohin sie sich wenden sollen mit dem unzuverlässigen Rest ihres Kapitals. Lebensabend: bösartig erscheint ihm das gutmütige Wort jetzt. Ja, Angst ist in ihm. Vor der Ungewissheit. Vor der Kürze der Tage, die ihm bleiben. Nur ein paar Handvoll Stunden zurück muss er blicken: waren unter den Opfern im verunglückten

Bus nicht viele in seinem Alter oder noch Jüngere, alle verlogen gewiegt in der verlorenen Sicherheit, mit noch fünfzig oder sechzig Jahren rechnen zu dürfen? Und doch hatte sich ihr Lebenskapital in Wirklichkeit erschöpft nach nur achtzehn, zwanzig, fünfundzwanzig. Philipp war nicht unter diesen. Zufall war sein Überleben vielleicht – oder vielleicht die zynische Auskunft über seinen Kontostand. Gibts da also noch etwas auf Philipps Haben-Seite? Aber keine Hoffnung lässt sich ziehen aus diesem Vermögen, in das er solcherart Einblick genommen hat; sondern Unruhe, eine stumme Panik erwächst ihm daraus. Der Tod im Bus – er hätte für Philipp wenigstens ein Ende allen Zweifels und Zwiespalts, aller Beklemmung bedeutet, ein Ende der angespannten Mutlosigkeit vor dem, was noch übrig sein mag. Ohne dass ihn graute, kann er sich ein rasch entworfenes Bild in seiner Fantasie besehen, das seinen leblosen Körper unter den anderen Leichen des Unglücks zeigt. Nicht darum, weil einmal der Tod kommen wird, entsetzt sich Philipp; er fürchtet sich, weil es noch gilt, weiterzuleben.

Zu Hause hält es ihn nicht mehr. Was ihn dort umgibt, das Unveränderte, das ihn bisher barg und ruhig machte, es vertreibt ihn jetzt, hinaus auf die Straße, dorthin, wo sich das Leben abspielt. Seit ein paar Minuten erst herrscht die Nacht völlig, und den Augen kommt das Licht aus den Autoscheinwerfern, aus den Fenstern der Häuser und von den Peitschenlampen am Straßenrand noch ein wenig fremd und unpassend vor. Philipp quert Kreuzungen, mal geht er geradeaus weiter, mal schlägt er eine neue Richtung ein, willenlos fast und ohne Ziel. Straßenzüge, Viertel und Blocks erreicht und durchquert er, die ihm vertraut sind oder an die er sich zumindest erinnern kann. Bald aber findet er sich in Gegenden, die ihm bisher unbekannt blieben. In Fenster wirft er ab und zu den Blick, verstohlen und nur für Sekundenbruchteile, in feine Wohnräume oder enge Küchen, in Büros, in denen emsige Menschen Überstunden machen, und in Kneipen, wo andere feierabendlich beieinander sitzen, Bier trinken und Schnaps, Karten spielen oder reden. An rot ausgeleuchteten Eingängen geht er vorbei und verhält den Schritt, bleibt gar stehen und studiert die Schaukästen, wie er es schon lange nicht mehr getan hat. Und seit Jahren zum ersten Mal wieder tritt er ein in ein solches Lokal: läutet an der Tür mit dem Messingschild *Club* darauf, lässt sich kurz durch den Sichtschlitz mustern von zwei Augen, zu denen kein Gesicht zu gehören scheint; und wird eingelassen. Drinnen: ein leichter, trüber Geruch nach Alkohol und Parfüm in der Luft, leise Gespräche von irgendwoher und das unbeteiligte Schweigen von ein paar Gästen. Die meisten sind Männer, vereinzelt und noch allein warten sie an schmalen Tischen oder am hohen Tresen der Bar, die durch die Mitte des Raums ein paar Kurven macht. Einen der hohen Hocker erklimmt Philipp, den bloßen Brüsten einer jungen, nicht mehr ganz frischen Frau gegenüber, die ihm eine kleine Flasche Bier serviert. Auf dem Großbildschirm ihr im Rücken spielt sich geräuschvoll eine rasende Begattung ab. Wenig später – der Bildschirm ist jetzt schwarz, und auf eine winzige Tanzfläche davor strahlt Scheinwerferlicht – tritt mit unbeholfener Vorsicht ein etwa achtzehnjähriges Mädchen auf, in glitzernder Wäsche, Strapsen,

Netzstrümpfen unter langem, gazeartigem Umhang. Musik ertönt aus einem Lautsprecher, aber der Tanz der Stripperin mag nicht recht damit zu tun haben, so dienstwillig hält sie sich an das Gebot der Langsamkeit, mit der sie Stück um Stück ihrer kargen Garderobe preiszugeben hat. In keines von den ersten Etablissements ist Philipp da offensichtlich geraten, keinen Anflug von Erregung spürt er in seinem Innern, dafür so etwas wie Mitgefühl, und als ob er dadurch das Mädchen vor der Erbärmlichkeit seiner verzögerten Entkleidung schützen könnte, wendet er den Blick von ihm ab, womöglich lächelnd, wie er vermutet. Wendet seine Aufmerksamkeit dem Publikum zu, den verschlossenen Gesichtern der Gäste, der merkwürdig erzwungenen Geradheit derer, die die Toilette suchen oder von dort wiederkommen. Obwohl hier alle zu einer Gruppe zählen, zu den Schauenden, Wartenden, Begehrenden, ist es doch, als ob sie sich Philipp nur in ihren Unterschieden präsentierten; wohl darum, wie er meint, weil sie in solcher zwangsweise verbindenden Situation keinesfalls zusammengehören wollen, weil sie also Wert auf alles Trennende legen, auf das wesentliche Detail, das jeden für sich allein stellt und für die anderen fremd sein lässt. Für sich bleiben und in andere sich nicht einmischen – Philipp kann sie verstehen: wie sollte er selbst weiterleben können, wollte er sich auch nur in Gedanken am grausigen Schicksal all derer beteiligen, die der Zug im verunglückten Bus zerfetzt hat. Als Philipp sich nacheinander die meist stummen Männer besieht, geraten zwei in seinen Blick, die leise, aber hektisch auf eine alkoholisierte, hinter grellem Make-up versteckte Frau einreden. Unablässig trinkt sie von dem Sekt, den einer ihrer Begleiter aus einer Flasche nachschenkt, und lässt sich dafür den bloßen Rücken, die nackten Arme befingern, die Schenkel tätscheln und die vom Kleid nur halb verborgene Brust prüfen. Schließlich hat sie sich überreden lassen: die Männer stehen auf, wobei sie die Frau in ihrer Mitte nicht ohne Mühe mit sich ziehen, nach oben und hinter dem Tischchen hervor. Nach der Sektflasche schnappen die Hände der Frau, während einer die Betrunkene am Arm stützt und der andere eine Stola schlampig an ihren Schultern festdrückt. Dann sind sie durch die Tür. Ein paar Geldscheine bleiben zurück. Philipp folgt, ohne sich Rechenschaft darüber zu geben. Auf der Straße ist das Leben. Philipp, der sich rasch ein paarmal umsieht, glaubt für einen Augenblick, die drei verloren zu haben. Aber als er sich durch die Menschen hindurchgesehen hat, vermag er etliche Meter vor sich ein Knäuel eng miteinander verbundener Schatten auszumachen, und seine Richtung steht fest. Philipp folgt: um Häuserblocks, über Fußgängerüberwege, durch einen kleinen Park, schließlich eine nur noch wenig belebte Straße entlang, deren Dunkel für Momente undurchdringlich ist. Noch einmal, jetzt endgültig scheinen die drei für Philipp verschwunden zu sein; bis aus einer breiten, schwarzen Toreinfahrt zehn Schritte vor ihm ein halb unterdrückter Laut zu ihm gelangt, das Scharren rascher Füße auf Asphalt, das Fallen eines Körpers. An die Hauswand presst Philipp seinen Rücken und schleicht so an die Einfahrt heran, macht sich schmal, bevor er mit langsam vorgeschobenem Kopf ums Mauereck lugt. Schemen erkennt er: die schweigsamen, hartnäckigen Bewegungen der beiden Männer kann er unterscheiden von der konfusen und matten Abwehr der in einen

Winkel gedrängten Frau. Als er zweimal ihr ersticktes Lasst mich in Ruh ihr Scheißkerle gehört hat, schreitet er ein; setzt mit weiten Sprüngen in die Dunkelheit, lässt sich wahllos auf einen der Männer fallen, greift in einen Körper, dessen Muskeln freilich längst fest gespannt sind, wird zurückgeworfen, grob gestoßen, ein Schlag prallt auf sein Gesicht, vor Schmerz duckt sich Philipp, spürt, wie eine Schuhspitze sich zwischen seine Beine bohrt und wie von dort ein blitzartig entzündeter Schmerz bis unter seinen Scheitel jagt. Philipp geht zu Boden, greift gerade noch nach einem Fuß, der sich schon über seinen Kopf hebt, stößt ihn mit Macht zurück, fühlt Rage rachelüstern in sich aufbrausen, setzt zu einem neuen Angriff an – und hört, wie die Sektflasche knallend an der Mauer zerschlagen wird, sieht im straßengrauen Viereck des Tors die schwarze Silhouette eines seiner Gegner, sieht in der Luft sprudelnden Sekt glitzern und Tropfen und Splitter auf den Boden sprühen, sieht die schroffen, kantig funkelnden Glasschneiden des zertrümmerten Flaschenhalses in der Hand des andern rasch auf sich zukommen. Aber ein gellendes Aufheulen der Frau lässt den Mann für eine Sekunde zusammenfahren; da macht Philipp es ihr nach, ruft mit ganzer Kraft Hilfe Polizei Überfall Feuer, was ihm einfällt. Ruft noch, erstarrt, als die Frau wieder schweigt, als die beiden Männer flüchtend auf der Straße verschwunden sind. Nicht sofort erlöst sich Philipp aus seiner verkrümmt parierenden Haltung, erst als er beginnt, die Schmerzen zu empfinden, die ihm zugefügt worden sind, richtet er sich auf, sucht mit den Blicken das Dunkel ab und beugt sich hinunter zu der Frau, die vor ihm liegt. Klein und wie bewusstlos sind ihre Bewegungen. Der saure Geruch ihres Erbrochenen schnürt seinen Hals. Sie aufzurichten versucht Philipp, aufzusetzen wenigstens, vorsichtig tupft und wischt er die kalt glitzernden Glasscherben und -splitter von den Fetzen ihres Kleides, so wie ers gestern an sich selber getan hat. An ihr verworrenes Haar gerät seine Hand; für einen Augenblick an ihr Gesicht, das von Schmutz und verwischter Schminke schmierig geworden ist; an ihren verklebten Mund auch, der nur mehr bedeutungsloses Lallen mitteilt. Und während namenloser Ekel Philipp überwältigt, bemerkt er, dass sein Körper, seine Hände, sein Leib auch, handeln und tun, ohne dafür noch angewiesen zu sein auf seinen Willen, aus fremder, ganz neuer Kraft heraus. Vor ihm dieser hingestürzte Mensch, der an seinem Ende angekommen ist – ihn meint Philipp hassen zu dürfen, so sehr wächst er zum Herrn über sein eigenes Leben wie über das ihre, das in seiner Hand ist. Fast schweben fühlt sich Philipp, außer sich und ohne Berührung mit der Welt, und sie, die Frau vor ihm, muss an sich geschehen lassen, wozu er sie auserwählt hat, muss hergeben, was er von ihr für sich haben will. Gewalt tut er ihr an, ohne Gewalt zu brauchen: kühle Luft spürt er an seinen Schenkeln und seine heißen Hände an den ihren, fühlt sich, nach wenigen Sekunden widerstandslosen Eintauchens, in ihr, unwillkommen, doch von keiner verweigernden Gebärde widerlegt. Dann graust ihn vor der plötzlich aufschnellenden Lust, die unwiderstehlich durch ihn glüht, und vor dem Hass dabei, der ihm ungewohnt ist. Die Kehle drückt er der Frau unter sich zu, mit einem einzigen unerbittlichen Griff. Horcht auf ihr Röcheln, das wild ist zunächst. Aber bald schon aufzugeben bereit ist. Nimmt dann doch seine Hand weg.

Löst sich aus der Frau. Steht auf. Lässt sie liegen. Am Leben. Geht davon.

Wie ihm seine Freiheit gegeben worden ist oder ob er sie sich einfach genommen hat: er weiß es nicht. Ein paar Stunden hockt Philipp auf einem Stuhl in seiner Wohnung. Längst ist der Schweiß kalt geworden, der seinen Körper einhüllt. Von der Schlägerei zerrissen sind die Kleider, die er trägt – sie gleichen jenen, die beim Unglück im Bus zuschanden wurden und die Philipp erst heute Morgen auszog und wegwarf. Er ist davongekommen. Ein Verbrechen begangen zu haben – dessen ist er sich bewusst; aber er empfindet es nicht; und ebenso wenig, dass er zuvor ein anderes verhinderte. In grandioser Distanz von ihm halten sich Gut und Böse und sind geschrumpft voreinander, bis sie sich nicht mehr unterscheiden lassen. In Gedanken sieht Philipp nach seinem Opfer: noch einmal spürt er in seiner Hand das fremde Leben, das er vernichtet und bewahrt hat in einem. Und er, der nichts mehr anzuerkennen vermag, das noch über ihm wäre, er spürt, wie seine Herrschaft dennoch endet: dass er zwar über ein fremdes Leben und über einen fremden Tod bestimmen kann; dass er aber den eigenen letzten Moment nicht mit seinen Händen fassen, sondern fremder Entscheidung überlassen soll, die von Philipp respektvolle Furcht fordert und ihn geduckt hält. Aus den Schlaufen des Bademantels zieht er die Kordel, rollt sie über den Knöcheln seiner Hand und steckt sie ein. Er verlässt die Wohnung; wandert, ruhig sich umsehend, durch die Nacht, der Route des Busses nach, der ihn allmorgendlich zur Arbeit bringt und an jedem

Abend von dort zurück, nach Hause. Den Ort des Unglücks erreicht er so, nach gut einer Stunde, jene Stelle, an der er sinnlos stand und nicht zu sagen wusste, ob er verletzt sei; besieht sich den Schauplatz in der nur blass und nur von weither angeleuchteten Dunkelheit und vermag kaum mehr zu ahnen, dass dies hier die Stätte vielfachen Sterbens gewesen sein soll, vor nur anderthalb Tagen – nun zu belegen nur noch durch das sublime Aufblitzen Tausender kleiner Glassplitter, denen die Aufräumungsarbeiten nichts anhaben konnten. Hundert Meter weiter erklimmt er die Böschung der Eisenbahnüberführung knüpft die Schlinge, knotet die Kordel ans Eisenrohr des Geländers, schiebt die Schlaufe über den Kopf. Springt. Alles ohne zu zögern, in nur ein paar Sekunden. Eine feurige Detonation heißer und kalter Farben sprengt die Dunkelheit, Rot Gelb Blau, und mit ihnen explodiert in Philipp die Genugtuung über eine grenzenlose Befreiung und bleibt in ihm wie ein lebenslang ersehntes Aufatmen. Philipp hat überlebt, und darum herrscht er über seinen Tod nun selbst. Nur scheinbar ahmt sich das Dasein nach von Augenblick zu Augenblick. All die unzähligen, vermeintlich belanglosen und kleinlichen Wiederholungen sind in Wahrheit wie Schritte auf ein Ziel hin: einander gleich und doch immer der nächste dem vorigen voraus. So findet alles Leben erst in der letzten Neige seinen Höhepunkt: weil es sich von hier aus endlich in unauflösbare Form ordnet, gebunden in weitgespanntem, logischem Bogen, der das unablässige Altwerden zwischen der ersten eingeatmeten Sekunde und jener letzten, da einer der Welt den Rücken kehrt, zum Ganzen rundet. Er fühlt: kein Sturz ist der Tod, keine Zertrümmerung, kein Schluss, der offen bleibt. Das Ende allein legt einem Leben das Maß der Bedeutung an, macht seinen Sinn ganz. Das Ende ist alles. Und nicht enden will die wollüstige Ekstase in der mikroskopischen Spanne, die sich für sie auftut während Philipps Fall durch die Leere bis zum mörderischen Schlag des Schlingenknotens in sein Genick.

Die Kordel reißt. Weiter fällt der Leichnam, zehn, zwölf Meter tief. Unten, auf der Straße, bleibt er liegen. Bleibt unentdeckt. Bis bei der ersten Dämmerung der Fahrer eines Lastwagens ihn mit seinem schweren Fahrzeug überrollt, anhält, aussteigt, sich über den Körper beugt: zertrümmert ist der, zerschlissen, vernichtet, verkrümmt, kaum wahrzunehmen im Rest der Nacht, zusammengezogen zu einem kleinen Haufen aufgebrauchter Substanzen, von denen die Welt voll ist.

IRGENDWOHIN

In Erinnerung an M. R.

Der Nebel hatte sich verzogen, irgendwohin fort wie an jedem Tag, und oben, aber nicht sehr weit über dem Boden, war von ihm ein breiig verhangener Himmel übrig geblieben, weiß wie altes Haar und so zäh, als ob es nie wieder blau und sonnig in ihm werden könnte. Düster und trüb würde nun der ganze Tag bleien, wie auch die Tage davor gewesen waren, und Pitta, die am Fenster lehnte und in die fade Einöde hinausschaute, wusste von den kommenden Tagen schon, dass auch sie nicht anders werden würden.

Dabei war ihr von den Zeiten des Jahres der Herbst gar nicht am wenigsten lieb. Ruhig und still war er; nicht gut, das war Pitta klar; aber doch nicht gefährlich für sie, und wenn sie auch damit rechnete, dass auf ihn der Winter folgte und dass es auf dem Hof dann noch weniger heimelig sein würde, so berührte der Herbst sie doch kaum, machte ihr nicht zu schaffen wie etwa der Großmutter, die regelmäßig im Spätjahr schweigsam traurig wurde und um Neujahr herum auch noch ihr Rheuma bekam. Der Herbst selbst war traurig, aber schön war er auch: die Luft fühlte sich anders an, verbrauchter zwar, aber vor allem dichter, fühlbarer als im Frühjahr, wo alles von Neuem begann, sich mit aufdringlicher Hast zu bewegen und so zu tun, als hätte es die langen reglosen Monate ohne Schaden überstanden oder käme gar zum ersten Mal auf die Welt. Daran mochte auch Pitta, das Kind, nicht glauben. Der Herbst war ihr lieber, denn er war ehrlich. Vor einem Jahr, etwa um die gleiche Zeit, hatte sie, allein zu Haus mit dem kranken Großvater, dem alten Mann beim Sterben zugesehen – und seither wusste sie, dass der Tod es ehrlich meinte.

Zu beobachten gab es nur wenig vor dem Fenster: da war der von der Mutter und der Großmutter gepflegte Vorplatz, jetzt freilich ohne Blumen, die Beete braunerdig grob oder schon mit Tannenreisig abgedeckt; der Hof zwischen Stall und Scheune und sein Zaun mit dem weiten Tor, das fast immer offen blieb, weil es der Vater in kaum einer Nacht noch zusammenlegte und zuschloss; davor das Stück Wiese und die matt abfallende, aber tiefe Senke dahinter; und zwischen Hof und Hang der schmale Fahrdamm, der sich mit dem Hügelsaum krümmte. Wenn schon einmal einer über diesen Weg kam, so wollte er wohl nirgendwohin sonst als zu ihnen, denn nach wenigen hundert Metern verlief sich der Weg in einem Feld, einem Wald. Andere Menschen aber waren weit.

Früher manchmal hatte die Mutter gejammert. Sie müsse hier zugrunde gehen, sagte sie einmal sehr laut, wenn nicht wenigstens ab und zu Besuch komme oder sie anderswo Leute treffen könne. Der Vater, der seit Langem nicht mehr gut mit ihr stand, antwortete leise und scharf, etwa so: sein Bedarf an ihren Bekanntschaften sei gedeckt, das werde sie wohl einsehen. Und die Großmutter, die zuerst schweigend dabeigestanden hatte, legte die Hand auf Pittas Kopf und sagte zu ihr, während sie bitter auf Sohn und Schwiegertochter sah:

Wir sind uns hier selbst genug.

Vor ein paar Wochen hatte die Großmutter es sich abgewöhnt, so wie Pitta viertelstundenlang durchs Fenster zu sehen, was sie sonst gern getan hatte. Jetzt hielt sie sich vor allem in der Mitte der Stube auf und vermied es, lange in der Nähe des Fensters stehen zu bleiben, und sie zog auch Pitta immer wieder einmal behutsam zurück, wenn das Mädchen wie jetzt, kniend auf der Wandbank und mit den Ellbogen auf dem Fensterbrett, aus den kleinen Scheiben hinausblickte.

Man weiß nie, wer kommt, sagte sie zu Pitta, und die antwortete:

Wer kommt?

Wer weiß das schon. Jetzt ist Krieg auch bei uns. Sei vorsichtig.

Krieg, sagte Pitta ihr nach. Sie wusste seit etlichen Tagen, seit das Wort ein paarmal gefallen war, dass es nichts Gutes bedeutete.

Bis hierher kommen sie nicht, sagte die Großmutter. Das ist weit fort von uns. Sie fuhr ihr durchs Haar: Hab nur keine Angst.

Und eine Zeit lang hatte Pitta keine.

Wenige Stunden darauf kamen der Vater und die Mutter aus dem Wald nach Hause. Die Großmutter trug das Abendbrot auf, und sie aßen, ohne viel zu reden. Dann blätterte der Vater in der Zeitung, und als er kurz zu verstehen gab, dass er zu Bett gehen wolle, sagten die Frauen einander gute Nacht und küssten Pitta flüchtig. Der Vater hatte, seit Pitta denken konnte, sein Bett in der Wohnstube; im alten Alkoven, hinter einem Vorhang, legte er sich nieder. Die Mutter schlief im Oberstock, wie die Großmutter und Pitta auch. Im Schlafzimmer der Eltern blieb eines der Betten leer.

Pitta hatte sich gewaschen, löschte das Licht und stellte sich ans Fenster ihrer Kammer, um der Nacht zuzusehen. Im Sommer öffnete sie die Flügel weit und ließ kühle Luft in das meist ein wenig stickige Zimmerchen; jetzt war es schon zu kühl dafür. So ließ sie das Glas zwischen sich und dem Nebel draußen. Mit den Blicken versuchte sie, die sämige Wolke zu durchdringen, die sich jetzt neuerlich fest über das Land geschoben hatte. Gelb warf der dichte Dunst ein wenig von dem Licht, das von nebenan aus dem Schlafzimmer der Mutter drang, in Pittas Kammer, die wie in einem fremden Lampenschein unheimlicher Herkunft schimmerte und größer wirkte, leer und frisch. Dann ging das Licht aus, der Nebel, plötzlich viel dunkler geworden, schien von Pittas Fenster weg ein Stück in die Nacht zu springen, und als ihre Augen ans Dunkel gewöhnt waren, konnte sie endlich ein paar der altbekannten Einzelheiten draußen unterscheiden, Bäume und Büsche, Zaun und Weg, den alten Schuppen neben dem Tor, in dem sie im Sommer am liebsten spielte und der, obwohl er schon recht morsch war, jetzt in seiner Schwärze stattlich aussah und fast drohend.

Zunächst dachte Pitta, sie habe die fünf Soldaten als Erste entdeckt. Doch die Großmutter stand schon eine Weile hinter ihr, mitten in der Stube und von draußen wohl nicht zu erkennen, ein wenig geduckt, damit sie am Kopf des Kindes vorbei die Männer auf dem Hof zählen konnte.

Pitta drehte sich zu ihr um: Sieh mal.

Ja, sagte die Großmutter und richtete sich auf.

Ihr Mund war noch härter als sonst, und die Brauen lagen dicht über den zusammengekniffenen Augen.

Wer sind die?, fragte Pitta.

Sie tun dir nichts. Dir noch nicht, sagte die Großmutter. Geh nicht hinaus.

Und sie ließ sie allein. Draußen sprach sie mit dem Mann, der den anderen befohlen hatte, sich umzusehen: zwei oder drei seiner Leute strichen langsam über den Hof, steckten die Köpfe durch die Tür des alten Schuppens, verschwanden für kurze Zeit in Scheune und Stall. Pitta machte ein Fenster auf, um vielleicht etwas verstehen zu können, aber die Großmutter, die leise die Scheiben hatte klirren hören, wandte sich kurz um mit ungeduldiger Miene und winkte sie ins Zimmer zurück. Gleich darauf kam sie mit dem Feldwebel herein.

Na?, sagte er munter und lachte Pitta freundlich zu.

Wer ist das?, fragte Pitta. Was wollen die?

Sie suchen einen, sagte die Großmutter.

Der Feldwebel nickte und lächelte.

Wen denn?

Ihnen ist einer ausgerissen, sagte die Großmutter und sah den Feldwebel an.

Dann standen auch die anderen Soldaten in der Stube, und mit ein paar knappen Worten schickte der Feldwebel sie durchs Haus.

Hast vielleicht du in letzter Zeit einen Fremden gesehen?, wollte er von Pitta wissen, und als sie den Kopf schüttelte: Irgendjemanden, der dir aufgefallen ist?

Pitta zuckte die Achseln. Nein, sagte sie.

Das ist ein böser Mann, hinter dem wir her sind, fuhr der Feldwebel fort. Ein Verbrecher. Weißt du, was das ist?

Pitta nickte: Schon lange.

Sagst du uns, wenn ein Fremder kommt?

Pitta schwieg.

Sagst dus? Der Feldwebel lächelte.

Weiß nicht, sagte Pitta.

Lassen Sie das Kind, schritt die Großmutter ein. Was soll das Mädchen wissen. Wir leben hier allein und sehen kaum jemanden. Was soll das Kind wissen.

Und sie drängte den Mann hinaus auf den Flur, wo die anderen beieinanderstanden und sich Zigaretten angezündet hatten.

Am Nachmittag setzte sich Pitta, in Mantel, Schal und Kopftuch gewickelt, neben den Vater auf den Traktor. Manchmal nahm er sie mit, wenn er in den Marktflecken fuhr, um für die Woche Einkäufe zu machen. Schweigsam saß er am großen Lenkrad, den Hals zwischen die Schultern gezogen und den Rücken gebuckelt, und ließ sich von Pitta, die ihn unterhalten wollte, Geschichten erzählen und auf Kleinigkeiten aufmerksam machen, die ihr auf der Fahrt auffielen. Lieben konnte Pitta den Vater nicht: nicht einfach sich in seinen Arm sinken lassen oder ihre Wange an seine legen, wie sie es mit ihrer Mutter tat. Auch die sprach nicht viel, aber warm und vertraut fühlte sich Pitta bei ihr, anders als neben dem Vater. Dass er so wenig glücklich war wie die Mutter, konnte Pitta fühlen. Die Mutter aber versuchte, es auszuhalten, trotz ihrer Klagen; dagegen war die Unzufriedenheit des Vaters dauernd spürbar wie ein Vorwurf. Wenn Pitta mit ihm unterwegs war, ahnte sie, dass sie ihn kaum kannte und im Grund nie recht wusste, was sie zu ihm sagen sollte; und alles, was sie ihm während der Fahrten ins Dorf berichtete, geriet ihr darum ein wenig zu lustig und zu laut und hatte selten wirklich zu tun mit ihr, mit ihm. Dass der Vater so schweigsam war, selten lachte und auch dann noch ein enttäuschtes Gesicht aufsetzte, wenn er sie freundlich ansehen wollte, das fesselte Pitta, und sie glaubte, dass der Vater sie gern würde lieben können, wenn mit ihr und mit ihm alles in Ordnung wäre – in der Ordnung der Erwachsenen. Pitta aber, ohne es sagen zu können, hatte erkannt, dass es da etwas gab, das nicht stimmte mit ihr, dem Vater, der Mutter und zwischen ihnen allen; als ob irgendein Fremder, der längst wieder verschwunden war, vor langer Zeit zu grob in ihren Kreis hineingegriffen und die offene Grenze verletzt hätte, die den Hof und sie alle umschloss.

Es war dies wohl eins der Geheimnisse, deren sichere Enträtselung sie mit Geduld abzuwarten hatte. Aber schon jetzt musste sie oft daran denken, wie sie einmal vor Jahren an der Hand des Vaters in der Stube stand, vor der Mutter, die mit verzerrtem, fast schon weinendem Gesicht auf einem Stuhl am Tisch saß und kraftlos die Hände hob und wieder senkte, den Kopf wegwandte und etwas sagte wie:

Du redest nur daher und glaubst gar nicht, was du sagst. Wenn du das wirklich glauben würdest, könntest dus gar nicht aushalten hier im Haus, wo das Kind immer um dich ist.

Ich will nicht, dass die Schweinerei an Pitta hinaus-
geht, antwortete der Vater; und die Großmutter sagte
ruhig und säuerlich zur Mutter:
Streng dich nicht an. Du redest dich nicht heraus.

Immer wenn der Vater im Dorf besorgt hatte, was für
die Woche nötig war, ging er mit Pitta ins Wirtshaus,
wo er sich zu anderen Männern an einen Tisch setzte
und ein oder zwei Glas Bier trank. Diesmal waren alle
sehr aufgeregt, und einer, mit dem der Vater manchmal Geschäfte machte, erkundigte sich, ob man auf
seinem Hof denn auch schon gesucht habe.
Wonach?, raunzte der Vater.
Du weißt es nicht?, staunte der andere. Dein Hof
liegt keine drei Kilometer vom Lager entfernt, und du
weißt es nicht? Drei von den Gefangenen sind abge-
hauen, vorgestern in aller Früh, und jetzt suchen sie
jeden Winkel ab nach ihnen. Gnade denen Gott, wenn
sie die erwischen.
Ich weiß von nichts, sagte der Vater.
Politische, heißt es, fuhr der andere fort. Sollen einen Posten verletzt haben bei der Flucht. Schwer verletzt, sagen sie.
Überall wird gesucht, bei uns waren sie schon, im
ganzen Haus, bestätigte ein anderer.
Mir egal, sagte der Vater kurz. Aber Pitta sah, wie
er an Farbe verlor. Wären die in unsere Richtung ge-
flohen, meinte er noch, dann wären schon längst auch
bei uns Soldaten gewesen.
Soldaten waren da, rief Pitta dazwischen. Großmutter hat mit ihnen geredet.

Also doch, sagte der andere. Bei mir haben sie auch gesucht, aber wen hätten sie finden sollen? Die Hunde lassen niemanden auf den Hof, zum Glück. Da kann man ja in Teufels Küche kommen, schneller als man schaut.

Der Vater nickte schwach. Ich weiß von nichts.

Stell dir nur mal vor, sie finden einen von denen bei dir. Das würde einem schlecht bekommen. Sie suchen überall, wiederholte der andere.

Ich will mit denen nichts zu tun haben, sagte der Vater. Nichts. Bei uns ist niemand. Wer sollte ausgerechnet zu uns kommen?

Er trank sein Bier.

Aber als abends der Vater mit Pitta in die Stube trat, saß mit der Mutter und der Großmutter ein fremder junger Mann am Tisch, den stoppelhaarigen Kopf tief über einen Teller gesenkt und gemächlich, doch sorgfältig ein paar Rühreier auf Schinken mit der Gabel zerteilend. Zuerst sahen die Frauen auf, dann auch der Fremde, der ein mattes, kratzbärtiges Gesicht hatte und, vom Schein der Lampe über dem Tisch geblendet, mit den Augen die Schatten bei der Tür suchte. Der Vater ließ Pitta von seiner Hand, streckte sich ein wenig und wartete reglos.

Abend, grüßte die Großmutter und stand auf, um den beiden das Essen zu bringen.

Auch der Fremde stand jetzt.

Setz dich, sagte die Großmutter zu Pitta. Setzt euch alle. Esst.

Der Vater nahm einen Bissen und sah hart auf den Fremden und dann auf seine Frau.

Er kam hungrig hier an, sagte die Großmutter. Er ist über Land unterwegs und will in die Stadt. Nach Arbeit suchen.

Der Fremde aß weiter, langsamer aber als zuvor.

Ich dachte, er soll sich hier ein paar Tage nützlich machen, für ein paar Mark, fuhr die Großmutter fort. Alexander heißt er.

Kann er nicht reden?, unterbrach der Vater sie grob.

Es ist, wie Ihre Mutter sagt, bestätigte der Fremde: Ich heiße Alexander.

Der Vater schwieg und aß, trank ein paar große Schlucke aus seinem Glas und vermied die Blicke der andern. Endlich schob er den Teller zurück und fragte: Wo wird er schlafen?

Im Schuppen, oben, denk ich, meinte die Großmutter.

Der Vater sah kalt und hart auf seine Frau.

Geh, sagte die Großmutter zu Pitta und schob sie sacht von ihrem Stuhl. Bring Alexander in dein Versteck. Und leiser, nur für sie: Und frag ihn nach nichts.

Pitta ging hinaus, und der Fremde, nachdem er sich noch einmal unsicher nach den anderen umgesehen hatte, folgte ihr endlich. Auf dem Hof war es vollkommen still, und das verdoppelte, gegeneinander gerichtete Geräusch ihrer ungleichen Schritte, das Auftreten und Scharren ihrer Füße auf Erde und Stein klang unangemessen hart, verräterisch.

Ich heiße Alexander, sagte der Fremde.

Ich weiß, sagte Pitta und wartete, bis er, um überhaupt etwas zu sagen, sich nach ihrem Namen erkundigen würde.

Und wer bist du?, begann er richtig von Neuem.

Pitta, sagte sie, stemmte die klemmende Tür des Schuppens auf und nahm von einem Holzpflock eine große Taschenlampe.

Pitta?, wiederholte er ungläubig, als sie, die Lampe in ihrer Hand, dem zappelnden Lichtfleck folgte, die Sprossen einer Leiter hinauf.

In Wirklichkeit heiß ich Petra, sagte sie, aber als ich noch klein war und nicht richtig sprechen konnte, hab ich mich selber Pitta genannt.

Als du noch klein warst, sagte der Fremde und lachte leise. Wie alt bist du jetzt?

Schon über sechs, sagte sie ernst und kroch ihm voraus. Fast sieben.

Und gehst nicht zur Schule?

Ich soll noch warten, meint Großmutter. Sie rückte ein großes, fleckiges Stück dicker Pappe zur Seite, und dahinter wurde ihr Quartier sichtbar, niedrig, aber geräumig.

Na, ich denke, du wirst mir dein Versteck nicht gern überlassen, sagte der Fremde, nahm Pitta die Lampe aus der Hand und leuchtete Wände und Nischen ab. Das kenn ich noch genau, sagte er schließlich.

Ja? Pitta horchte auf.

Klar. Bei mir zu Haus wars früher ganz genauso.

Rasch fuhr der Lichtschein über eine Wolldecke und drei alte Kissen hinweg, aus denen in einem Winkel ein Lager gebaut war, hielt aufmerksam bei ein paar an die Bretter gehefteten Zeichnungen und berührte das schmutzige Gesicht einer nackten Puppe und zwei abgewetzte Stoffbären, die grätschbeinig auf einem winzigen Regalbrett nebeneinander hockten.

In mein Versteck, sagte der Fremde und kniete sich zu Pitta hinunter, durfte niemand außer mir.

Pitta nickte. Hier war auch noch keiner, sagte sie traurig. Aber wenn Großmutter es so will.

Eine Pause entstand. Tut ihr denn alle, was deine Großmutter will?, fragte der Fremde.

Sie ist schon alt, sagte Pitta.

Ja.

Und deshalb ist sie klug.

Der Fremde lachte.

Aber sie sagte nur noch fester: Sehr klug.

Da lachte er nicht mehr. Bestimmt. Ich glaubs dir.

Mit einem erleichterten, müden Seufzer ließ er sich auf die Kissen nieder und nahm Pitta sacht bei der Hand. Das ist sehr nett von dir, dass du mich hier wohnen lässt.

Großmutter hat es ja erlaubt.

Ja. Du aber auch, und das ist noch wichtiger. Ich bin dein Gast. Und ich werd auch gar nicht lange bleiben, weil ich weiter muss.

Gern hätte Pitta gewusst, wohin, aber sie fragte lieber nicht.

Für deine Gastfreundschaft möchte ich dir etwas schenken, fuhr der Fremde fort und sah sich noch einmal eine Weile suchend um. Weißt du, dass ich Spielzeug machen kann?

Pitta staunte. Wie denn?

Einfach so. Aus Sachen.

Was für Sachen?

Was wir eben finden, wenn wir zusammen suchen.

Eine halbe Stunde später kam Pitta in die Stube zurück.

Es ist gar nicht mal gesagt, dass er einer von den dreien ist, hörte Pitta, als sie noch die Türklinke in der Hand hielt, die Großmutter sagen – und den Vater heftig entgegnen:

Mach dir doch nichts vor.

Da erst bemerkte die Großmutter, dass Pitta in der Tür stand und überrascht auf sie und den Vater sah, und sofort legte sie ihm die Hand auf den Arm und gab ihm mit dem Kopf ein kurzes Zeichen zu Pitta hin. Dann schwiegen sie, bis der Vater fragte:

Was hast du da?

Seht mal, sagte sie nun vergnügt und stellte ein handlanges Männchen aus zwei Korken, Holz- und Rindenspänen auf den Tisch; eine Kastanie war der Kopf, Fichtennadeln sträubten sich darauf als stacheliges Haar.

Hübsch ist das, lächelte die Großmutter.

Hast du das von ihm?, fragte der Vater unsicher, und Pitta nickte fröhlich, den Blick nicht von dem Männchen wendend. Da flüsterte der Vater hastig zur Großmutter:

Im Dorf sagen sie, es sind Politische.

Bei denen ist jeder ein Politischer, wenn er ihnen nicht in den Kram passt, sagte die Großmutter; und leiser: Vielleicht ist er ja nur ein Arbeitsloser. Und noch leiser, ärgerlich: Und sprich nicht vor dem Kind von ihm.

Der Vater stützte das Kinn auf die Hand: Warum sonst kommt einer ins Lager?

Sei doch still, befahl die Großmutter scharf.

Warum, wiederholte der Vater fast trotzig. Was ist das für einer?

Und Pitta antwortete: Er ist ein Spielzeugmacher.

Zwei Tage blieb der Fremde auf dem Hof, hielt sich so gut wie unsichtbar und suchte sich Beschäftigung, ohne dass er erst wartete, bis jemand ihm Arbeit anwies. Was er begann, gelang ihm ganz, wenn auch nicht mühelos. Er bewegte sich vorsichtig und mit Bedacht, als ob er aus der Müdigkeit des ersten Abends nicht herausfinden könnte, aber er packte doch mit Stärke zu und griff kaum je fehl dabei. Pitta, die sich am ersten Morgen noch ein paar Schritt entfernt gehalten hatte, schloss bald eng zu ihm auf und war nicht mehr von seiner Seite zu bringen. Viel sprachen die beiden nicht, aber sie hatten ihren Spaß: der Fremde jagte ein paar Hühner auf Pitta zu, dass sie laut auflachend inmitten der kreischenden Vogelflucht stand, während die untauglichen Flügel verzweifelt gegen ihre Beine hieben, oder sie trieb eine alte Fahrradfelge immer enger um ihn herum, und er tat, als könnte er sie beim besten Willen nicht greifen. Wenn gegessen wurde, sah er zu, dass er wortlos in das Schweigen um ihn herum passte, und kaum, dass sein Teller leer war, zog er sich zurück. Bei allem wurde der Fremde von allen beobachtet, aber jeder Blick, der auf ihn fiel, war anders: Pitta suchte mit ihren Augen die seinen, und wenn sie und er sich kurz ansahen, lachten sie für Sekunden einander an; die Großmutter schaute ihm gleichgültig, wenn auch nicht unfreundlich zu; der Vater dagegen misstrauisch, meist aus den Winkeln der Augen, die er schmal machte, wie um noch schärfer zu sehen. Außer Pitta schien der Fremde nur noch der Mutter willkommen: die richtete zwar kaum einmal das Wort an ihn, stellte sich aber, wenn sie für ein paar Minuten die Arbeit unterbrach, gern zu ihrem Kind und seinem fremden Freund und sah den beiden zu. Und Pitta fiel auf, dass der Fremde, sobald er die Mutter in der Nähe wusste, den Bereich des Spiels kaum merklich zu ihr hin ausdehnte und verschob, bis jedes Mal ein Ball, eine Katze oder Pitta selbst an ihren Fuß sprang oder an ihr Bein oder gegen ihren Schoß.

Am Abend des ersten Tages stand der Vater neben dem Traktor am Scheunentor: fast ohne sich zu rühren sah er den dreien zu, von fern, als ob er nicht recht hierher gehörte. Als sie gemeinsam zu Abend gegessen hatten und der Fremde im Schuppen verschwunden war, wiederholte er ein paar von den Sätzen, die Pitta sich im Wirtshaus eingeprägt hatte:

Wir kommen in Teufels Küche,

und:

Stellt euch nur vor, sie finden ihn bei uns,

oder:

Gnade uns Gott. Ihm und uns,

und Mutter und Großmutter wandten ihm, um überzeugende Antwort verlegen, wie es aussah, den Rücken zu und machten sich an der Spüle mit schmutzigem Geschirr zu schaffen. Da stand der Vater plötzlich auf, packte die Mutter an der Schulter und zerrte sie zu sich, bis ihr Gesicht knapp vor seines kam:

Und du, flüsterte er heiser, merks dir, hast mit dem nichts zu schaffen. Mit dem mal nicht,

und ging, Pitta unsanft aus dem Weg schiebend, mit wenigen lauten Schritten aus der Stube, in der die anderen standen und noch immer nichts zu sagen wussten.

Mit dem Fremden diesmal, nicht mit der Mutter fuhr der Vater am Morgen darauf ins Holz und kündigte an, sie würden den ganzen Tag draußen bleiben. Dann war der Hof leer und blieb es, und Pitta stellte sich in seine Mitte und sah um sich: auf das fahlfarbene Haus, auf Stall und Scheune und Schuppen; lange auf den Dunst vor dem Tor, über den Feldern und Bäumen. Zum ersten Mal seit zwei Tagen fiel er ihr wieder auf, und sie beobachtete, wie Nebelfahnen aus der Senke emporrauchten und nach am Boden versuchten, den blassen Weg zu überqueren.

Dann stand die Mutter neben ihr und sah Pittas Blick nach, in dieselbe Richtung: hinaus. Sie legte die Hand auf Pittas Schulter, zog das Mädchen ein wenig an sich und drückte es gegen den Schenkel.

Auf einmal ist alles allein, sagte Pitta. Aber nur, solang Alexander fort ist.

Lang wird er nicht bleiben, sagte die Mutter.

Das Gesicht des Fremden war zerschlagen, und eine schwarze Kruste aus Blut und Erde klebte an der Stirn, als die Männer am Abend zurückkamen; glänzend blau war eine Wange angeschwollen, und ein wenig Blut tropfte noch aus einem langen Kratzer am Kinn. Ohne ein Wort stiegen die beiden vom Traktor, und der Fremde half, den Anhänger loszumachen.

Du bist verrückt, sagte die Mutter mit vom Hass leer gepresster Stimme, als der Vater ins Haus kam.

Ach was, gab er zurück, vielleicht ist er dumm gefallen.

Zum Essen abends kam der Fremde nicht in die Stube. Auf einem Tablett stellte die Großmutter Brot, Butter, Wurst und ein Glas Bier zusammen und schickte Pitta damit über den Hof.

Vor dem Schuppen rief sie nach ihm, doch er hörte sie erst beim zweiten Mal:

Stells hin. Ich hols mir gleich.

Eine Zeit lang wartete Pitta noch, aber es blieb still im Schuppen, und der Fremde kam nicht die Leiter herunter. Da kehrte sie um und ging zurück.

Später, im Nachthemd und fürs Bett fertig, stand sie wie jeden Abend am Fenster ihrer Kammer und sah auf das hellbraune Lampenlicht aus dem Schlafzimmer der Mutter, das der Nebel, wie ein blind gewordener Spiegel, ausgedünnt in Pittas Gesicht warf. Da konnte sie erkennen, wie der Fremde mit zögerlichen Schritten sich Schicht um Schicht vom Dunst frei machte und, schließlich ganz sichtbar, ans Haus herankam. Dann erschrak sie ein wenig, denn ohne dass sie es gehört hätte, war die Mutter in die Kammer gekommen und stand nun, barfuß wie Pitta, mit ihr am Fenster, die Finger im Haar über Pittas Schläfe, und sah zu, wie draußen, drunten der Fremde nach Mut und Entschluss suchte; bis er, mit einer plötzlichen, angespannten Gebärde, nach dem Knauf der Haustür griff.

Hat Vater nicht abgeschlossen?, fragte Pitta.

Alexander hat einen Schlüssel.

Wo will er denn hin?

Irgendwohin.

Sacht schob die Mutter Pitta zum Bett und küsste ihren Kopf: Leg dich schlafen.

Schnell ging sie hinaus. Leichte Schritte waren auf der Treppe, dann auf dem Gang. Dann ein paar geflüsterte Worte. Dann wurde heimlich eine Tür auf- und gleich wieder zugemacht.

Schon ganz früh am nächsten Morgen war der Vater ins Dorf aufgebrochen, und als er wieder in den Hof fuhr, hielt er den Traktor nur für eine Minute an, bis die Mutter aufgestiegen war, um mit ihm in den Wald zu fahren. Pitta wartete ab, bis der Motor nicht mehr zu hören war, dann suchte sie nach dem Fremden, der sich bis dahin nur ein paarmal von fern hatte blicken lassen; aber als sie ihn fand, bemerkte sie, wie er rasch fortging und hinter der Scheune verschwand, als wollte er ihr um keinen Preis begegnen. Und als Pitta einmal die Fahrradfelge wie einen Reifen über den Hof rollen ließ, auf ihn zu, winkte er matt mit der Hand ab und rief zu ihr:

Heut lass mich lieber.

Da ging Pitta ins Haus, wo die Großmutter in der Küche stand und Gemüse putzte.

Heute ist es anders, sagte Pitta,

und als die Großmutter schwieg, kniete sie sich auf die Bank unter dem Fenster und sah, das Kinn in den Händen, durch die Scheiben hinaus. Der Fremde stand nun auf halber Strecke zwischen dem Haus und der Toreinfahrt, auf eine Schaufel gestützt, und beobachtete unbeteiligt, wie sich fünf Soldaten, in lichter Reihe und mit Gewehren in den Händen, aufmerksam dem Hof näherten. Für ein paar Augenblicke blieben sie stehen, als sie hinter dem Tor den Fremden ausmachten; dann aber kamen sie schnell heran. Sie erkannten wohl, dass er bleiben würde, wo er war. Nicht eine Bewegung machte er, die Pitta hätte noch hoffen las-

sen, er könne eine Flucht versuchen. Einer der Soldaten schlug ihm die Schaufel aus den Händen, zwei
packten ihn an den Armen.

Was wollen die?, fragte Pitta aufgeregt. Warum
sind die wieder hier?

Die Großmutter zog sie vom Fenster weg in die
Stube. Dein Vater hat telefoniert, sagte sie ruhig.

Ohne sich zu wehren, ließ der Fremde sich festnehmen. Wie einen Betrunkenen, weich und wankend,
schoben und stießen ihn die Soldaten in den Schuppen.
Gleich darauf hörte Pitta am polternden Lärm, wie sie
ihr Versteck durchstöberten und alles durcheinanderwarfen. Für eine Minute wurde es wieder still, aber
Pitta wusste, dass diese Stille nicht gut war, dann
drang der Ton von Schlägen, mal dumpf, mal klatschend, über den Hof. Das Stöhnen und Schreien des
Fremden kam hinzu, aber erst nach einer Weile.

Ich glaub, sie tun ihm weh, sagte Pitta kläglich.

Die Großmutter zog sie an sich, nickte. Kann sein.

Drüben schrie der Fremde.

Sogar sehr, rief Pitta und wollte sich losmachen.

Doch die Großmutter hielt sie: Geh nicht hinaus.

Diesmal kehrte der Vater früher als sonst mit der Mutter zurück. Durchs Fenster sah Pitta zu, wie er und der
Feldwebel einander die Hand gaben, was dem Vater,
wie ihr schien, nicht leicht fiel, denn die Hand des
Feldwebels wartete für ein, zwei Sekunden ausgestreckt, bevor die des Vaters widerstrebend danach
fasste. Später saß der Feldwebel mit am Tisch der Stube, trank Kaffee auf dem Platz, auf dem vorgestern
Abend der Fremde zum letzten Mal gesessen hatte,

und erzählte von sich und daheim: dass er aus einer Kleinstadt stamme und gerade zwei Semester Medizin studiert habe, als er eingezogen worden sei; dass er eine kleine Schwester habe, einen Nachzügler, ein Nesthäkchen, sagte er, ein bisschen älter als Pitta – und er strahlte sie an –, aber mit so hellem Haar wie sie. Pitta sagte nichts; sie stopfte sich Brot in den Mund, um nicht antworten zu müssen. Seinem Blick wich sie aus, so gut es ging, und um ihm nicht mehr zu begegnen, starrte sie auf den borstigen Kastanienkopf des Korkenmännchens, das die Mutter auf einem freien Platz im Küchenregal untergebracht hatte. Der Vater, der sich wortkarg gab und dem offensichtlich nicht wohl war in seiner Haut, folgte Pittas Augen.

Erst dachten wir, brachte er dann ein wenig mühsam heraus, dass er auf dem Weg in die Stadt ist. Dass er dort Arbeit sucht.

Sie haben sich ganz richtig verhalten, sagte der Feldwebel und lehnte sich zurück.

Für einen Handwerker haben wir ihn gehalten. Für einen Schreiner vielleicht.

Da schaute Pitta den Feldwebel kurz und scharf an: Er ist ein Spielzeugmacher.

Erst als es dämmerte, trugen sie ihn durchs Hoftor hinaus. Der Nebel begann zu steigen, und da hofften sie vielleicht, dass sie nun niemand mehr beobachtete; aber Pitta, die all die Zeit über am Fenster geblieben war, sah doch, wie zwei von ihnen den Fremden stützten, dessen Kinn schwer auf der Brust lag. Leblos schwang der Kopf von einer Seite zur andern, und die Beine bewegten sich kaum.

Wo bringen sie ihn hin?, fragte Pitta die Großmutter.

Irgendwohin.

Dann schwiegen sie beide, in die fallende Nacht schauend, bis eine Gewehrsalve dröhnte. Lang hallte sie nach.

Da rannte Pitta plötzlich ein paar Schritte zur Tür, aber die Großmutter drehte sich um zu ihr und sagte, leise:

Geh nicht hinaus.

DAS LIED VON DER NACHT

Schymanowski ging. Die Tür fiel langsam ins Schloss zurück, so langsam, dass die Glöckchen nur wagten, ganz sanft anzuschlagen.

Wohin der nur immer geht, fragte Frau Sacks, die eine Handvoll Sonnenblumenkerne in die Waagschale rieseln ließ.

Weiß ichs, sagte Herr Sacks und sah grinsend auf Schymanowskis Rücken, der sich hinter der Scheibe der Tür langsam entfernte, langsam die Straße hinunter, fast ein wenig gebeugt. Und erst der Kopf über dem Rücken, zwischen Schülterchen, die kaum so genannt werden durften: der wackelte ein wenig, drehte sich, dass man meinen konnte, es müsse knirschen dabei, langsam nach links erst und dann, als ob er einem unangenehmen Anblick ausweiche, auch noch nach rechts.

Nein, ein Auto kam nicht daher, auch in weiterer Ferne war keines zu sehen, und so konnte Schymanowski die Straße überqueren, ohne dass Gefahr bestand für Leib und Leben.

Herr Sacks schüttelte den Kopf. Wie ein alter Mann, sagte er.

Und seine Frau, die noch ein paar Sonnenblumenkerne in die Waagschale rieseln ließ, sagte: Student soll er sein. Sagt er wenigstens. Lächerlich.

Was so einer schon studiert, sagte Herr Sacks und nahm eine der kräftigen, prallen Melonen, wog sie in den Händen, führte sie ein paar Zentimeter an der Wange vorbei ans Ohr, wie wenn er an ihr lauschen wollte, und legte sie behutsam, als ob sie ein Kind wäre, in die Kiste zu den anderen. Studieren, sagte er. Schymanowski und studieren. Kann nichts, hat nichts gelernt, wird nichts. So einer ist das.

Wird nichts, wiederholte Frau Sacks und füllte die Sonnenblumenkerne in einen Beutel.

Schreib den Preis drauf, sagte Herr Sacks.

Wie viel?, fragte Frau Sacks.

Neunundneunzig das Kilo, sagte Herr Sacks.

Frau Sacks schrieb.

Studieren, sagte Herr Sacks. Ein Mensch ohne Bedeutung. So einer ist das.

Schymanowski legte seine Tüten auf den Tisch, bedachtsam, damit der Becher Joghurt nicht Schaden nehme und die vier kleinen Tomaten nicht gedrückt würden. Dann sah er aufs Fensterbrett, aufs Bücherbord, auf die Tischplatte und den Schirm der Lampe. Nirgends Staub, kein Fleck.

Sehr schön. Vielen Dank, flüsterte er.

Eine gute Stunde, sagte Frau Rogler.

Ich gebs Ihnen nächste Woche, sagte Schymanowski noch ein wenig leiser und wandte das Gesicht langsam nach links unten.

Das ist mir aber nicht recht, mahnte Frau Rogler. Mit dem vom vorigen Mal machts sechsundzwanzig Euro, das ist doch nicht viel. Haben Sies nicht doch da?

Doch doch, beeilte sich Schymanowski, ich sehe nach, gleich, sicher. Und er griff in die Schublade unter der Tischplatte, wo sich, sorgfältig neben Schreibblock und Bleistift, Lineal, Schere und Kleber, ein Geldtäschchen befand.

Ihr Letztes wirds nicht sein, lachte Frau Rogler. Aber sie lachte unehrlich, wie ihm schien.

Nein nein, keineswegs, sagte Schymanowski und zählte das Geld in ihre seit Längerem ausgestreckte Hand. Bitte.

Gutes Geld für gute Arbeit, sag ich immer, sagte Frau Rogler.

Gewiss, sagte Schymanowski sogleich, wenn auch kaum mehr verständlich. Und es ist ja wirklich immer sehr sauber, sehr ordentlich, immer. Danke.

Frau Rogler sah zum Fenster: Die Gardinen könnten eine Wäsche vertragen.

Das nächste Mal, bitte, sagte Schymanowski.

Auf der Treppe sprachen Frau Schimmel und Frau Rogler so laut, dass es jeder hören konnte, auch Schymanowski in seinem Zimmer. Sie standen vor seiner Tür und machten keinen Hehl daraus, dass er ihr Thema war.

Merkwürdig ist das, fand Frau Schimmel.

Mich geht das nichts an, sagte Frau Rogler. Ich putze nur einmal die Woche da.

Stellen Sie sich vor: nie eine Frau. Und Frau Schimmel legte die Stirn in Falten. Selten, dass er mal ausgeht abends. Und immer so bald wieder zurück. Und nie eine Frau.

Weiß ich jetzt ja, sagte Frau Rogler.

Wenigstens die Miete: halbwegs pünktlich, sagte Frau Schimmel. Manchmal muss man danach fragen, aber dann gibt er sie einem gleich.

Ich kann auch nicht klagen, stimmte Frau Rogler zu.

Und immer so still, sagte Frau Schimmel. Merkwürdig. Ich mein, man kriegt doch was mit von einem Menschen, denk ich, man sieht mal einen Regenschirm vor der Tür, man hört, wenn die Spülung geht im Klo, und zum Feierabend, da hat so einer doch mal Musik laufen oder den Fernseher. Irgendwas merkt man doch immer. Irgendwas hört man doch. Aber bei ihm: nicht einen Mucks.

Mein Geld hätt er mir heute fast wieder nicht gegeben, sagte Frau Rogler. Aber ich lass mich auf nichts ein.

Ich sag immer zu meinem Mann: wie wenn das Zimmer gar nicht bewohnt wär, so ruhig, sagte Frau Schimmel. Wie wenn wirs noch einmal vermieten könnten.

Man weiß ja nie, sagte Frau Rogler, und man verliert so leicht den Überblick. Ich bin bei so vielen Leuten, und: gutes Geld für gute Arbeit.

Woher der sein Geld hat, fragte Frau Schimmel. Zu meinem Mann sag ich: pass auf, eines Tages kommt die Polizei und nimmt ihn mit, und dann erfahren wir endlich, woher der sein Geld hat.

Ich lass mich jedenfalls auf nichts ein, sagte Frau Rogler, das von letzter Woche und das von dieser hab ich mir heut geben lassen. Er hatte es gleich parat.

Woher der nur das Geld hat, fragte Frau Schimmel.

Schymanowski legte das Geldtäschchen zurück in die Lade. Die Augen hatte er nur ein klein wenig geöffnet und sah gar nicht besonders genau hin dabei. Aber es half nichts, er wusste es ja: der Block lag in der Lade, der Bleistift, das Lineal, weiter hinten mussten noch Stiftspitzer und Radiergummi sein. Frau Rogler hatte den Papierkorb geleert, jetzt stand er da, offen für alles und gierig und hellwach, und wartete auf Kugeln zerknüllten Papiers.

Jeden Abend wartete er, und jeden Abend fielen ein paar Kugeln hinein.

Zögerlich ließ sich Schymanowski nieder, langsam winkelte er die Knie, fast missmutig griff er unter die Sitzfläche des Stuhls und schob ihn sich unter. Ängstlich, als ob er fürchtete, seine Hosen zu beschmutzen, ließ er sich aufs dünne Polster nieder. Unwohl war ihm, angespannt fühlte er sich und lustlos vor den Stunden, die vor ihm lagen. Aber er hatte die Idee. Seit zwei, drei Monaten hatte er sie.

Er sah in die Lade, er sah aufs Fenster und sah, dass die Welt davor schon dunkel zu werden begann. Er griff nach dem Block, legte ihn, ein wenig schräg, vor sich auf die Tischplatte, drehte die Spitze des Bleistifts zwischen seinen zierlichen, reinlichen Fingern und krümelte gedankenverloren mit dem Nagel ein wenig Grafit ab, das er dann von dem Bogen blies, der vor ihm lag, so weiß und leer, dass er ihm Angst machte. Aber er hatte die Idee.

Ein wenig erschrak er: sollte ihm etwas davon entfallen sein? Das Wichtigste fiel ihm gleich ein und gleich noch ein Wort, auf das es ihm ankam, ein Rhythmus zum Satzende und ein Reim, der ihn hinriss und von dem er wusste, dass er ihn in der letzten Strophe würde unterbringen können. Die letzte Strophe. Schymanowski lächelte bitter. Die letzte Strophe: von ihr hatte er eine Ahnung, schon jetzt, und doch war noch nicht einmal die erste Zeile begonnen. Mehr als nur eine Ahnung hatte er. Wie sich sein Magen bewegte, fühlte er, wenn er die Klänge aufspürte, in die sein großer Gedanke auslaufen würde, verschwinden dann, wie es in mancher großen Musik geschieht, die ganz leise verklingt. Ja, Klang war sein Ziel, eine Sprache von unbeschreiblicher Süße; erhabene Schönheit, hinter der alles Sagbare verschwinden würde und die viel mehr, die alles und alles andere bedeuten würde als die Wörter, die nüchternen, die ihn erzeugten, den Klang. Er wusste, dass es solchen Klang gab und solche Wörter. *Sein Blick ist vom Vorübergehn der Stäbe.* Er hatte solche Wörter gelesen, wieder und wieder, und solche Klänge aufgespürt, Mal um Mal, vernommen in sich wie Musik. Er hatte sich geflüchtet in die Weiten, die sich öffneten hinter den wenigen Wörtern, den nüchternen, hinter den Schlüssen der Verse und der Strophen: hinter dem nur wenige Silben breiten, aber Unbeschreibliches bergenden Ende eines Gedichts. Er wusste davon. Und er hatte sie, die Idee. Und er ahnte den Reim. Und er spürte den Rhythmus. Längst glaubte er an das letzte Wort im letzten Vers in der letzten Strophe wie an einen großartigen Erfolg, ein aufsehenerregendes Ereignis, das sein Leben für immer verwandeln würde und von Grund auf, endlich; und das die Leben vieler anderer verwandeln würde; und von dem die Welt erfahren würde, aus Zeitungsartikeln und gescheiten Büchern, die über ihn geschrieben würden, über Schymanowski, umfang- und wortreich geschrieben, aufgebläht geradezu. Und doch müssten

Ausdruck und Aussage darin schwach und ihre Wahrheit unvollständig bleiben, unvollkommen, ganz anders, als er geschrieben haben würde in seinem Gedicht. *Und hört im Herzen auf zu sein.* Zart setzte Schymanowski die Spitze des Stifts aufs Papier.

Herr Sacks zog mit kräftigen Fingern ungeduldig an den Enden seiner Fliege und prüfte die wunde Stelle über seiner Lippe und drehte ärgerlich den Fingernagel des kleinen Fingers im Innern seines Ohrs und musterte zugleich mit verdrießlichen Blicken im Spiegel das Bild von der hinter ihm am Haken hängenden Anzugjacke.

Frau Sacks zog sich den Rock über die etwas zu schweren Hüften und prüfte den Halt ihrer ein wenig schlaff gewordenen Brüste im Mieder, das inzwischen zu schwach war für sie, und wählte eine Bluse, die ihr für den Anlass angemessen schien, und sah ihren Mann an, der sich die Schuhe angezogen hatte und nun in der Tür stand und fragte:

Können wir?,

gereizt, wie ihr schien.

Moment noch. Sie nahm sich in Acht. Gleich bin ich so weit.

Er zog die Brauen hoch und wandte sich mürrisch ab: Immer das Getrödel.

Gleich, sagte sie ohne Schärfe. Man musste mit ihm vorsichtig sein.

Genug hätt ich zu tun, zu Hause, sagte Herr Sacks. Stattdessen … in diesem Affenaufzug …

Und Frau Sacks, versöhnlich: Lass doch. Schaden kanns dir nicht.

Zirkus, maulte Herr Sacks. Mich interessiert so was nicht.

Wir haben nun mal das Abonnement, sagte Frau Sacks.

Der Steuerprüfer kommt in zwei Wochen, und die Zeitung hab ich noch nicht mal überflogen.

Schimpf nicht, sagte Frau Sacks. Alle paar Wochen ein solcher Abend. Ist doch ganz schön, so ab und zu.

Weißt du überhaupt, was sie spielen?, fragte Herr Sacks. Wahrscheinlich wieder so was Modernes von Leuten, deren Namen man nicht aussprechen kann.

Mozart, glaub ich, widersprach Frau Sacks. Ja, erinnerte sie sich, eine Geigerin spielt Mozart.

Und wenn wir Pech haben, sagte Herr Sacks, gibts nach der Pause wieder so eine endlose Symphonie.

Frau Sacks zog sich die Jacke über: Wenn schon. Das geht auch vorbei. Und schob ihn aus der Tür: Komm.

Um Schymanowski herrschte vollkommene Stille, und so bitter der Schmerz in ihm wühlte, so sehr genoss er die Ruhe und dass niemand und nichts ihn störte, ihn und seinen Schmerz und seine Idee, die wieder nicht hatte niederkommen wollen. Dunkel war es im Zimmer, fast schwarz bis auf den knappen Schein der Lampe. So still war es, dass Schymanowski meinte, es dröhne durch alle Stockwerke des Hauses, wenn er eines der Blätter, alle mit ein paar kurzen, durchgestrichenen Zeilen beschriftet, vom Block trennte, mit Rücksicht zusammenknüllte und die Kugel in den Papierkorb sinken ließ. Die Idee: sie kreißte in ihm wie eine Erstgebärende, aber sein Stift war noch zu ungeschickt, das Kind zur Welt zu bringen. Ja, eine Niederkunft: war erst einmal der Anfang gemacht, gab es kein Zurück mehr. *Herr, es ist Zeit. Der Sommer war sehr groß.* Dann musste das Kind heraus, oder das Kind und mit ihm die Mutter mussten sterben. *Wer jetzt kein Haus hat, baut sich keines mehr.* Es war ein gewaltiges Werden, Zeugungsakt und Schöpfung zugleich, und der Schluss eine Befreiung, das letzte Wort im letzten Vers der letzten Strophe, dieses Wort, von dem eine Ahnung in ihm war, ach was, weit mehr als Ahnung: klingende Gewissheit; nicht nur ein Ton, sondern ein riesiger, ungeahnt komplexer Akkord, die Harmonie der Welt in Wörtern, den nüchternen. *Wird wachen, lesen, lange Briefe schreiben.* Ach, wozu Briefe. Nur schreiben, schreiben! *Unruhig wandern, wenn die Blätter treiben.* Der letzte Vers der letzten Strophe. Eine Papierkugel knisterte im Korb, als ob sie eine Flamme wäre. So vielen ist es gelungen. Schymanowski legte eine Hand vor die Augen. Auch mir. Irgendwann mir auch.

So schön hat sie gespielt, sagte Frau Sacks, als Herr Sacks mit ihrem Glas Sekt wiederkam.

Davon versteh ich nichts, sagte Herr Sacks.

So schön.

Wer weiß, wie lang das noch dauert. Er trank von seinem Bier.

Geige. Was für ein herrliches Instrument.

Was kommt jetzt noch?, fragte Herr Sacks.

Frau Sacks schlug im Programmheft nach: Symphonie Nummer drei, sagte sie.

Ich wusst es ja, stöhnte Herr Sacks.

DAS LIED VON DER NACHT. Von – ach, Werner, sieh nur.

Was, brummte Herr Sacks.

Sieh nur, der Name des Komponisten.

Kenn ich nicht, sagte Herr Sacks.

Sieh doch erst mal, sagte Frau Sacks. Er heißt wie der Student: Schymanowski. Schau her: DAS LIED VON DER NACHT von Karol Szymanowski. Und in Klammern: 1882 bis 1937. Nur schreibt sich der mit Eszet.

Herr Sacks lachte. Wie dieser bedeutungslose Mensch? Lächerlich.

Frau Schimmel, die Fenster des Treppenhauses putzend, sah von der Trittleiter herunter. Guten Abend, Herr Schymanowski, sagte sie. Und: Übrigens, übermorgen ist der Erste, Sie vergessen es ja sicher nicht.

Natürlich nicht, sagte Schymanowski mit tastender Stimme. Der Erste, natürlich, Frau Schimmel. Die Miete. Vielleicht aber, dass Sie und Ihr freundlicher Gatte bis zum Vierten, zum Fünften, vielleicht?

Also bitte, Herr Schymanowski, sagte Frau Schimmel, lassen Sie uns mit so was gar nicht erst anfangen, nicht? Das schöne Zimmer, und so preiswert, eigentlich doch preiswert, finden Sie nicht?

Doch, natürlich, beeilte sich Schymanowski. Billig geradezu.

Am Ersten also? fragte Frau Schimmel von der Leiter herab.

Gewiss, sagte Schymanowski. Übermorgen.

Das macht doch nichts, sagte Frau Sacks und warf ihrem Mann einen besänftigenden Blick zu. Dann bezahlen Sie eben beim nächsten Mal für heute mit.

Ganz ganz herzlichen Dank, sagte Schymanowski beschämt. Bestimmt auch. Ich vergess es nicht.

Na, meinte Herr Sacks.

Werner, bat Frau Sacks leise. Und zu Schymanowski: Gehts so, oder soll ichs Ihnen einpacken?

Es geht, durchaus, meine Tasche, bemühen Sie sich nicht, bitte, sagte Schymanowski und wandte sich zur Tür.

Weils mir grad einfällt, rief Frau Sacks ihm nach. Gestern waren mein Mann und ich im Konzert.

Oh, wie schön, sagte Schymanowski ehrfürchtig und zog den Kopf zwischen die Schülterchen.

Ja, wunderbar, sagte Frau Sacks und warf ihrem Mann einen versöhnlichen Blick zu. Eine Symphonie gabs da auch, zum Schluss, etwas eigenartig zwar, jedenfalls mit Sängern und einem großen Chor und einem riesigen Orchester. Und stellen Sie sich vor: der Komponist – der hieß wie Sie.

Bitte?, fragte Schymanowski.

Er hieß wie Sie, der Komponist.

Rainer Maria?, fragte Schymanowski.

Mein Gott, sagte Herr Sacks ungeduldig. Szymanowski hieß er, der Mann. Vorne mit Eszet. Aber sonst wie Sie.

Wie ich, sagte Schymanowski und stand erstarrt. Die Idee. Der Rhythmus. Der Klang. Die Harmonie der Welt.

Ein Komponist, flüsterte Schymanowski, überwältigt von plötzlich vollkommener Klarheit.

Ja, sagte Frau Sacks. Und das Stück hieß: DAS LIED VON DER NACHT. Ein bisschen seltsam zwar.

Ach was, schnitt Herr Sacks ihr das Wort ab. Wirres Zeug wars. Wenigstens dauerte es nicht allzu lang. Und mit einer faulen Melone in der Hand ging er nach hinten.

Szymanowski, murmelte Schymanowski. Und die Tür schlich zwar langsam ins Schloss, wobei die Glöckchen etwas entschlossener anzuschlagen wagten.

In ihm war es wie Fieber. Seine Tüten ließ er auf einen Stuhl fallen, zerrte den anderen unter dem Tisch vor und warf sich darauf. Das Zimmer in schwarzem Dunkel, hell nur der schmale Schein der Lampe.

Nervös zog er an der Lade. Der Block. Der Bleistift. Das Lineal. Die Idee. Die letzte Strophe. Der letzte Vers. Das Lied. Die Nacht. Irgendwo mussten auch Radiergummi und Spitzer liegen. Der Klang. Der Rhythmus. Die Harmonie. Der Ruhm. Die Welt.

Schymanowski, sagte Schymanowski.

Und Schymanowski zog die ersten fünf Notenlinien über das weiße Papier.

* *
*

Mit Dank an Gabriele Böhner
und Gabriele Zumpf

Michael Thumser, geboren 1959 in Hof, studierte Literatur- und Theaterwissenschaft sowie Kunstgeschichte in Erlangen und schloss als Magister Artium ab. Fast 35 Jahre war er bei einer regionalen nordbayerischen Tageszeitung tätig, lange als verantwortlicher Kulturredakteur, zuletzt als Chefautor. Seit 2020 betreibt er als erfahrener klassischer Feuilletonist alter Schule unter *https://www.hochfranken-feuilleton.de* Kulturberichterstattung im Internet.

Theodor-Wolff-Preis; Oberfränkischer Medienpreis; Johann-Christian-Reinhart-Plakette für Verdienste um die Kultur der Stadt Hof.

Von Michael Thumser erschien im Verlag Tredition außerdem:

WIR SIND WIE STUNDEN
Essays

Mehr oder weniger handeln alle hier versammelten Texte von Zeit und Geschichte, Fortschritt und Vergänglichkeit, von Werten und Werden, Sein und Bleiben, von Wandel und Vanitas. Als Essays wollen sie gelesen werden, folglich weniger als Beiträge zu den Fachwissenschaften, mit denen sie sich berühren, denn als schriftstellerische Versuche. Formal handelt es sich um sprachschöpferische Arbeiten eines klassischen Feuilletonisten, inhaltlich um Produkte von Zusammenschau, Kompilation und Kombination, wobei der Verfasser Ergebnisse eingehender Recherchen mit eigenen Einsichten und Hypothesen verwob, um Grundsätzliches mitzuteilen und nachvollziehbar darüber nachzudenken.

340 Seiten
gebunden (ISBN 978-3-347-14402-6) 21,99 Euro
Paperback (978-3-347-14401-9) 12,99 Euro
e-Book (978-3-347-14403-3) 2,99 Euro

Zeitfracht Medien GmbH
Ferdinand-Jühlke-Straße 7
99095 Erfurt, Deutschland
produktsicherheit@kolibri360.de